KB018531

기자로 산다는 것

기자로 산다는 것

처음 펴낸 날 | 2007년 2월 12일
다번째 펴낸 날 | 2018년 4월 2일

지은이 | 고종석 고제규 고재열 김상익 김은남 김훈 남문희 노순동 문정우
박상기 백승기 서명숙 성우제 신호철 안병찬 안은주 안희태 양한모 오윤현
이문재 이숙이 장영희 정희상 차형석

주간 | 조인숙
편집 | 무하유
마케팅 | 한광영
펴낸이 | 홍현숙
펴낸곳 | 도서출판 호미
등록 | 1997년 6월 13일(제1-1454호)
주소 | 서울시 마포구 동교로 41길 32(연남동 1층)
편집 | 02-332-5084
영업 | 02-322-1845
팩스 | 02-322-1846
전자우편 | homipub@hanmail.net

표지 디자인 | (주)끄레 어소시에이츠

출력 | 문형사
인쇄 | 영프린팅
제본 | 성문제책

ISBN 978-89-97322-17-6 03810
값 | 13,000원

이 책의 인세와 판매 수익금 일부는 편집권을 되찾기 위해 투쟁하는 시사저널 기자들을 돕는 데에 쓰입니다.

호미 생명을 섬깁니다. 마음밭을 일굽니다.

기자로 산다는 것

고종석 고제규 고재열 김상익 김은남 김훈 남문희 노순동 문정우 박상기 백승기 서명숙
성우제 신호철 안병찬 안은주 안희태 양한모 오윤현 이문재 이숙이 장영희 정희상 차형석

호미

이 책은 벼락처럼 기획되었다.

1989년 한국 사회가 가까스로 암흑의 시기를 벗어나려는 무렵에 혜성처럼 나타나, 기존 잡지의 패러다임을 단숨에 바꾸어 놓은 시사 주간지, 시사저널. '한국의 타임'이라는 별칭대로 시사저널은 창간하자마자 객관적이고 합리적인 논조, 적확하고 품위 있는 우리말 문장, 세련된 디자인을 선보이며 단숨에 독자들을 사로잡았다. 사실과 진실의 등불을 밝히고 자유와 책임의 참 언론을 구현하리라는 기자들의 각오는 대단했고, 일의 흐름과 시스템 그리고 작업 환경은 선진적이었다.

기자들의 면면 또한 화려하였다. 언론계 대부이자 한국방송 사장을 지낸 박권상, 당대의 문장가로 통하는 소설가 김훈, 시사지 최초로 여성 정치부장과 편집장을 역임한 서명숙, 느림과 기다림의 미학을 노래하는 시인 이문재 등, 쟁쟁한 글쟁이들이 지난 십팔 년 동안 시사저널을 거쳐갔다. 한반도 전문 기자, 탐사 보도 전문 기자라는 타이틀을 달고 한국형 전문 탐사 보도의 새로운 영역을 개척한 것 또한 시사저널 기자들이었다.

그런데, 아뿔싸, 2006년 6월 시사저널 경영진이 기자들 모르게 삼성 기사를 삭제함으로써 이른바 '시사저널 사태'가 불거졌다. 사태는 파행으로 치달아 결국 기자들은 파업에 돌입하게 되었고, 경영진은 그에 맞서 직장 폐쇄라는 극단적인 조처를 단행했다. 중앙의 주요 언론사로서는 처음 있는 일이었다.

시사저널 기자들에게서 글을 받아 책을 엮으면 한국의 언론 문화를 위해 의미있는 작업이 되리라는 생각이 없지 않았지만, 워낙 바쁜 그들이고 보니 언감생심이었다. 그런데 뜻밖의 이 불행한 사태로 기회가 왔다. 파업으로 기자들의 손이 비게 된 것이다. 재빨리 뜻을 전했다. 시사 주간지의 전범이 된 시사저널의 역사와 문화를 정리하여 그 힘이 어디에서 나왔는지 짚어 보자는 요청에 기자들이 흔쾌히 응하였고, 그리하여 한 달 남짓한 사이를 두고 이 책 「기자로 산다는 것」이 나오게 되었다.

주류 언론의 틈바구니에서 '작지만 강한' 매체로 우뚝 서기까지의 과정을 기록한 1장 '시사저널의 추억'은 비틀린 한국 언론 시장을 간접적으로 고발한 내부 비판서라 함직하다. 시사저널에 몸담았거나 지금 몸담고 있는 사람들 이야기를 담은 2장 '시사저널 사람들'은 매체의 힘이 기자 한사람 한사람의 맨파워에서 나온다는 당연한 상식을 새삼 일깨운다. 시인 이문재의 말마따나 '시사저널 기자는 곧 시사저널 매체' 그 자체였다. 그리고 현직 기자들이 자기 경험을 토대로 기자 노릇의 노하우를 이야기하는 3장 '기자로 산다는 것'은, 특히 탐사 보도나 전문 보도 등에 관심 있는 기자 지망생들에게 유용한 길잡이가 될 것이다.

contents

차례

03 기자로 산다는 것

부록 시사저널 사태를 말한다

foreword

머리말

단절된 맥박을 고동치게 하라

안병찬 | 전 시사저널 편집국장·발행인

비非를 비非라 하는 저널리즘

한국 언론이 지형의 대변화를 예고하며 술렁이던 1988년 초겨울에 한 특사가 나를 찾아왔다. 그는 국내 최고의 권위 있는 시사 주간지를 발간할 준비를 하는 터에 편집 제작 책임을 맡아 동참해 주기 바란다고 간곡히 요청하는 것이었다.

한국일보 논설위원으로 재직하던 나는 마침 중견 언론인 단체인 관훈클럽의 1989년도 총무로 선출된 바 있어 운신하기가 어려웠다. 영입 제의를 사양한 것은 만부득이한 일이었다.

그로부터 정확하게 1년이 지난 1989년 겨울에 그 특사는 다시 나를 찾아왔다. 이제 관훈클럽 총무직을 마감하게 되었으니 시사저널 사주가 직접 나를 초빙하러 오겠다고 전했다. 그리하여 그 해 11월에 나는 편집주간 겸 상무이사 직을 맡아 서울특별시 중구 충정로 1가 58-1번지 시사저널에 부임했다.

부담스러운 것은 편집 제작 책임을 지는 편집주간과 운영 주체의 한 사람으로 이사회에 참가하는 상무이사의 두 직책이 상충할 소지가 얼마든지 있다는 점이었다. 나는 경영자의 발행권과 편집국의 취재권 사이에 틈이 생긴다면 그 간격을 좁히고 조율하는 역할을 맡겠다는 결론을 내리고 조정자로서 최선을 다하려고 노력했다.

과분하게도 시사저널은 독자에게 보내는 편지 난을 통해 "언론계 종사 27년 동안 '직언과 직필'로 일관해 온 역량 있는 직업 언론인"이라고 나를 소개했다. 그런데 신생 시사저널 편집국에 들어가 보매 직언과 직필뿐 아니라, 날이 선 자타 비판을 서슴지 않는 젊은 기자들의 정열이 한솥에서 들끓고 있었다. 20대 중심의 야성적인 기자들은 날선 창을 꼬나 잡고 조랑말을 타고 달리는 몽골 기병처럼 기동했다. 비非를 비非라 하여 타협하지 않고 사상事象을 밑바닥까지 파고드는 젊은 기자들의 근성은 시사저널의 창간 슬로건 밑에서 하나의 매체 문화로 뿌리를 내려갔다.

기자들의 개성은 서로 부딪쳐 불꽃을 일으켰다. 상호 논쟁을 벌이고 서로 경쟁하고 자기 직무에 가치를 부여하는 기자들의 투혼은 새로운 저널리즘을 실천하기 위한 산고로 여겨졌다. 편집 책임자인 나 자신도 중년기의 에너지를 몽땅 쏟아부어 새벽 3시에 퇴근하고 아침 7시에 출근하는 극성을 떨었으니 지금 와서 되돌아보면 과잉 행위였다.

그러나 어찌하랴. 새로운 저널리즘의 지평을 여는 일은 어차피 불퇴전의 결의와 실험 정신 없이는 엄두도 못낼 일이 아니던가.

미술 요소를 제작 중심에 심다

시사저널 창간 구성원들은 우선 한국 주간 저널리즘에 새로운 지평을 연다는 목표에 부합하는 새로운 좌표를 설정해야 했다. 시사저널의 좌표는 시사 정보와 탐사 분석이라는 두 변수가 만들어 내는 정삼각형의 중심에 놓여야 한다. 그 대신 흥밋거리나 선정 폭로 요소는 배제해야 한다. 시사저널 정체성의 관건인 좌표는 그렇게 설정했다.

더 큰 명제는 창간 정신과 실천 의지를 밝히는 일이었다. 발행인과 창간인들은 다음과 같은 삼행문으로 이를 담아 냈다.

'사실과 진실의 등불을 밝힌다, 이해와 화합의 광장을 넓힌다, 자유와 책임의 참 언론을 구현한다.' 이는 말할 것도 없이 정론과 균형과 화합에 바탕을 둔 독립 언론을 강조한 푯말이다.

정통 시사 주간지로서의 판(포맷)과 체제를 결정하는 일은 뒤따른 과제였다. 당시로서는 새롭다고 할 '시각적인 사고'를 할 수 있도록 전면 컬러 출판을 결정했는데, 이는 미술적인 요소를 제작 중심에 심기 위한 의욕적이고 모험적인 시도였다.

다음은 편집국 제작 체계를 검토할 차례였다. 그 결과는 시사저널 고유의 '지면 구축 삼각회의' 확립으로 나타났다. 이는 '정보 수집 과정'(취재)에 주로 의존하는 저널리즘의 일반적인 관행을 뛰어넘어, 정치한 시각적 설계도에 정보를 담아 내는 새로운 방식이다. 하나하나의 기사 항목과 하나하나의 지면은 취재·미술·사진 세 부서의 담당자가 한자리에 모여 치열한 교차 논의를 거쳐 확정해 나간다. 화이부동和而不同이라는 다양성의 조화미를 시각 뉴스 보도의 바탕으로 삼는 체제이다.

시대의 고동 소리가 울리던 시사저널 표지

시사저널의 요체는 커버 스토리를 부각하는 표지라고 할 수 있다. 시사저널 10층 회의실에는 대하가 흐르고 있었다. 시사저널이 한 주 또 한 주 진통하면서 탄생시킨 표지들이 사면 벽에 가득했다. 가지런히 전시되어 있는 표지의 모자이크는 시대의 큰 물줄기를 만들며 굽이치는 것 같았다.

나는 가끔 회의실에 들어가 홀로 조망대에 섰다. 시사저널 표지가 만들어 내는 시대의 고통 소리가 울리고 우리 삶의 숨소리가 들렸다. 시사저널에서 함께 진통하는 우리는 표지로 이어져 나가는 시대의 굽이침을 통해 온전한 본바탕 그대로의 정체성을 확인했다.

그런고로 나는 2007년 1월, 겨울의 한랭 전선 속에 터진 시사저널 파업 사태로 인해 18년 동안 천변만화를 한 두름으로 엮어 온 시사저널의 표지 파노라마가 898호를 끝으로 일단 호흡이 단절되었다고 여긴다. 실로 일생일대의 통한사다.

나는 대학 강단으로 자리를 옮긴 뒤 회사 부도로 기자들이 혹독한 시련 속에서 20개월 동안 무임금을 감수하며 시사저널을 사수할 때도 눈물을 흘리지 않았다. 그 절체절명의 위기를 극복한 원동력이 시사저널 소속원들의 용기와 끈기였음은 천하가 아는 터이다.

시련의 준령을 넘고 풍찬노숙의 급류 계곡을 건너 세기말에 이른 1999년 11월에, 창간 10주년을 맞은 시사저널은 마침내 '견실한 전문 언론 기업인'을 만나 새 출발의 새로운 모티브를 얻었다.

시사저널을 새로 인수한 언론 기업인은 시사저널 창간호를 처음 받아들고 느낀 감동을 생생히 기억하고 있는 인물이다. 그는 "일간지에서는 볼 수 없던 참신한 디자인 속에서 살아 펄펄 뛰는 기사와 사진들. 이제 우리 언론계에도 정통 시사 종합 주간지의 새 장이 열렸다는 사실을 예감하며 신선한 충격을 받았다"라고 했다. 그는 제523호에서 발행인의 편지를 통해 평생을 언론에 종사해 온 사람으로서 우리 언론사에 한 획을 그은 시사저널이 쇠락해 가는 모습을 보기가 너무 안타까워 고심한 끝에 다시 시사저널을 곧추세우는 책임을 맡기로 결심하게 되었다고 독자에게 고한 바 있다. "다시 우뚝 일어나 진정한 독립 언론의 면모를 보여 나가겠습니다."

남몰래 눈물을 펑펑 쏟다

20대에 시사저널에 투신한 이래 어느덧 흰 머리카락이 드러나는 중년으로 접어든 기자들을 보면서, 제898호로 편집국 제작의 맥이 끊어지고 만 시사저널을 보면서 내가 통곡하지 않는 까닭은 시사저널이 또다시 급류를 건너 우뚝 살아나서 독립 언론의 본 모습을 되찾을 기회가 온다고 믿기 때문이다.

저널리즘은 두 개의 수레바퀴로 굴러간다. 독립 언론의 지평을 열겠다는 신념이나 열정은 '저널리즘 원칙' 이라는 바퀴를 돌린다. 이 저널리즘 원칙은 '시장 경제 원칙' 또는 '이념의 굴레' 가 만드는 또 하나의 바퀴와 상충한다. 마땅히 이 두 바퀴는 평행으로 균형을 이루어야 나란히 굴러간다.

나는 시사저널 사주인 언론 기업인과 편집국 기자들이 함께 초심으로 돌아가서 '고르디온의 매듭' 을 쾌도난마로 끊는 용기로 시사저널의 단절된 맥박을 다시 고동치게 만들기를 소망하고 있다.

나는 어머니가 돌아가셨을 때도, 어느 날 딸이 홀연히 스스로 떠났을 때도 눈물을 펑펑 쏟아 내지 못하고 납덩이를 가슴에 삼켜 버린 메마른 사람이다.

시사저널에 있을 때 나는 꼭 한 번 가슴 밑바닥에서 치밀어오르는 어떤 특별한 느낌으로 인해 남몰래 눈물을 펑펑 쏟은 적이 있다. 입이 아니고 가슴으로 엉엉 소리를 내어 울었다. 내 눈물의 유일한 목격자는 나를 태우러 온 아내 한 사람이었다. 해가 저물던 겨울 밤에 시사저널 편집국의 젊은 기자들이 정동 입구에 있는 단골 경양식집 난다랑에 집결하여 망년회를 연 날이었다. 모두가 산고의 땀으로 범벅이 되어 가슴 속의 희로애락과 우정을 토해 내며 열병을 앓는 자리였다.

그 날의 내 눈물은 우리가 공유한 자세·정신·자부심에 근원한 감동에서 저절로 솟아난 것이었다. 시사저널의 우리는 서로 똑같은 눈물을 가슴 속에 담고 있는 것이 분명했다.

나는 기자이자 소설가인 편집국장 김훈이 2백자 원고지에 연필로 꾹꾹 눌러 써서 대학으로 떠나는 내게 송별사로 낭독한 1996년 4월 24일자 편지 원본을 간직하고 있다.

"…안선배님과 함께, 안선배님 밑에서 지지고 볶고 또 볶고 끌탕에 끌탕을 거듭하며 살아왔던 세월은 언제나 저와 저의 동료들을 눈물겹게 할 것입니다. 그리고 그러한 끌탕 속에서도 기자의 자세와 정신으로 다시 주변을 가다듬고 일어서서 시사저널을 떠받치고 나온 세월들에 대해 저희들은 안선배님과 함께 자부심을 공유하고 있습니다."

01
시사저널의 추억

고지식해 아름다운 사람들

김상익 | 전 시사저널 편집장·환경재단/도요새 출판사 주간

새파랗게 젊던 시절 친구들한테서 "또 옮겼냐?" "아직도 거기 다니냐?" 이런 소리를 자주 들었다. 그들의 이력서는 최종 학력 다음 칸 '어디어디 입사' 단 한 줄로 끝이 나 있었지만, 나는 이미 뒷장으로 넘어가기 직전이었다.

잦은 직장 이동 탓에 신혼인 아내는 늘 불안해하고 어지간히 애를 태웠다. 1989년 가을 시사저널에 입사 지원서를 낼 때는 기어이 한 줄이 뒤로 넘어갔다. 오죽하면 면접에서 오너 최원영 씨의 첫 질문이 이랬을까. "직장을 많이 옮기셨네요."

요즘은 다른 직장으로 스카우트되는 것이 훈장처럼 여겨지기도 한다지만 당시 풍토에서 나 같은 사람은 인사 담당자의 기피 대상이었다. 언제든지 회사를 버리고 떠날 수 있는 '철새 직장인'으로 간주되었다. 그러니까 그 날 면접에서 최원영 씨에게 급소를 한 방 맞은 셈이었다. 하지만 전혀 내색을 않고 천연덕스럽게 받아넘겼다. "경험이 풍부하다는 쪽으로 이해해 주십시오." 이 대답이 설득력이 있었는지 억지 생떼로 들렸는지는 알 수 없다. 아무튼 그 해 10월 나는 시사저

널 창간 팀에 뒤늦게 합류했다.

그 날로부터 15년. 참으로 오랜 시간이 흐른 뒤 익숙하지 않은 손으로 또 한 장의 사표를 썼다. 사표라는 것, 위 본인은 이러저러한 이유로(대개는 일신상의 사유로) 회사를 그만두고자 하오니 허락하여 주십시오(그게 허락을 받을 사항인지는 모르지만), 이런 식의, 문장이랄 것도 없는 간단한 양식이다. 게다가 젊은 날 숱하게 내던졌던, 한낱 종이쪼가리에 지나지 않는 서류 아닌가.

김상익 1955년생. 시사저널 창간 팀에 합류하기 전 이런저런 잡지사와 신문사에서 기자질을 했다. 출판사를 꾸려 나가다가 들어먹고 나서는 원고를 돈으로 바꾸는 프리랜서 일도 잠시 했다. 시사저널에서 편집부, 경제부, 기획특집부, 사회부 등을 거쳤으며, 팔자에도 없는 'TV저널' 편집장 노릇도 1년 남짓 했다. 시사저널로 복귀해 편집부 데스크 시절인 1998년 부도를 만났다. 이후 주인이 바뀌기까지 20개월 동안 혼란을 겪는 과정에서 편집장 자리를 맡아 2001년까지 일했다. 2002년부터 2년간 가족과 함께 미국 시애틀에 머물다가 2004년 10월 사직했다. 현재, 환경재단/도요새 출판사 주간.

이상한 것은, 2004년 10월 말 '마지막 사표'를 쓰면서 서른다섯의 팔팔한 나이부터 새치가 돋기 시작한 쉰까지의, 내 인생의 중요한 부분이 뭉텅 빠져나가는 듯한 아주 낯선 느낌을 받았다는 것이다.

불현듯 첫 만남에서 최원영 씨가 어떤 생각을 품었을지 조금은 궁금해진다. 그가 1998년 부도를 낸 뒤 미국으로 도피했기에 붙잡고 물어 볼 도리는 없지만 아마도 3, 4년 일하다가 도망칠 사람이라고 판정했을 것이다. 그랬기 십상이다. 하지만 나는 결과적으로 창업주인 그보다도 더 오랜 시간을 시사저널과 함께했다. 내 안에서 어느 날 갑자기 돌연변이가 일어나 철새에서 텃새로 형질이 변경되었다는 뜻일까?

나의 직장 생활이라는 것은 언제나 일이 익숙해지면 매너리즘에 빠지고, 하루하루 느슨하게 닳아지는 자신을 자학하다가 급기야 변화를 수용하지 못하는 조직의 완고함에 대한 불만까지 겹치면 더는 견디지 못하고 '빠이빠이' 하는 것이었다.

시사저널이라고 해서 특별할 것은 없고, 사람 모인 곳이 어디나 그렇듯 크고 작은 갈등과 미움, 실수와 만용, 때로는 치졸한 인간 관계에 얽혀 서로 지지고 볶는 그런 해프닝이 없지 않았다. 그것뿐이었다면 나는 또다시 이곳 저곳을 기웃거렸을 것이다. 확실히 시사저널은 나를 15년 동안이나 붙잡을 만한 다른 무엇을 갖고 있었다.

창간 초기의 편집국 풍경이 떠오른다. 신생 매체의 취재 기자들은 인터뷰 약속을 잡는 일조차 쉽지 않았다.

"시사저널 아무개 기잔데요. 인터뷰를 좀 하고 싶습니다."

"어디라구요?"

"시, 사, 저, 널…."

"거기가 뭐하는 덴가요?"

"……."

취재원과 약속을 잡으려면 창업주가 누구이며, 주필(박권상)이 어떤 사람이며, 시사저널은 '한국의 타임'을 표방하며 만들어진 정통 시사 주간지라는 것을 구차할 정도로 설명해야 했다. 심한 경우 금품을 노리는 사이비 기자 취급을 받기도 했다. 찬밥 대접에 굴욕적인 수모까지 당하며 현장을 뛰어다니다가 해가 저문 뒤 편집국에 돌아와서는 꾹꾹 눌렀던 설움을 참지 못하고 복도 구석에서 남몰래 눈물을 훔치는 기자가 한둘이 아니었다.

당시 내가 속한 부서는 편집부였다. 서명숙 다음으로 편집장 직을 맡은 문정우·김재태, 그리고 캐나다에 살면서 요즘 시사모 홈페이지에 열심히 글을 올리는 성우제 등이 동료로 일했다. 오자를 찾아내면 현상금을 주겠다고 선언했던 타임과 같은 자만심까지는 아니라도 '오탈자가 없는 잡지'를 만들기 위해 시사저널의 편집 기자들은 원고를 읽고 또 읽고, 그래도 미심쩍어 한 번 더 읽고…. 그야말로 눈이 터질 지경이었다.

많은 돈을 투자한 첨단의 전산제작시스템(CTS)도 초기에는 애물단지 같았다. 지금 기준으로 보면 반자동 반수동의 원시적인 시스템이어서 미술 기자가 레이아웃을 하면 오퍼레이터가 일일이 명령어를 입력해서 판을 짠 뒤 암실에 가서 인화지로 원고를 현상했다. 말이 전산 시스템이지 손으로 하는 것보다 훨씬 느렸다(매킨토시와 '쿼크익스프레스'는 그래서 위대하다).

전산화 초기 단계여서 숙련된 오퍼레이터를 구할 수 없어 기본 교육 과정을 마친 오퍼레이터가 일하면서 배우고 배우면서 일하는 형국이었다. 어쩌다 입력 실수가 나기라도 하는 날에는 원고 한 페이지를 뽑기 위해 대여섯 시간을 무작정 기다려야 하는 일도 비일비재했다(그 때 열아홉 나이에 입사해 지금은 마흔을 바라보는 전설적인 오퍼레이터가 아직도 시사저널에서 일하고 있다).

일 주일 7일 근무에 야근은 기본이고, 새벽 4시에 퇴근했다가 잠깐 눈을 붙이고 그 날 아침 8시에 출근길에 오르는 날도 숱하게 많았다. 시사저널 편집 기자들은 교대도 없이 일 주일에 100시간 가까이 노동하는 놀라운 기록의 보유자들이었다. 비틀스의 저 유명한 노래 'Eight Days A Week' 그 이상이었다. 마감과 싸우는 편집 기자에게는 그야말로 지옥과 같은 제작 환경이었다.

왜 이런 이야기를 하느냐면, 그 고된 나날을 보내면서도 일이 재미있고, 일하는 것이 신이 났고, 시사저널이 깨물고 싶도록 예뻤다는 말을 하기 위해서다.

그 이유를 설명하기 위해서는 더 지난 시절의 나를 이야기해야겠다. 20년 전쯤 여섯 달 동안 프리랜서 노릇을 한 경험이 있다. 직장을 옮기는 과정에서 약간의 시차 문제가 발생했던 것이다. 그 전까지는 톱니바퀴가 서로 맞물리듯 직장 이동이 순조로워 천하태평으로 지냈는데, 막상 예기치 않은 상황과 맞닥뜨리고 보니 은근히 겁이 났다. 겨우 젖이나 뗀 것들이 둘이나 있는데….

그래서 시작한 것이 원고 장사였다. 내가 자청한 것은 아니고 집에서 놀고 있다는 말을 전해들은 주변 사람들이 '이웃 돕기' 차원에서 원고를 청탁해 왔던 것이다.

몇 군데 취재해서 '대강 철저히' 원고를 넘기곤 했는데 그럭저럭 평판이 괜찮았는지 청탁이 줄을 이었다. 그러다 보니 원고가 밀리기 시작했다. 일이 이쯤 되면 성실하게 취재할 엄두를 낼 수가 없다. 청탁자가 보내 준 기본 정보를 바탕으로 전화로 몇 군데 수소문하고, 이틀 정도 도서관에 가서 자료를 뒤지고, 하루 꼬박 원고를 긁어야만 겨우 마감에 댈 수 있었다. 잡지 마감이란 것이 대체로 월말에 몰리니까 보름 동안은 거의 매일 밤을 새우고 나머지는 빈둥빈둥 지내는 날건달 같은 생활이 이어졌다.

그러다가 갑자기 정신이 들었다. 시인 김수영의 경구가 내 머리통을 후려쳤다. "매문賣文을 하지 말자."

김수영의 산문 한 토막을 옮기면 이렇다.

"나에게는 아직도 해결하지 못하고 있는, 그리고 앞으로도 좀처럼 해결하지 못할 것 같은 세 가지 문제가 있다. 죽음과 가난과 매명賣名이다. …나의 산문 행위는 모두가 원고료를 벌기 위한 매문, 매명 행위였다."

그가 1954년에 쓴 일기에는 또 이런 대목이 나온다. "이름을 팔려고 하지 않을 것이다. 그것은 값싼 광대의 근성이다."

그의 산문은 원고지 네댓 장짜리 조각 글 하나도 허투루 쓴 것이 없는데 스스로에게는 '글을 팔아먹지 말자'고 채찍질하고 있다. 치열한 시인의 문학 정신과 오죽한 기사 문장 따위를 비교하는 것이 어디 가당키나 하겠냐마는 어쨌든 그 날로 당장 나는 원고 장사를 마감했다.

그 후 시사저널에 들어가기까지 한겨레신문 교열부에서 1년 6개월 동안 일했는데 그런 중에도 이따금 원고 청탁이 들어왔다. 나는 그 때마다 이미 오래 전에 '폐업 신고'를 했음을 알리고 정중히 사양했다. 거절의 즐거움, 자부심 같은 것이 확실히 있었다. 2006년 7월부터 12월까지 시사저널에 교육 일기를 연재할 용기가 생긴 것은 보속補贖 기간이 18년쯤 되었으니, 이제는 '신장 개업'의 자격이 갱신되지 않았겠느냐는 나름의 판단 때문이었다(잊을 뻔했는데, 그 사이 딱 두 차례 위반이 있었다).

시사저널은 나처럼 '과거가 있는' 기자에게 '씻음'의 기회를 주었다. 시사저널에서 건성건성은 결코 용납되지 않았다. 꼼꼼하고 고지식한 인간들만 모아 놓은 집단 같았다.

뒷날 나는 후배 기자들에게 "한 쪽짜리 작은 기사라도 최소한 다섯 명의 취재원이 등장하는 기사가 좋은 기사"라고 입버릇처럼 말하곤 했다. 이 말을 단지 열심히 취재하라는 뜻으로 해석할 사람이 있을지 모르지만, 시사저널 초창기의 편집국 분위기는 실제로 그러했고 그 전통은 아직도 시사저널 지면에 묻어나고 있다.

창간 초기에 취재 환경이 열악했음에도 불구하고 엄격한 원칙이 지켜질 수 있었던 것은 회사가 사람에 대한 투자를 아끼지 않은 덕이다. 당시 취재 인력은 40명에 가까웠고 편집 기자 수효도 데스크를 포함해 6명이나 되었다. 취재 기자는 자잘한 인터뷰 기사 외에는 일 주일에 두 쪽짜리 한 꼭지만 써도 제 몫을 충분히 한다는 평가를 받았다. 그러니 지면에 쏟아부은 정성이 얼마일는지 짐작할 수 있을 것이다

(삼성 관련 기사 삭제 파동으로 파업에 참가한 기자는 모두 23명이다. 창간 초기에 비해 절반 수준이다. 그런데도 경영자들은 입만 열면 기자 수가 많다고 아우성이다. 그 때와 지금의 취재 환경이 다르다는 점을 감안하더라도 적어도 언론사 경영자라면 기자에 대한 투자 마인드를 갖고 있어야 한다. 참으로 격세지감이 느껴진다).

기사 작성과 관련해서 시사저널은 그 때까지 한국 언론에서 찾아볼 수 없었던 리라이팅rewriting 시스템을 도입했다. 김승옥, 박태순, 송영, 유재용 등 내로라하는 소설가들이 기사를 철저히 검토하고 문장을 다듬은 뒤 편집부로 송고했다(박태순 씨는 조영래 변호사를 인터뷰한 내 첫 기사를 아예 다시 써서 편집부로 넘겼고, 나는 그 기사를 내 손으로 편집했다).

새로운 형태의 기사 문법, 다른 말로 '저널적 글쓰기'가 아직 자리가 잡히지 않은 탓에 최종 수비수 격인 편집 기자는 팩트fact 확인에서부터 오탈자 색출, 문장 정리, 제목 달기에 이르기까지 전방위적인 원고와의 전쟁을 치러야 했다. 간결하고 논리적이고 정확한 시사저널 고유의 기사 문장은 이러한 과정을 거치면서 진화했다.

내용과 형식이 서로를 규정한다는 관점에서 보자면, 시사저널이 깐깐하게 시시비비를 가리면서도 편향됨 없이 중립적인 논조를 유지해 올 수 있었던 것은 '저널적 글쓰기' 형식에도 힘입은 바 크다. 시사저널의 기사에서 감정이 들어간 표현은 데스크와 편집 기자들의 손을 거치면서 중립적인 어휘로 교체되고 중언 부언은 가차없이 삭제되었다.

이 대목에서 떠오르는 사람이 안병찬 선배이다. 그는 창간 4호인가를 만들 무렵 한국일보에서 시사저널 주간으로 옮겨 왔다. 창간의 산파역을 했던 전임 주간(진철수)은 한자 혼용을 주장해 젊은 편집 기자들을 곤혹스럽게 만들었다.

안병찬 선배가 부임한 첫날 내가 물었다. "한글 전용입니까, 국한문 혼용입니까?" 그러자 그가 별놈 다 보겠다는 듯이 쓰윽 쳐다보며 말했다. "당연히 한글 전용이지." 창간 때부터 시사저널을 구독한 독자는 안병찬 이전과 이후의 글쓰기 형식의 차이를 알 수 있을 것이다.

안선배와 얽힌 일화가 적지 않은데, 가장 인상에 남는 것은 뭐니뭐니해도 1990년의 스티븐 호킹 초청이다. 신문에서 스티븐 호킹에 대한 기사를 읽고 흥미를 느껴 기사 아이템으로 제안하려고 찾아갔더니 그 꼭지를 내게 떠넘기는 것이었다. 왜 편집 기자에게 취재 일을 맡기냐고 항의했더니 하는 말. "당신이 잘할 거잖아."

1990년 9월.
시사저널은 스티븐 호킹을 초청하였다.
김영삼과 김대중이 주한 영국대사관에서
호킹 박사를 만나고 있다.

하는 수 없이 야근이 없는 날 취재를 하기 위해 서울대 물리학과로 김제완 교수를 찾아갔는데, 그 만남을 계기로 스티븐 호킹 초청 건이 급진전되었다. 마침 최원영 회장은 스티븐 호킹과 연락이 닿아 신작 에세이를 받아 놓은 참이었고, 김제완 교수는 초청이 성사된다면 강연회 진행을 서울대에서 맡겠다고 나섰다.

이 행사는 시사저널 창간 초기의 가장 큰 이벤트였고 국민에게 시사저널 이름을 알리는 데도 한몫을 했다. 하지만 나는 죽을 지경이었다. 일 주일에 나흘씩 야근을 하는 틈틈이 두 번의 커버 스토리를 혼자서 진행해야 했다(그러느라 강연회에는 가 보지도 못했다). 더 잊지 못할 것은 미술 기자가 사진을 잘못 앉히는 바람에 덩달아 나까지도 시말서를 써야 했다는 것이다. 안병찬 주간의 별명이 '안깡' 인 이유가 여기에 있다.

1992년 총선을 앞두고는 출마자 전원의 사진과 프로필을 소개하는 별책 부록을 만들었는데, 멀쩡하게 경제부에서 일하던 내가 차출되었다. 그 탓에 3주 동안 2천 장이 넘는 사진과 혼자서 씨름해야 했다.

웬만큼 얼굴이 알려진 정치인이야 별 문제가 없지만, 생전에 듣도 보도 못한 무소속 후보까지 일일이 챙기려니 일이 고된 것은 다음이고 대형 사고가 터질까 똥줄이 탔다. 마지막 일 주일 동안은 집에도 들어가지 못하고 회사에서 새우잠을 잤다. 마감 날에는 눈꺼풀을 들어올릴 힘조차 없어 후배 둘에게 최종 확인을 맡기고 책상에 엎드려 잠을 잤다. 다행히 큰 사고 없이 발행되었는데 안깡은 "수고했어" 한 마디만 던질 뿐, 술 한 잔 받아 주지 않았다.

시사저널에 몸담은 15년 동안 이 부서, 저 부서 참 많이도 돌아다녔다. 김훈 국장은 마치 장기판의 말을 부리듯 인사 이동 때마다 내 책상을 옮겼다. 그의 수법은 이렇다. 어느 날 갑자기 심각한 표정으로 나를 찾는다. 근처 커피숍으로 간다. 한참 우스갯소리를 주고받으며 탐색을 하다가 다시 심각한 표정을 지으며 목소리를 깔고 용건을 꺼낸다. 나는 내일까지 생각해 보겠다며 일단 튕긴다. 하지만 결론은 이미 나 있다.

그러다 보니 편집 기자로 일한 기간은 통틀어 5년이 채 안 된다. 그런데도 가장 기억에 남는 부서는 편집부이다. 창간 초기 몸으로 때우던 시절이 유전자처럼 몸에 새겨진 탓일까? 아니면 1998년 시사저널이 부도가 났을 때 하필 내가 있던 자리가 편집 데스크였기 때문일까?

부도 시절의 20개월은, 뭐랄까, 벼랑 끝에서 가릴 것 하나 없는 몸으로 폭풍우와 맞서는 듯한 투쟁심으로 하루하루를 견디는 나날이었다. 명분과 오기 하나로 겨우 버티는 동안 나는 내 삶에서 가장 깊은 고립감을 맛보았다. 어쩌면 생존의 고독 같은 것.

좌절감과 패배 의식이 왜 없었겠느냐마는 그럴수록 정신은 투명해졌고 온몸의 세포는 잘 벼린 칼날처럼 돋아났다. 잠자리에 들 때는 내일이 밝지 않기를 바랐지만 아침이 되면 전투 의식이 불끈 솟았다. 10년이 지난 지금 돌아보면 그 때가 내 인생에서 가장 빛나는 시절이었지 싶다.

이상하게도 그 시절의 수많은 곡절과 사연들은 잘 떠오르지 않는다. 다시는 떠올리고 싶지 않아서가 아니라, 나 혼자만 속으로 간직하고 싶다는 일종의 무의식 같은 것이 자리잡고 있는지도 모를 일이다.

아무튼 20개월이 지나고 서울문화사의 심상기 회장이 시사저널을 인수했다. 누군가는 '노예선을 탔다'고 걱정해 주었지만, 심회장은 밖에 나도는 소문처럼 무도하거나 흉포한 사람은 아니었다. 내가 편집장으로서 하루 걸러 한 번씩 만나 본 경험으로는 그렇다. 오히려 체면과 예의를 중시하는 쪽이었다. 이윤을 지독하게 따지는 인색한 사람이지만 그것은 경영자의 본능이라고 받아들이면 그만이다.

심회장은 인수 직후부터 구조 조정을 입에 올렸다. 나는 완강하게 버티면서 오히려 인사 적체를 이유로 대규모 승진을 요구했다. 의외로 순순히 받아들여졌다. 물론 편집국에서도 몇몇의 '사상자'가 나왔다(그것까지 막지 못한 것은 두고두고 가슴이 아프다). 연봉 협상과 임금 인상 때마다 피곤한 줄다리기가 계속되었다. 서로가 지쳐 떨어질 때쯤이면 적당한 타협안이 나왔다. 서로가 만족스럽지 못하지만 그렇다고 아주 불만족한 결과는 아니었다. 돌이켜보니 심회장과 나는 일종의 게임을 벌여 왔던 것 같다. 위험한 게임이었다.

광고부장은 나만 보면 왜 우리만 골프 기사를 안 싣느냐고 불평을 했다. 골프 인구도 많아졌고 그 바닥에 광고가 널려 있는데 시사저널에는 골프 지면이 없어서 손해가 많다고 아우성을 쳤다. 하도 보채는 바람에 본지에는 절대 안 되고 부록을 만들어 볼 테니 광고를 받아 보라고 했다. 광고를 얼마나 유치하는지 두고 보자는 마음도 있었다. 그런데 제법 했다.

골프 부록이 나오자 몇몇 독자가 편집국에 항의를 해 왔고 어떤 이는 아예 책을 우편으로 돌려보내기도 했다. 하지만 나는 골프라는 스포츠에 대해 그렇게까지 큰 거부감을 가질 필요는 없다고 생각하였다. 1년에 한 차례씩 골프 부록을 제작했다.

월드컵·재테크·논술 등 다양한 주제를 작은 단행본 형태로 제작한 것이 시사저널의 부록이다. 처음부터 큰돈을 남기려고 기획한 것은 아니고, 나는 그 몇 년 전부터 사실 보도에 치중하는 본지와는 별도로 실용 정보를 제공하는 지면이 있어야 한다고 생각했다(일간지의 주말 섹션으로 이해하면 된다). 독자의 호응을 얻고 이익까지 생긴다면 그보다 더 좋은 일이 없지만 제작비를 뽑기만 해도 충분하다는 판단이었다.

위험한 게임은 이 지점에서 시작된다. 경영 측의 마인드는 아무래도 독자에 대한 정보 제공보다는 수익성 쪽에 더 관심이 많기 때문이다. 흑자네 적자네 따지다 보면 갈등이 생기고 피곤해진다. 그러다 보면 처음의 기획 의도와 달리 광고가 붙지 않는 아이템을 기피하는 경향이 나타난다. 인지상정이다.

시사저널의 편집국 문화가 갖는 고집스러움 중의 하나는 광고에 끌려다니지 않는다는 것이었다. 창간 초기 광고국에 건네주는 편집 배

열표에는 기사 제목을 써 넣지 않아 광고국 직원들이 편집국에서 어떤 기사를 취재하는지 전혀 알지 못했다. 광고와 편집의 철저한 분리가 이루어졌던 것이다. 그런데 내가 주도해서 만든 시사저널의 부록은 그 경계에서 아슬아슬한 줄타기를 하고 있었다.

시사저널은 아직도 광고와 판매 수익이 균형을 잡고 있다. 광고에 발목이 잡히지 않는 비교적 건전한 구조를 유지하고 있는 것이다. 부록을 제작하면서도 일간 신문, 특히 경제지의 부동산 섹션처럼 노골적으로 '기사의 탈을 쓴 광고'를 내보낸 적은 없다(그랬다가는 당장 후배들한테 소환되어 탄핵당한다). 그러나 사람의 일은 모르는 것이어서, 오로지 이익만을 밝히는 경영자의 악성 바이러스가 편집국을 감염시키면 그 언론은 그 길로 타락의 나락으로 추락하게 된다.

내가 처음 부록을 제작하기로 결심했을 때는 그 명분에 털끝만한 의심도 없었다. 그러나 자본의 힘이 갈수록 강해지고 있는 지금 와서 생각하니 아무래도 나는 그 때 한 발쯤 뒤로 물러섰던 것 같다. 여기에는 변명의 여지가 없다.

흔히 하는 말로 '붓을 꺾는다'는 비유가 있다. 나는 연필을 꺾었다. 비유가 아니라 진짜로, 연필을 꺾었다.

2000년의 일로 기억한다. 어느 날 서명숙과 문정우가 씩씩거리며 내 책상 앞에 섰다. "선배, 거 펜슬 좀 놓으쇼."

무슨 말이냐 하면 내가 하도 오래 원고를 붙들고 있어 제작이 지연된다는 불만이었다. 나는 모든 원고를 편집부에 넘기기 전에 한 번, 조판된 다음에 또 한 번, 마지막 오케이 단계에서 다시 한 번, 도합 세 번을 읽었다

시사저널의 기사 검증 시스템은 고지식할 정도로 철저하다. 취재

기자→데스크→편집장(원고 송고)→편집기자→교열기자→편집기자(조판)→취재 기자(또는 데스크)→편집 기자(1차 수정)→교열기자→편집장→편집 기자(2차 수정)→편집장(OK)→교정쇄 확인→인쇄. 이렇듯 기사 작성에서 인쇄소에 가기까지 최소 열두 단계를 거친다. 그런데 이 과정에서 편집장이 연필을 쥐고 토씨 하나까지 붙들고 앉아 있으니 내 책상에서 병목 현상이 일어날 수밖에 없었다. 썩 내키지는 않았지만 한 과정을 건너뛰어도 무방하다는 생각으로 연필을 꺾었다. 한동안은 두 동강이가 난 연필을 바라보며 근질근질 살아나는 손버릇을 억눌러야 했다.

그런데 혹시 내 뒤에 편집장이 된 서명숙과 문정우 역시 후배들한테 '연필을 꺾으라'는 압력을 받지 않았을까? 시사저널 기자에게는 어쩔 도리 없이 시사저널의 피가 흐르기 때문이다.

시사저널 편집국 문화와 그것에 감염된 기자들을 규정한다면 고지식함, 이 한 마디 말뿐이다. 그리고 나는 그 고지식함 때문에 시사저널을 사랑했고 지금도 사랑한다. 나부터가 15년 동안 단 한 번도 사표를 쓰지 않는 고지식의 모범을 보여 주지 않았는가 말이다.

뉴스 전쟁터에서 띄우는 '편집장의 편지'

서명숙 | 전 시사저널 편집장

내 전임이었던 김상익 선배는 편집장직에서 스스로 물러났다. 그는 농반 진반으로 이런 말을 남겼다. "편집장 노릇 3년에 남은 건 똥배와 위장병, 없어진 건 머리숱이다." 그만큼 스트레스와 과로, 운동 부족과 과음에 시달렸다는 이야기다.

기자가 언론의 꽃이라면, 편집장은 '꽃 중의 꽃' 이라고 불린다. 그러나 롤러 코스터처럼 아찔아찔하고 변화무쌍하기 이를 데 없는 한국 사회에서 시사 주간지 편집장은 '전쟁터에서 피어나는 꽃' 이었다.

작지만 강한 매체답게 시사저널에는 기자 수효는 적었지만 자기 주장이 강한 전문가 기자들이 넘쳐났다. 그 강한 개성을 죽이지 않되, 시사저널 전체의 톤에 녹아들게 만드는 것이 오케스트라 지휘자인 편집장의 역할이었다. 심지어는 한 호에 서로 다른 주장을 펼치려 드는 전문가 기자들 사이를 중재해야 할 때도 있었다.

어디 그뿐이랴. 불리한 기사가 나가지 않도록 전방위 로비를 펼치다가 인쇄된 뒤에는 소송으로 후속 보도를 막으려 드는 수많은 권력 집단들, 고품질의 기사를 요구하는 입맛 까다로운 독자들, 특종 기사를 끊임없이 원하면서도 소송 따위의 번거로운 일에는 휘말리지 않기를 바라는 경영진들, 기껏 유치해 놓은 광고가 기사 한 꼭지 때문에 수포로 돌아간다고 울상 짓는 광고국 사람들. 편집장의 스트레스 목록은 일일이 열거하기 힘들 정도다.

언론계 중진 중에 나이에 비해 유난히도 젊어 보이는 선배님이 한 분 있었다. 십오 년쯤 전에 그에게 그 비결을 물었더니 "장長을 한 번도 안 해 봤기 때문"이라는 대답이 돌아왔다. 새까만 후배가 듣기엔 다소 엉뚱한 대답이었다.

훗날 이른바 '간부 사원'이 되면서 그 선배의 말을 어렴풋이 이해하게 되었다. 시간이 더 흐른 뒤에 편집장을 하면서 나는 무시로 가슴을 쳤다. 그 선배의 말이 새록새록 가슴에 사무쳤기 때문이다.

'김훈식 화법'으로 독자의 이목을 사로잡다

편집장 스트레스 중 하나가 '편집장의 편지'였다. 목차와 '만든 사람들' 소개에 이어 등장하는, 잡지의 얼굴이나 다름없는 난이었다.

그 첫 테이프를 끊은 주자는, 지금은 한국을 대표하는 작가로 꼽히는 김훈 편집국장이었다.

1989년 창간 이래 한동안 시사저널은 편집자의 육성을 담아 내는 난을 설치하지 않았다. 다른 매체에서는 대부분 편집자의 컬럼이나 편지 글을 내보내고 있어서, 시사저널 내부에서도 종종 그 필요성이 제기되곤 했다. 그 때마다 다시 현상 유지 쪽으로 결론이 나곤 했다. '없는 쪽이 더 시사저널답다'는 논리가 우세했던 것이다.

그러나 김훈 국장이 부임하면서 편집국의 분위기가 반전했다. 한국일보 재직 당시 '문화부 기사의 한 전형'을 만들어 낸 김훈 선배의 글을 우리 매체에서도 보고 싶다는 후배들이 의견이 강력하게 대두되었다. 사회부장일 때에도 한 달에 한 번씩 '시론'을 집필했지만, 그 정도로는 후배와 독자들의 갈증을 해소할 수가 없었던 것이다.

후배들의 압력에 견디다 못해 굴복한 김국장은 쓰기는 하되, 딱 3.3매만 쓰겠다고 역제안했다. 다들 너무 짧다고 아우성이었지만, 김국장은 요지부동이었다. "3.3매로도 세상 모든 일에 대해서 말할 수 있다. 3.3매로 내용을 담아 내지 못한다면 33매로도 못 쓰는 법이다."

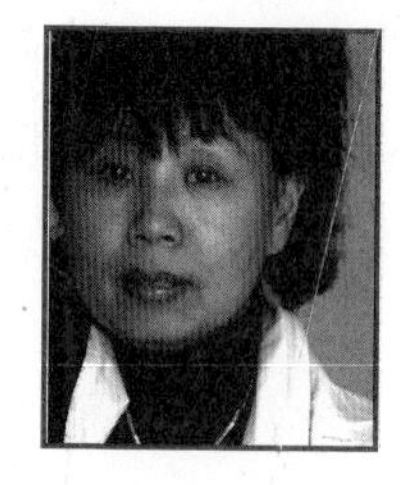

서명숙 1957년 서귀포에서 태어나 1976년 서울로 올라와 고려대에 들어가다. 긴급조치 9호로 잠깐 '살다가' 나와 프리랜서와 잡지사 기자로 전전하다. 1989년 시사저널 창간 당시 '유부녀 기자'로 운 좋게 바늘 문을 통과하다. 그 후 여자로서는 희귀하게 정치부 기자, 정치부장을 거친 덕분에 2001년 가을부터 2003년 봄까지 편집장까지 지내다. 회사를 그만둔 뒤 첫 책인 「흡연여성잔혹사」를 펴냈으나 별 재미는 못 보다. 다시 인터넷신문 오마이뉴스 편집국장으로 부임했지만 2006년 여름부터 또 자유인으로 돌아오다. 스페인 산티아고 길 800킬로미터를 걸으면서, 고향인 제주도에 보행자들이 평화롭게 걸을 수 있는 '제주 카미노'를 만들고야 말겠다고 결심하다.

3.3매짜리 초미니 '편집국장의 편지'는 그렇게 출발했다. 그가 선택한 아이템은 예측 불허였고, 비슷한 사안을 다루더라도 내용이 파격이었다. 단단한 뼈마디로 이루어진 빛나는 문장은 짧은 글에 강한 힘을 부여했다. 한마디로 '대박'이었다.

신도시 근처에 우후죽순처럼 번지는 러브호텔이 사회적 쟁점으로 떠올랐을 때였다. 김훈 국장도 이 문제를 다루었다. 주택가나 학교 근처에 '불건전한 러브호텔'이 난립하는 것을 개탄하는 여느 매체들의 준엄하고 도덕적인 사설과는 달리, 그는 갈 곳 없는 '사랑'이 찾는 러브호텔의 존재를 인정했다. 그가 주문한 것은 그런 시설이 이름에 값할 만큼 문화적이고 아름다우면 좋겠다는 것이었다.

독특한 김훈식의 말 걸기는 두터운 독자층을 형성해 나갔다. 시사저널 독자 중에는 본말이 전도되어 '시사저널을 읽다 보니 김훈의 편지를 접하게 되었다'가 '김훈의 편지를 읽기 위해 시사저널을 사 보는' 이들마저 생겨났다.

지극히 아날로그적인 김훈식 글쓰기 습관은 컴퓨터 문화에 익숙한 후배들에게는 괴이하기 짝이 없었다. 그는 국장 책상 밑에 집에서 공수해 온 돗자리를 깔아 놓고 야근을 했다. 그의 주장에 따르면 노인용(진짜 노인분들 화내실라!) '의료 기구'였다.

그는 마감날이면 주요 기사를 검토하는 틈틈이 4백자 원고지(시사저널 초기에 로고를 찍어 다량 제작해 두었지만 컴퓨터의 보급으로 찾는 사람이 없어 전적으로 김국장 몫이었다)에 연필로 꾹꾹 눌러 한 자 한자 고통스럽게 써 내려갔다. 생각이 막히거나 글이 잘 풀리지 않는 순간에는 습관처럼 엄지손톱을 물어뜯곤 했다.

마감이 멀지 않았음을 알리는 또다른 증거물은 그의 책상 위에 즐비한 종이 커피 잔이었다. 반쯤 마시다 남긴 그 커피 잔을 잘못 건드리는 바람에 도미노처럼 줄줄이 쓰러진 적이 한두 번이 아니었다. 책상 주변에 쓰다가 구겨 버린 원고지 더미가 수북하게 널리고, 책상 위에 지우개 똥이 가득해질 즈음이면 한 주일의 기사도, 김훈 국장의 편지도 마감되곤 했다. 피 말리는 뉴스의 전쟁터에서 독자에게 띄운 편지였다.

시작부터 파란을 불러일으킨 '편집장의 편지'

김훈 국장이 떠나자 편집장의 편지도 자연히 자취를 감추었다. 그런데 내가 편집장에 취임하자마자 후배들이 편지난을 부활하라는 게 아닌가!

편집장을 안 하면 안 했지, 편지는 못 쓰겠다고 버텼다. 천하의 글쟁이 김훈 국장의 뒤를 이어 '편집장의 편지'를 쓰다니, 그런 무모한 짓이 어디 있겠는가. 나도 그 정도의 바보는 아니었기에 한사코 고사했다. 그러나 후배들도 집요했다. 정치부장 시절 잡지 맨 뒤쪽에 실리는 '시론'을 썼는데 편집장 칼럼이라고 왜 못 쓰냐는 것이었다.

김훈 국장처럼 나도 무릎을 꿇었다. 내용은 차치하고 짧은 길이부터 돌파하기 힘든 숙제였다. 대체 3.3매에 무슨 논리를, 어떻게 전개하란 말인가. 10매쯤은 돼야 기승전결의 형식을 갖출 게 아닌가.

아니나다를까, 낑낑대면서 첫 번째 편지를 써서 교열 책임자이던 이병철 선배에게 보여 주었더니 낯빛이 흐려졌다. 글에 관한 한 누구도 따라가지 못할 탁월한 감식안의 소유자인 이선배는 '시론의 축소판 같다' 는 아주 냉정한 평가를 내렸다. 중편을 길이만 압축했다고 단편이 될 수는 없다는 논평과 함께. '3.3매의 덫' 은 한동안 나를 괴롭혔다.

짧은 형식에 가까스로 익숙해질 무렵, 나는 대형 사고를 쳤다. 노무현 후보가 민주당 대통령 후보로 선출된 직후에 쓴 '편집장의 편지' 때문이었다.

당사자는 감격했고, 지지자들은 열광했다. 딴은 그럴 만도 했다. 국외자인 한 일본 언론의 눈에 비친 노무현 후보는 '학벌 등 인적 네트워크가 구축된 한국 사회에서 이질적인 존재.' 그런 노후보의 경선 승리는 그 자체가 정치 드라마였다. 학연, 지연, 혈연이라는 전통적인 네트워크에 취약한 대신 새로운 네트워크(인터넷과 노사모)의 강점을 살려 정치 혁명을 이루어 낸 것이다.

그러나 노후보의 정치 실험은 끝나지 않았다. 아니, 지금부터가 시작이라 해도 과언이 아니다. 당내에서 뿌리내리기, 순풍보다 역풍이 더 거셀 것이 뻔한 정계 개편, 정치 생명을 건 6월 지방 선거…. 하나하나가 노후보에게는 가파른 시험대일 수밖에 없다.

그 과정에서 가장 까다로운 적은 누구일까? 아마 노후보 자신이 아닐까 싶다. 더 높이 올라갈수록, 적은 상대방이 아니라 자기 자신인 경우가 많다.

최근 한 신문에 노후보의 중학교 생활기록부가 공개되어 눈길을 끌었다. 담임에 따라 후한 평가를 내리기도, 다소 야박한 평가를 내리기도 했다. 그 중 가장 눈길을 끈 것은 '경솔하다'는 대목이었다. 한번 형성된 성격은 평생 간다는 말도 있는데, 노후보도 예외는 아닌 것 같다. 그는 정치권에 몸담은 뒤에도 경솔하다는 비판에 꽤나 시달렸다. 스스로도 '그 때는 너무 앞질러 갔던 것 같다'고 말한 적이 여러 차례 있다.

만일 그가 자신의 정책과 비전을 국민에게 제대로 설명하기도 전에 경솔한 처신으로 좌절한다면? 그것은 한 개인의 실패에 끝나지 않고, 그를 통해 정치 변혁을 이룰 수 있다고 믿었던 이들의 집단적 좌절로 이어질 것이다. 경솔한 처신에도 불구하고 운 좋게 대권을 거머쥔다면? 그 역시 나라에 큰 부담이 될 것이다. 노후보의 존재감이 커질수록 그의 결점에 자꾸 눈이 간다.

이 편지가 나가자마자 독자들의 항의 전화가 빗발쳤고, 인터넷판에도 살벌한 댓글들이 줄줄이 올라왔다. 입에 담을 수 없는 내용도 많았다(댓글에 대한 나의 뿌리 깊은 공포감은 여기에서 비롯했는지도 모르겠다). 극우 보수들과 야합했다, 믿었던 시사저널이 어떻게 이럴 수 있는가, 대체 무슨 근거로 노후보를 경솔하다고 매도하는가 등등.

물론 그 반대의 경우도 더러 있었다. '친여당 매체인 줄 알았더니 꼭 그렇지는 않은가 보다,' '어느 쪽에도 서지 않고 할 말은 하는 시사저널답다'는 반응이 그것이었다.

편집장의 편지에 쏟아진 격렬한 반응은 그 난에 대한 독자의 관심이 그만큼 크다는 것을 의미했다. 마음의 부담을 잔뜩 짊어질 수밖에 없는 상황이었다.

당시 잡지 마감날은 토요일과 월요일(지금은 목요일과 금요일이다). 그 사이에 끼인 일요일은 한숨 돌리는 날이 아니라 가장 민첩하게 '뇌세포를 움직여야 하는' 날이었다. 밥을 먹어도, 텔레비전을 보고 있어도, 모처럼 가족들과 외출을 하더라도, 머릿속은 이번 주엔 무슨 편지를 써야 할까 분주했다. 몸 따로, 마음 따로였다.

편집장의 편지는 마감의 고통을 가중시키는 끔찍한 형벌이었다. 독자에게 말 걸기의 즐거움이라는 치명적인 유혹을 동반한.

눈물로 써 내려간 '마지막 편지'

2003년 4월 1일. 금창태 전 중앙일보 사장이 새로운 발행인으로 부임했다. 두 차례의 면담 끝에 사직을 결심했다. 하산할 때가 되었다는 판단이 들었다. 부도 시절부터 쌓인 피로감을 채 해소하기도 전에 편집장의 격무에 시달렸던 터라 더 이상의 피곤함을 감당할 자신이 내게는 없었다.

사표를 냈지만 회사 측이 받아들이지 않는 어정쩡한 시간이 두 주일이나 계속되었다. 그 사이에 고향인 제주도에 내려갔다. 친구인 시인 허영선의 안내로 섬 속의 섬, 비양도를 난생 처음으로 찾았다.

그 곳 비양봉 정상에서 하늘과 바다와 구름을 보았다. 하늘과 바다는 경계가 없는 푸른빛이었다. 가파르고 숨가쁜 시사와는 또다른 세계가 있었다. 뜨는 해와 지는 노을을 느긋하게 지켜본 게 대체 얼마만인가, 그런 적이 있기나 했던 걸까. 한 줄기 눈물이 뺨을 타고 내려왔다. '시사저널에 대한 지긋지긋한 집착을 청산하고 나를 돌봐야겠다'는 생각이 확고해졌다.

회사에서 사표를 수리해 주지 않으니 독자들에게 사표를 제출하는 수밖에 없었다. 마음을 다시 굳히고 서울로 올라와 보니, 한 통의 편지가 와 있었다. 기자를 지망한다는 고교생으로부터 온 편지였다. 시사저널을 보면서 그 꿈을 갖게 되었는데, 일류 학교를 갈 실력은 못 되기에 고민이 많다는 내용이었다.

막상 마지막 편지를 쓰려니 어떻게 풀어 나가야 할지 막막하던 터에 잘됐다 싶었다. 십 년쯤 뒤에 후배가 될지도 모르는, 얼굴도 모르는 한 고등학생을 향해 편지를 쓰기 시작했다.

마감을 제때 못해 끙끙거린 적이 한두 번이 아니지만, 이번만큼 어려운 적은 없었다. 할 말이 너무 많은 것 같기도, 아무것도 없는 것 같기도 했다. 마지막 편지이니 만큼 근사하게 써야지 하는 욕심이 앞서 더 헤맸다.

최후의 순간, 아침에 받은 한 고등학생의 이메일이 떠올랐다. 그는 기자가 되고 싶다고 고백했다. 원래는 그저 막연한 꿈이었는데, 아버지의 권유로 시사저널을 받아 보면서 생각을 굳히게 되었다면서. 그는 기자가 되려면 꼭 서울대를 나와야 하는지, 어떤 학과를 택하는 것이 유리한지 궁금해했다. 마감날은 절친한 이가 안부 전화를 걸어와도 퉁명스레 받을 만큼 몸과 마음이 분주한 법이다. 하지만 나는 즉각, 정성스레 답장을 썼다. 어떤 청소년에게 우리의 직업이 장래 희망으로, 우리가 만드는 잡지가 그가 훗날 일하고픈 직장으로 받아들여진다는 것만큼 뿌듯한 일이 또 있으랴.

내가 기자를 꿈꾸기 시작한 시점도 그와 비슷했다. 한 언론사 사주에 관한 책을 읽고 나서였다. 열정으로 휩싸인 편집국 풍경, 힘센 사람들

2003년 3월. 700호 발행 기념으로, 당시 서명숙 편집장이 그 동안 발행된 시사저널과 함께 서 있다. 그 뒤 4년 동안 그 키는 더 커졌으리라.

을 향해서도 할 말은 하고야 마는 기자 기질, 개성으로 똘똘 뭉친 사람들…. 거기에 묘사된 '언론'의 모습은 사춘기 소녀를 매료하기에 충분했다. 훗날 상당한 과장이 있었음을 알았지만.

그런 점에서 나는 소녀적 꿈을 이룬, 운 좋은 사람이다. 기자가 되었기 때문만은 아니다. 재벌이나 족벌로부터 자유로운 독립적인 언론에서 일할 수 있었기에, 고정관념과 예단을 거부하고 사실과 진실을 추구하는 동료들을 만났기에.

편집장을 지낸 기간은, 짧다면 짧지만 내게는 무척 길었다. 그러나 독자 여러분의 사랑이 있어서 행복했음을 고백한다. 이제 기자의 본래 자리인 현장으로 돌아갈 참이다. 메일을 보낸 그 소년과 현장에서 만나고 싶다.

이 짧은 편지를 쓰면서 자판기를 두드리는 손길을 몇 번이나 멈추었는지 모른다. 시사저널에서의 15년 세월이 주마등처럼 스쳐 지나갔다. 눈물과 웃음, 즐거움과 고통, 열정과 떨림, 회한과 아쉬움이 교차하던 그 시간들이.

월간지에서 기자로 일하던 중 시사저널 경력 기자 모집 공고를 보고 간절한 마음으로 응시해 시험을 치던 일, 사회부 기자로 제몫을 한다고 여겼는데 느닷없이 정치부 기자로 발령이 나서 복도에서 눈물을 질질 짜던 일, 마감날 아침까지 원고를 써 내지 못해 데스크에게 지면을 메꿀 광고비를 대신 내겠다고 말했다가 혼난 일, 둘째 아이를 임신한 1994년 '수은주가 단군 이래 최고로 치솟았던' 그 여름날 찜통더위를 못 견뎌 회사 화장실에서 호스를 연결해 목욕을 하던 일, 남산만한 배를 내밀고 매달린 끝에 정계를 은퇴한 김대중 전 총재의 독점 인터뷰를 성사시킨 일, 모母기업의 부도로 인한 연쇄 부도로 기자들이 하나둘 빠져 나가던 최악의 시절 폭우가 쏟아지는 일요일에 출근해 밥을 물에 말아 먹다가 눈물을 툭 떨어뜨린 일, 부도의 와중에서도 정희상 기자의 '김훈 중위 의문사 사건'으로 특종상을 휩쓸어 모처럼 기운을 내던 일, 편집장을 지내면서 소송 12건에 소송가액만 25억 원에 달하는 줄소송을 당하느라고 밤마다 법정에서 진술하는 악몽에 시달렸던 일….

눈물이 흐를세라 눈가를 비비면서, '마지막 편지'를 편집부에 전송하고 엔터 키를 눌렀다.

그것으로 시사저널 현역 생활은 끝났다. 몸과 마음으로 사랑한 연인과 드디어 헤어진 것이다.

해학과 기지에 빛나는 문정우의 편지

문정우 편집장이 바톤을 이어받아 편지 릴레이에 나섰다. 그 역시 초반에는 길이에 적응하기 힘들어하더니, 이내 그 특유의 해학과 기지를 유감 없이 발휘하기 시작했다. 내 편지 때문에 시사저널을 본다고 듣기 좋은 소리를 하던 지인들 중에 문정우 편집장의 편지를 즐기는 쪽으로 변심하는 이들이 늘어났다.

그 어떤 심각한 사안도 해학과 기지로 풀어 내는 것이 문편집장의 주특기였다. 정색을 하고, 핏대를 세우고, 잘난 척하면서 쓰는 글과는 판이하게 달랐다. '시사저널 사태'의 원인을 제공한 삼성 문제에 대해서도 그는 그다운 편지를 띄웠다.

'시사저널'의 현병구 광고부장은 정말 일을 열심히 하는 사람이다. 팀원들을 독려해 개미처럼 부지런히 광고를 물어와 번번이 경쟁 매체들을 깜짝 놀라게 만든다. 경기가 좀처럼 살아나지 않고, 그 때문에 기업들이 광고 예산부터 줄이기 시작하면서 그의 귀가 시간은 더욱 늦어졌다.

어느 매체건 편집국에서 가장 두려워하는 이들은 물론 독자일 것이다. 그런데 독자 다음으로 무서운 이들이 바로 광고주이다. 경기가 좋지 않으면 광고주의 세도는 더욱 당당해진다. 광고주 중에서도 고정으로 광고 물량을 대는 대기업의 위세는 나는 새를 떨어뜨릴 만하다. 그리고 이 같은 광고주를 상대로 영업하는 매체 내 광고 담당자의 발언권도 강할 수밖에 없다. 따라서 편집 책임자들이 좀처럼 뿌리치기 힘든 것이, 회사에 돈을 벌어오는 광고 책임자의 '부탁' 이다.

현부장의 미덕은 여간해서는 편집국에 부탁을 하지 않는다는 점이다. 그는 광고가 편집에 기대서는 안 된다는 소신을 갖고 있기도 하다. 하지만 그런 그도 이번 호에 편집국에서 삼성 이건희 회장을 다루겠다고 하자 어두운 얼굴로 푸념 아닌 푸념을 했다. "우리 기자들은 어떤 기업에 유리한 기사를 쓰더라도 꼭 가시 한두 개씩은 기사에 감춰 놓는 이상한 버릇이 있어 정말 광고 영업하기 힘들다" 라는 것이었다.

사실 기자들이 조금이라도 삼성에 불리한 기사를 취재할라치면 사방에서 압력이 들어온다. 인맥과 연줄을 어찌 그리 잘 활용하는지 신기할 정도이다. 하물며 물주를 일선에서 직접 상대해야 하는 광고 책임자의 고충이야 이루 말로 표현할 수 있으랴.

이번 주 커버 스토리를 보니 현부장이 우려한 대로 기사 곳곳에서 가시를 발견할 수 있었다. 하지만 시사저널의 '전통' 에 따라 가시를 제거하지는 않았다. 내놓고 원망도 하지 않는 스타일이어서 현부장의 얼굴이 더 눈에 밟힌다. 그리고 이러다 삼성이 정말로 광고를 안 주는 날이 올까 봐 겁이 나기도 한다.

기자의 작업을 신뢰하고 외부의 압력으로부터 편집국을 방어해야 하는 편집장은 말할 것도 없거니와, 직업상 광고주의 입김을 의식해야 하는 광고부장조차도 내놓고 부탁하거나 사후에 원망하지 않는다! 이것이야말로 시사저널의 오랜 전통이고 미덕이었다. 부서를 불문하고 시사저널의 구성원들은 당장은 힘들고 껄끄럽고 불편해도, 그렇듯 오연傲然한 전통이 시사저널을 시사저널답게 만드는 요소라는 자부심을 갖고 있었다. 독자들이 얼핏 보면 밋밋하기 짝이 없는 시사저널 기사에 무한한 신뢰와 애정을 보내는 것도 성역을 깨부수고 광고주에 휘둘리지 않는 시사저널의 기개 때문이었다.

문정우 편집장의 뒤를 이은 이윤삼 편집국장도 비록 외부에서 영입되긴 했지만 시사저널의 면면한 전통을 잘 알고 있었다. 그러니만큼 삼성 관련 기사가 인쇄 단계에서 일방적으로 삭제되자 항의성 사표를 내던진 것은 충분히 예상할 수 있는 일이었다. 그런데도 회사는 하루 만에 사표를 수리했고, 이후 '편집국장의 편지'는 지면에서 사라졌다. 가타부타, 아무런 설명도 없이.

몇 달이 흐른 뒤 시사저널의 고정 필자인 고종석 논설위원이 '이윤삼 국장의 편지를 다시 보고 싶다'는 내용으로 시론을 썼다. 김훈 국장 시절부터 시작된 편집 책임자의 편지는 시사저널의 주요한 아이콘으로 자리매김한 지 오래였다.

한 주에 한 번 배달되는 편지를 통해 독자들은 잡지의 제작을 지휘하는 편집장의 취향과 개성을 엿보고, 잡지의 방향성을 탐색하고, 일주일 동안 시사호의 선장이 겪은 고민을 들여다보았다. 이제껏 제공

되어 온 서비스가 갑자기 중단된 사실에 독자들이 당혹해하는 것은 지극히 당연한 일이었다.

그러나 '짝퉁 시사저널'이 제작되기 시작한 뒤로는 편집국장의 편지가 빠졌음을 지적하는 것조차도 무의미해졌다. '만든 사람들' 조차 빠진 잡지에 '편집국장의 편지'가 없는 게 무슨 뉴스랴. 유령이 만든 잡지에 편집자의 편지가 실리는 게 더 이상한 일일는지도 모른다.

"네, 이문재입니다"

이문재 | 전 시사저널 취재부장·시인

전화 콤플렉스가 있었다. 나는 남 앞에 나서지 못하는 것은 물론, 낯선 사람과 마주 앉아 있는 것도 버거워하는 내성적인 성격이었다. 나의 대인 공포증은 중증이었고, 오래 갔다. 전화조차 걸고 받기가 힘들었다. 고등학교를 졸업할 때까지 전화가 두어 대밖에 없는 시골에서 살았으니, 전화는 내 성장기에 없는, 낯선 박래품이었다. 1980년대 초중반, 복학해서 대학에 다닐 때에도 전화 통화는 아주 각별한 경험이었다. 그 때까지만 해도 전화는 전보와 동의어였다. 난데없거나 불길한 소식의 은유였다. 이장네 집이나 학교 교무실에 전화가 와 있다는 전갈은 늘 가슴을 뜨끔하게 했다.

대학 4학년 2학기 때 처음 들어간 직장이 학원사였다. '주부생활'과 '여성자신'과 같은 여성 월간지와 '주우 세계문학전집,' 칼 세이건의 '코스모스'와 같은 단행본 베스트셀러를 펴내던 전통 있는 출판사였다. 여의도 KBS 별관 바로 옆에 10층짜리 사옥을 가지고 있었으니, 한창 전성기를 구가하고 있을 때였다. 서류에서 인터뷰 실기에 이르기까지 네 차례에 걸친 시험 끝에 겨우 합격한 나는 '여성자신'

('엘레강스'가 그 전신이었다) 기자로 배치되었다. 시 쓰는 선배들이 이것저것 일러 준 덕분에 제법 빠른 속도로 잡지 기자 생활에 적응했는데, 전화는 아니었다.

취재는 어렵지 않았다. 약속한 뒤에, 가서, 가만히 앉아, 수첩에 받아 적으면 그만이었다. 취재원들은 나보다 훨씬 뛰어난 사람들이었다. 그 분야의 전문가들이었다. 나는 날짜, 장소, 고유명사 따위만 확인했다. 기사 쓰기도 어렵지 않았다. 마감 시간과 분량만 맞추면 되었다. 문제는 섭외, 즉 전화 걸기였다. 선배 기자들은 그야말로 고수였다. 특히 여기자들. 상대방이 누구라도 넘어가지 않을 수가 없는 언변이었다. 코맹맹이 소리를 내다가 대뜸 으름장을 놓기도 했다. 수습 딱지를 떼고, 2년이 가까워지는데도 나는 전화가 두려웠다. 편집국은 기사 쓸 때와, 섭외할 때로 선명하게 나뉘었다. 마감 때는 전화 걸 일이 없어 편안했다. 하지만 취재가 시작되는 시기, 즉 여기저기 전화를 걸어야 하는 일 주일 정도, 나는 선배들이 자리를 비우기만 기다렸다. 점심 시간 전후, 아니면 퇴근 시간 이후, 편집국에 아무도 없을 때 전화통을 붙잡았다. 붙잡았는데, 큰 소리를 내지는 못했다. 늘 기어드는 목소리였다.

1989년 10월 초순, 나는 창간을 코앞에 둔 시사저널로 옮겼다. 출근해 보니, 편집국은 몇 가지 점에서 선진적이었다. 우선, 기자마다 컴퓨터가 한 대씩 지급되어 있었고, 그 컴퓨터가 모두 랜으로 연결되어 있었다. 나는 깜짝 놀랐다. 국내 언론사에서 처음 도입한 시스템이었다. 또 하나는 편집국 공간 배치였다. 기자들의 책상이 저마다 칸막이로 구획되어 있었다. 파티션 높이가 제법 높아서 앉으면 독립된 방 같은 느낌이 들었다. 옆 사람에게 말을 걸려면 의자를 뒤로 쑥 빼야 했다. 체육관처럼 넓은 편집국에서, 2백자 원고지에 플러스 펜으로 기사를 쓰던 나는 감동했다(원래는 기자들마다 아예 방을 하나씩 주기로 했었단다). 미국의 시사주간지 '유에스 뉴스 앤 월드 리포트'에서 디자인을 담당하던 제니스 올슨이란 멕시코 출신 미국 여성이 아트 디렉터를 맡고 있는 것도 눈에 띄었다. 취재 기자와 미술, 사진 기자들이 함께 회의(쉐이핑 미팅)를 하며 기획을 가다듬고, 지면을 구성하는 다양한 아이디어를 수렴했다. 국제언론문화사HMI(시사저널 창간 당시 법인 명칭이다)가 다르긴 달랐다.

이문재 1959년생. 시인. 시사저널 창간 멤버. 문화부, 기획특집부를 거쳐 1990년대 중후반 문화부 데스크를 맡았다. 2년간 출판사에서 일하다가 2000년 1월 복귀해 편집위원, 취재3부장, 취재 총괄부장을 맡다가 2005년 5월 사직했다. 네 권의 시집과 두 권의 산문집을 펴냈고, 소월시문학상, 지훈문학상 등을 수상했다. 현재 경희사이버대 문창과 초빙교수, 계간 '문학동네' 편집위원으로 있다.

나는 6년차 기자였고, 삼십대로 막 접어들고 있었다. 때는 바야흐로 1990년대. 동구권이 몰락하고, 보통사람들의 시대가 도래했으며, 세계화와 더불어 세기말이 운위되고 있었다. 산업화는 늦었지만 정보화에서는 앞서 가자(지금 들어도 섬뜩하다)는 구호가 나붙었다. 하지만 나의 전화 통화는 여전히 만만치 않았다. 그 즈음, 무선 호출기가, 백신 없는 1종 전염병처럼 번지고 있었다. 기관원에 이어 기자들이 허리춤에 삐삐를 차고 다녔다. 당시 사이비 기자들이 맨 먼저 갖춰야 할 장비가 삐삐였다.

그 무렵, 나의 전화 콤플렉스는 이상한 방향으로 '발전'하고 있었다. 술에 취하면 여기저기 전화를 걸어 대는 것이었다. 새벽 3시도 좋았다. 국내외를 가리지 않았다. 취재와 관련된 전화는 가능하면 적고 짧게 하면서도, 퇴근해 술이 얼근해지면, 글동네 선후배와 친구들, 기자 선후배와 동료들에게 전화 공세를 퍼부었다. 전주에 사는 시인 선배에게 '보고 싶어 죽겠다'며 넋두리를 했고, 오토바이를 좋아하는 기자 선배에게는 밤 12시에 오토바이를 타고 나오라고 했다. 외국에 나가 있는 친구에게 30분 뒤 광화문에서 보자고 했다. 낮에는 세 문장 이상을 연결하지 못하는 대인 공포증 환자가(이런 자가 기자 생활을 20년 넘게 했으니!), 밤이면 전화통을 붙잡고 30분 넘게 주절거렸다(아, 그 때 내 술주정을 받아 준 시인, 소설가, 기자들이여, 부디 신의 가호가 있기를!).

내게 시사저널은 서울시 중구 충정로 1가 58-1이라는 행정 구역으로만 입력되어 있지 않다. 동양빌딩이 청양빌딩으로 바뀌고, 사주가(없었다가) 바뀌고, 회사 이름이 국제언론문화사에서 예음, 시사저널사로 바뀌고, 편집주간이 편집장으로, 다시 편집장이 편집국장으로 바뀌는 사이, 내게는 '또 하나의 시사저널'이 있었다. 시사저널이 청와대와 싸우고, 안기부와 싸우고, 거대 기업과 싸우고, 거대 종교와 싸우고, 문중과 싸우고, 대학과 싸우는 사이, 소위 기득권 세력과 싸우는 사이, 한 마디로 한국 언론사에 정통 주간 저널리즘을 정착시키는 사이, 나는 '또 하나의 시사저널'에 근무했다. 거의 상근했다. 다다茶茶! 길모퉁이 카페 다다. 내 삼십대의 절반, 그러니까 내 삼십대의 밤이 그 곳, 다다에서 다 지나갔다(얼마 전 다시 문을 연 인사동 '평화만들기'는 다다의 2차 장소였다).

접골소와 할인 의류 상점 사이, 삐걱거리는 나무 계단을 열네 걸음 오르면 왼쪽으로 나무 문. 1986년 처음 들어섰을 때도 그랬다. 실내는 어둡고 좁았다. 바닥은 불안했고, 의자는 편안하지 않았다. 나무 탁자가 네 개였으니, 열다섯 명 이상 들어갈 수가 없었다. 다다의 첫 인상은 '1970년대'였다. 클로즈업된 한대수의 흑백 얼굴 사진, 낡은 턴테이블, 엘피 판과 카세트 테이프들, 삼중당 문고와 식물도감, 철따라 꽂혀 있던 들꽃들, 결코 늘어나지 않는 안주 메뉴(맛에 대해서는 언급하지 않는다), 불편한 화장실, 시사저널 기자 이름이 들어가 있는 낙서들(처음에는 낙서가 없었다) 그리고 다다의 주인, 우리의 김수영 씨(모르는 사람들은 그녀를 '아줌마'라고 불렀는데, 그녀는 아주머니가 아니라, 아가씨였다)!

나는 정동에서 광화문으로 걸어 내려가, 교보 앞에서 수유리 가는 버스를 타야 했다. 하지만, 곧바로 집으로 퇴근하는 날이 거의 없었다. 내 발은 '김유신의 말'이었다. 경향신문사 앞을 지나, 피어선 빌딩을 지나, 시티은행을 지나면, 내 두 발은 저절로 우회전해 나무 계단을 올랐다. 아무도 없을 때가 많았다. 그러면 냉장고 문을 열어 맥주를 꺼내 마셨다. 시사저널 초창기에는 다다가 야간 편집국이었다. 우리 서른 살 전후의 평기자들, 특히 4층에 있던 문화, 경제, 국제부 기자와 편집부 기자가 자주 모였다. 이문재, 남문희, 장영희, 성우제. 하도 자주 모여서, 나는 우리 패거리를 '이남장성'이라고 불렀다. 경향신문이나 국민일보, 멀리 중앙일보 기자들도 종종 얼굴을 들이밀었지만, 1989년 이후 다다는 시사저널의 '부동산'이었다. 우리는 다다에 모여, 씹어 댔다. 오징어를 씹어 대며, 선배들을 씹어 댔고, 시대를 씹어 댔고, 살아온 날들을 씹어 댔다. 그 좁은 카페에서 우리는 노래를 불렀고, 춤을 췄다. 서로 주먹질을 하고, 부둥켜안고 울었다. 만일 다다에 도청 장치를 해 놓았다면, 시사저널 경영진은 아주 수월했으리라. 편집국이나 회사에 관한 모든 불평 불만이, 매체의 장래에 관한 아이디어들이 다, 다다에서 분출되었던 것이다.

다다의 김수영 씨는 시인 김수영을 떠올려도 전혀 이상하지 않을 만큼 글에 대한 감식안이 뛰어났다. 나 혼자 들를 때면, 우리의 수영 씨는 시사저널 기사를 하나하나 리뷰하며 평점을 매겼는데, 거의 정확했다. 내 기사도 예외가 아니었다. 어떤 날은 "그걸 기사라고 썼느냐" 라고 힐난하기도 했다. 기자들의 기질까지 꿰뚫고 있었다. 더 놀라운 것은 입이 무거웠다는 것이다. 수영 씨의 입이 가벼웠다면, 다다는 아마 훨씬 더 일찍 문을 닫았을 것이다.

다다는 시사저널 평기자들의 야간 편집국이었을 뿐만 아니라, 나의 사무실이기도 했다. 여기저기 전화를 해 댔고, 내가 좋아하는 사람들을 초대했다. 1990년대 후반(정확하게는 1998년 3월 24일부터 1999년 12월 31일까지) 잠깐 시사저널을 떠났을 때, 시사저널 못지 않게 다다가 그리웠다. 수영 씨의 안부가 궁금했다. 그 때 잠깐 돌이켜보았더니, 내가 사랑하고 존경하며, 아끼는 사람들 중에 다다를 모르는 사람이 없었다. 나와 다다에서 맥주를 마시지 않았다면, 그는 나와 가까운 사람이 아니었다. 인사동 평화만들기 같은 데서 술을 마시다가도, 선배나 후배를 이끌고 다다의 나무 계단을 오르곤 했다. 시인, 소설가, 기자들뿐 아니라, 건축가, 음악 평론가, 화가, 스님 들 중에도 다다를 아는 분들이 제법 있다.

나는 차비가 없으면 다다로 갔고, 술값이 없을 때도 갔고, 지방 출장을 다녀와 편집국에 짐을 풀고 다시 갔고, 몰래 낮술을 먹고 싶을 때도 갔고, 국수를 먹고 싶을 때도 갔고, 김추자를 듣고 싶어 갔고, 기사가 써지지 않아서 갔고, 엉뚱한 기사가 커버 스토리로 올라가서 갔고, 선배들의 언행을 납득할 수 없어서 갔고, 누가 특종상을 받아서 갔고, 후배와 언쟁을 벌이고 갔고, 혼자 있고 싶을 때도 갔고, 갈 데가 없을 때도 갔다. 수영 씨가 몇 번 편집국 앞으로 오기도 했다. 간밤에 내가 두고 간 가방이나 만년필, 어떤 때에는 윗저고리를 들고 오기도 했다.

삼십대 후반에야 전화 콤플렉스가 사라졌다. 내가 그만큼 얼굴이 두꺼워진 데다, 휴대 전화도 한몫했을 것이다. 다다에 가도, 다다 냉장고 옆에 있는 버튼식 전화기 앞으로 가지 않았다. 그 무렵, 나는 기획특집부를 거쳐, 다시 문화부로 돌아갔다. 사회부장이던 김훈 선배가 편집국을 지휘하게 되면서, 나를 문화부 데스크로 '명' 한 것이다. 내가 수영 씨로부터 '시사저널은 문화면이 괜찮다' 라는 상찬을 받은 것이 이 시기 2년이었다. 김훈 편집국장은 문화부 차장대우에게 이렇게 지시했다. "대중성은 생각하지 마라." 시사저널은 정치, 경제, 사회면이 우선이었다. 하지만 우리는 이렇게 생각하고 있었다. 커버 스토리나 특집 기사로 독자를 끌어들였다면 문화면을 통해 그 독자를 '영구 독자' 로 만들자! 주간지를 뒤에서부터 읽는 독자도 있었다. 시사저널의 후미를 잘 관리해야 했다.

나는 문화부 후배 기자 셋을 불러놓고 선언했다. "독자는 염두에 두지 말고, 취재원을 감동시켜라." 대중성을 고려하지 말라는 국장도 국장이지만, 문화부 데스크 또한 '대략 난감' 이었다. 내 깐에는 전략적 사고였다. 나는 일장 연설을 했다. 일간지 문화부 기자들을 보라. 1, 2년 지나면 담당이 바뀌거나, 부서가 바뀐다. 우리는 그렇지 않다. 문화부에서 전문성은 그 분야에서 얼마나 오래 있느냐가 관건이다. 우리는 죽을 때까지 문화부 기자를 하자. 그리고 취재원을 감동시키기 위해서는 공부를 해야 한다, 공부. 시사저널 문화부 미술 담당 기자는 미술 평론가 뺨쳐야 한다. 영화 담당, 학술 담당도 마찬가지다. 우리는 우리 사회의 오피니언 리더인 문화계 취재원을 감동시켜야 한다. 기사는 맘대로 써라. 인용이 한 줄도 없어도 좋다. 객관을 버려라, 세상에 객관적 기사가 어디에 있는가.

우리는 특종 개념이 달랐다. 시사주간지 문화면 특종은, 어떤 사안을 다른 매체보다 먼저 보도하는 것이 아니었다. 새로운 시각을 우선해야 했다. 신간 안내 한 줄을 쓰더라도 시각이 새로워야 했고, 특히

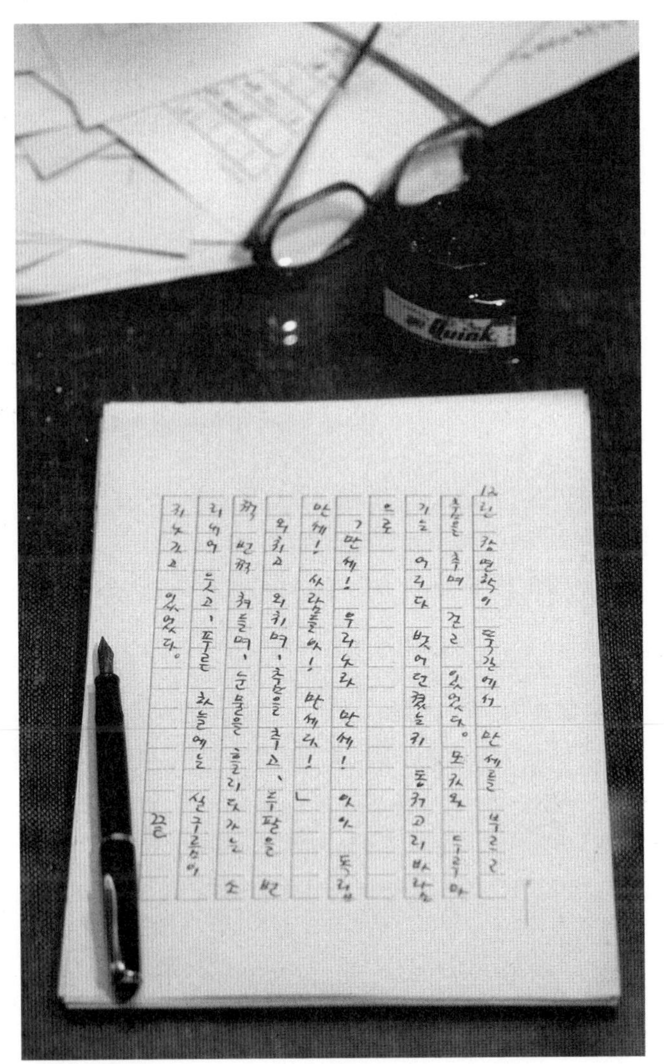
12
린 참 [illegible] 둑길에서 만세를 부르고
춤을 추며 걷고 있었다. 모자와 두루마
기는 어디다 벗어던졌는지 동저고리 바람
으로
"만세! 우리나라 만세! 아아 독립
만세! 사람들아! 만세다!"
외치고 외치며, 춤을 추고, 두 팔을 번
쩍 번쩍 쳐들며, 눈물을 흘리다가는 소
리내어 웃고, 푸른 하늘에는 실구름이
[illegible] 있었다.
끝

1994년 8월 15일. 박경리 선생이 드디어 「토지」의 마침표를 찍었다. 당시 이문재 기자는 3박 4일 동안 기다린 끝에 그 현장에 있었고, 그 덕에 귀중한 자료들을 시사저널에 소개할 수 있었다.

문장이 정확해야 했다. 정확한 문장, 세련된 문체, 새로운 시각이 문화면 기사의 처음이자 마지막이었다. 기자들도 대찬성이었다. 시사저널 같은 매체도 전무후무하지만, 시사저널 문화부의 지면 운영 또한 그 유례를 찾아볼 수 없는 파격이었다, 라고 나는 생각한다.

문화 비평이란 고정 컬럼을 띄우면서 젊은 필자들을 발굴했다. 지금은 문화 비평이란 용어나 역할이 식상해 보이지만, 당시에는 신선한 것이었다. 이른바 거대 담론이 해체되고, 미시 담론의 초점이 문화 현실에 맞춰지던 시기. 계간 '문화과학'이 문화를 바라보는 새로운 관점을 제출하고 있었다. 몇 년 전 세상을 떠난 이성욱을 비롯해, 철학자 김진석 교수, 여성학자 태혜숙 교수 등이 초기 필자로 참여했다. 문화 비평 난은 이후 몇 년 간, 전복적 글쓰기의 진지였다. 미국에서 원고를 보내와 고정 필자가 된 분들도 있다. 연세대 신방과에 재직 중인 김주환 교수, 성공회대 NGO 대학원 김민웅 교수가 그런 경우였다. 프랑스로 유학 가 있던 소설가 고종석도 당시 문화면을 빛내 주던 주요 필자 가운데 하나였다.

자화자찬이 길어져서 무안하지만, 한 가지만 더 적자. 우리의 문화면은 일간지에서 다루지 않던 영역으로 뛰어들었다. 휴대 전화나 인터넷 현상과 같은 문화 현실을 적극 다루었고, 건축 관련 기사도 자주 썼다. 간판이나 버스 정류장 디자인 같은 대도시의 시각 문제에도 달려들었다(취재원이 없어서 애를 먹었다). 도시 공간을 비평 텍스트로 삼기도 했다. 연말에는 '올해의 책'을 선정했다. 1996년이었을 것이다. 당시 일간지들은 광고 호황에 힘입어 지면 확대 경쟁에 돌입했는데, 24면 체제에서 갑자기 36면 이상 체제로 돌입하면서, 문화면을 대폭 늘였다. 신문이 잡지화되던 그 때, 우리는 많은 필자들을 일간지 쪽으로 '보내 드려야' 했다.

돌이켜보면, 나는 당시 편집국에서 불평 불만이 가장 많은 기자였다. 1998년 3월 24일 '진짜 사표'를 내고 나올 때에도, 나는 당시 편집장에게 지면 개선안을 사표와 함께 제출했다. 기사 내용뿐 아니라 비주얼, 즉 디자인에 신경을 많이 썼다. 나는 평기자 시절부터 미술부 기자의 매킨토시 모니터 앞을 자주 어슬렁거렸다. 미술부 기자들과 신경전을 많이 벌였다. 0.1밀리미터 선 하나를 놓고 까탈을 부리던, 나의 '부당한 간섭'을 묵묵히 받아들여 준 우리의 미술부 기자들에게 나는 감사한다. 사진부 기자들은 또 어떻고! 문화부 막내였을 때, 사진부 데스크인 조천용 국장과 계룡산 기슭으로 두레 복원 현장을 취재한 적이 있는데, 아, 조국장께서 나의 '지시'를 그대로 따라 주시는 것이었다. 조국장은 "나는 이 분야에 대해 잘 모르니, 문재 씨가 어떤 장면을 찍어야 하는지 알려 줘"라고 말했다. 전통적으로 취재 파트와 사진 파트는 원만한 사이가 아니다. 조국장의 발언은 취재 부서와 사진 부서 사이에 신뢰가 쌓이지 않으면 불가능한 '고백'이었다. 등뼈와 목뼈가 성하지 않을 우리의 사진부 기자들에게 경의를 표한다. 시사저널에는 저러한 미술부와 사진부가 있었다.

그렇다고 기자들이 늘 열심인 것은 아니었다. 나는 데스크를 맡으면서 '기자 편의주의'를 경계했다. 기자가 편하면 독자가 불편해지기 때문이었다. 기자가 고생한 만큼 독자는 기사를 읽기가 수월해진다. 나도 그랬지만(아마 지금 다시 취재 일선으로 돌아가도 그럴 것이다), 취재와 기사 작성, 편집 전 과정에서 편의주의가 고개를 든다. 내가 확인한 것, 나의 시각, 내가 구성한 지면이 최고이고 최선이라는 자기 합리화를 하게 된다. 급기야 내가 좋아하는 것과 중요한 것을 착각하게 된다. 뉴스 가치가 아니라, 편의주의(취향일 수도 있다)가 앞서게 된다. 이것이 전문 기자의 함정이다.

앞에서도 언급했지만, 내가 알기로 국내는 물론 전 세계에 시사저널 같은 매체는 거의 없다. 불합리한 기사, 부도덕한 기사, 즉 특정 세력이나 집단, 특정 인물의 이익과 직결되는 기사는 아예 기획이 될 수 없었기 때문이다. 모든 기사는 취재와 미술, 사진 기자가 참여하는 기획 회의를 거치는 시스템이기 때문이다. 함량이 미달되는 기사는 있을지언정, 납득할 수 없는 기획은 있을 수 없었다. 나도 몇 번이나 사주나 편집주간으로부터 내려오는 기사(단신이었지만)를 쓰지 않은 적이 있다. 내가 데스크였을 때도 마찬가지였다. 내가 잘 아는 문화계 인사의 청탁을 들어주지 못할 때가 많았다. 후배 기자에게 부탁하기가 민망해서 "이거 한 번 읽어 봐라"며 보도 자료를 던져 놓고는, 아무 반응이 없으면 그냥 넘어가야 했다. 이것이 시사저널의 힘이었다. 일간지나 다른 주간지, 월간지 경력이 있는 기자나 데스크가 시사저널에 들어와 적응하기 힘들어하는 가장 큰 이유가 바로 이런 전통 때문이다.

나는 2005년 5월 31일 두 번째 사표를 냈다. 2000년 1월 3일 복귀한 지 5년 반 만이었다. 2년 만에 복귀할 때, 나는 편집위원이었다. 당시 김상익 편집장은 시사저널의 오랜 숙원이었던 전문(대)기자제를 실현하고자 했다. 나를 비롯해, 몇몇 나이든 기자들을 편집위원으로 위촉해 전문성을 살리자는 것이었다. 한 달에 한두 번 굵직한 기사를 써서 지면에 기여하는 동시에 인사 적체를 해소하기 위한 설계였다. 하지만 편집위원은 계속 나 혼자였다. 나는 수십 개의 중장기 기획을 갖고 있었지만, 인터뷰 전문 기자로 2002년 대선 정국을 통과했고, 그 뒤 취재총괄부장 자리에 앉아 문정우 편집장을 보필(하려고) 했다. 김상익 편집장은 나 때문에 몇 번 진땀깨나 흘렸을 것이다.

2001년 4월이었던가, 부처님 오신 날을 앞두고 실상사 도법 스님을 인터뷰하러 갔다가, 그 해 7월까지 매주 지리산을 들락거렸다.

1996년 연말, 장정일 소설이 외설 시비에 휘말렸을 때, 7주 연속 기사를 쓴 것은 아무것도 아니었다. 도법 스님 기사를 마감하고, 나는 곧바로 지리산 850리 도보 순례를 취재했다. 15박 16일 출장. 이렇게 긴 국내 출장은 시사저널 역사상 전무후무할 것이다. 나는 도보 순례 전과정을 생중계하면서, 죽어 있는 시사저널 인터넷 홈페이지를 활성화하자는 명분을 내걸었다. 나중에 들었지만, 김상익 편집장은 심상기 회장한테 많이 쪼였던 모양이었다. 데스크를 그렇게 오래 출장을 보내도 되느냐, 도보 순례가 뉴스 가치가 있느냐. 후배 기자들도 더러 나의 장기 출장을 못마땅해했다는 소리를 나중에 들었다. 도보 순례 직후, 실상사와 해인사 사이에 갈등이 있었다. 해인사에서 청동 대불을 건립하려 하자, 실상사 스님들이 들고일어선 것이다. 이 사태는 7월까지 이어졌고, 나는 매주 지리산으로 내려가 사태를 보도했다. 실상사 기사는 이후 삼보일배로 이어졌다.

1994년 8월 15일.
「토지」를 막 끝낸 박경리 선생과
이문재 기자가 함께 서 있다.
강원도 원주 박경리 선생댁 앞이다.

얼마 전, 우리의 성우제가 캐나다로 이민 가서 쓴 산문을 모아 「느리게 가는 버스」라는 책을 펴냈다. 그 때 출판사 편집자가 책 뒤표지에 추천사를 써 달라고 주문을 했다. 원고지 두 장 분량인 그 글을 쓰면서, 나는 다음과 같은 고해성사를 했다. "성우제와 나는 시사저널에서 한솥밥을 먹었다. 그는 기자였고, 나는 데스크였다. 기자와 데스크 사이가 원만하기란 개와 고양이가 한 집에서 사는 것처럼 힘들다. 내가 개였다면, 나는 질이 나쁜 개였다. 후배들에게 친절하지를 못했다. 그러나 우리의 고양이, 성우제 기자는 달랐다. 그에게는 두 가지 미덕이 있었다. 취재원에게 감동을 잘했고, 매우 성실했다. 기사가 올라오면, 손 댈 데가 거의 없었다."

2005년 5월 31일, 나는 시사저널을 그만두었다. 뒤늦게 시작한 대학원 공부를 마쳐야 했다. 돌이켜보면, 나의 삼십대, 나의 1990년대는 '시사저널'이었다. 나는 죽어라고 썼다(미국으로 건너간 이흥환 선배가 그랬던가. '이문재는 기사 자동 판매기'라고). 기사를 많이 썼다고(잘 썼다는 게 아니고) 상을 받은 적도 있다. 이쯤에서 털어놓아야겠다. 나는 기사를 빨리 쓰고 많이 썼다. 하지만 기사를 빨리 쓰고 많이 쓰기 위해, 나는 기획 단계에서부터 기사의 첫 문장을 생각했다. 아침에 일어나 화장실에 앉아 있을 때, 나는 기사를 생각했다. 기자는 늘 기사만 생각하는 사람이다. 나는 모든 것에서 기사를 생각했다. 술집에서 옆자리 사람들이 나누는 대화에서도 기삿거리를 찾았다(그래서 모 신문사 여기자한테 욕을 얻어먹은 적도 있다). 가족들과 이야기를 할 때에도, 거리에서 포스터를 볼 때에도, 소설을 읽거나 영화를 볼 때에도 나는 기사를 생각했다. 꿈에서도 취재를 하고 기사를 썼다. 그러니까 나는 기사를 빨리, 많이 쓴 기자가 아니었다. 나는 늘 기사를 생각한 기자였다.

나는 내가 시사저널 기자 출신이라는 사실을 자랑스러워하지 않는다. 다만 조금 덜 부끄러워할 따름이다. 전화 콤플렉스에서 벗어났을 때, 나는 남다른 방식으로 전화를 받았다. 송수화기를 들고 무조건 "네, 이문재입니다"라고 말했다. 상대방이 누구든 상관 없었다. 저렇게 답하면, 송수화기 저쪽에서 잠깐 침묵이 생긴다. "여보세요"라고 답하면, 몇 단계를 거쳐야 한다. 내가 "여보세요"라고 말하면, 상대방은 "시사저널인가요?"라고 물어 온다. 그러면 나는 "네, 맞습니다"라고 답하고. 그러면 상대방은 그제야 "혹시 이문재 기자 맞습니까?"라고 말한다. 그러면 나는 "네, 그렇습니다"라고 답해야 한다. 내가 거두절미하고 "네, 이문재입니다"라고 감히 운을 뗄 수 있었던 것은 내가 시사저널에 몸담고 있었기 때문이었다. 누가 전화를 걸어와도 꿀릴 일이 없었기 때문이다. "네, 이문재입니다"라는 첫마디는 곧 "네, 시사저널입니다"라는 의미와 같은 것이었다.

내가 편집국을 떠나고 얼마 안 있어, 다다가 문을 닫았다는 소식을 들었다. 그 때 나는 속으로 중얼거렸다. '또 한 시대가 갔구나.'

시사저널은 어떻게 '명품'이 되었나

성우제 | 전 시사저널 기자·소설가

나는 2002년 캐나다 토론로로 이민을 와서 옷과 가방 장사를 하고 있다.

우리 가게 물건 중에는 짝퉁이 별로 없다. 물론 법에 저촉되는 물건이므로 판매를 꺼리기도 하지만, 진짜 짝퉁은 짝퉁인데도 판매할 엄두를 못 낼 만큼 비싸기 때문이다.

진짜가 명품이라야 짝퉁이나 짝퉁의 짝퉁이 만들어진다는 사실을 놓고 보면, 짝퉁 시사저널이 우습게도 시사저널의 진정한 가치를 드러내는 좋은 역할을 한다고도 볼 수 있겠다.

그러나 이른바 '짝퉁 시사저널'로 명명된 저 해괴망측한 시사저널에는 '짝퉁'이라는 말을 붙이는 것조차 과분하다. 무엇보다 짝퉁으로서 짝퉁답지 않아서 그렇다. 우리 가게에서 가끔 파는 짝퉁은 진품의 십분의 일 가격에도 미치지 못한다. 게다가 누가 봐도 짝퉁 티가 난다.

그런데 짝퉁 시사저널은 누가 봐도 짝퉁인데도, 그 짝퉁이 진품 행세를 하면서 소비자의 눈을 현혹하고 있다. 그래서 정직하지도 않다는 것이다. 게다가 판매 가격도 똑같으니, 이것은 범죄와 다름없다. 독자들에 대한 도의적 범죄.

내가 보기에, 기자들을 거리로 내쫓고 이른바 외부 편집위원들을 끌어들여 만든 저것에는 '사이비 시사저널' 혹은 정청래 의원이 지은 '시체저널' 이라는 이름이 딱 어울린다.

기자들이 추운 겨울 거리로 내쫓겨 가며 생존권을 걸고 지키려 하는 바로 그것이, 진품이 지닌 가치를 증명하는 것이다. 동료, 후배 기자들 스스로는 자기들이 만들어 온 잡지를 '명품' 이라고 말하기를 꺼려할 것이다.

그러나 친정을 떠난 지 5년이 지난 지금, 나는 우리의 시사저널이 명품 중의 명품이라고 당당하게 말할 수 있다. 고교 시절 국어 선생님의 말씀이 새롭다.

"1960년대 우리 나라에 「창작과비평」 같은 잡지가 탄생한 것은 기적과 같은 일이다."

나는 지금 다소 낯뜨거움을 감수하고 이렇게 말할 수 있다.

"1989년 한국에 시사저널 같은 잡지가 나온 것은 기적이자 축복이다."

왜 그런가?

그 이유는 의문형으로 말할 터이니, 답은 독자들께서 스스로 만들어 보시기 바란다.

우선, 지금 시사저널처럼 독자적으로 생존하면서 제 목소리를 분명하게 내 온 시사 주간지가 단 한 권이라도 있는가? 앞으로도 있을 수 있겠는가? 다음, 시사저널만큼 한국 사회의 잡지 문화에 시각적 영향을 끼친 잡지가 또 있는가? 셋째, 시사저널만큼 초기 투자를 많이 한 잡지가 한국 사회에 있는가? 마지막으로, 시사저널만큼 완성도 높은 기사를 쏟아낸 시사 주간지가 한국 사회에 또 있는가?

시사저널 기자들이 목숨을 걸고 지키려고 하는 가치는 바로 명품이 지닌 품위와 위엄이다. 시사저널 기자들은 처음부터 그렇게 훈련 받았으며, 그렇게 키워지면서 기사를 썼다. 우리는 자주 밤을 새워 가며 기사를 썼다. 정치, 자본 등 어떠한 권력 앞에서도 고고하게 자존심을 지키며 공명정대하게 정도를 가고자 하는 것, 바로 이것이 기자들이 생명처럼 소중하게 여기는, 절대로 양보할 수 없는 시사저널의 전통이자 정신이자 혼이다.

어느 독자의 다음과 같은 지적은 시사저널의 가치를 정확하게 읽어낸 것이다.

이 조그마한 잡지의 브랜드 가치가 그렇게 큰 줄은 몰랐습니다. 지금 시사저널의 파업 이야기는 이 곳 소도시에서도 심심찮은 안줏거리입니다. 많은 언론에서 다루고 청와대까지 떠들어 대는 주제가 됐기 때문일 겁니다. 바로 그게 브랜드 값이라는 것이 장사꾼인 저의 판단입니다. 자기가 가진 사업체의 상품성과 가치가 이 정도인 줄 알았다면 시사저널 경영진은 죽어도 사태를 여기까지 끌고 오지 못했으리라는 것이 제 생각입니다. 그래서 시사저널 최고 경영권자는 자기가 지니고 있는 복을 차 버린 가장 불쌍한 사업자라고 봅니다. 자업자득이겠지요. 솔직히 지금의 경영진으로는 불가능할 것도 같습니다만 시사저널을 아끼는 애독자로서 한 가지 부탁이 있다면 지금이라도 노사가 함께 머리를 맞대고 이 엄청난 브랜드 가치를 살리는 일에 나서달라는 것입니다.

시사모 홈페이지의 자유게시판에 오른 이윤상 독자의 글

브랜드 가치를 높이기 위해, 시사저널의 첫 번째 경영자는 엄청난 투자를 했다. 잡지 사상 처음으로 워싱턴과 파리에 특파원을 두었고, 나중에는 베이징에까지 특파원을 상주시켰다. 잡지 사상 처음으로 외국에서 윤전기를 들여왔는가 하면, 기자들에게 최고의 대우를 해 주었다. 미국의 타임처럼 리라이팅 제도를 도입해 당대 최고의 문장가들로 하여금 기자들의 글을 다듬게 했다.

게다가 한국 잡지에 새로운 편집 디자인을 도입하였다. 그것은 혁명이었다. 그 뒤로 한국 잡지들의 시각적 패러다임이 바뀌는 순간이었다.

미국의 '타임'과 '유에스 뉴스 앤드 월드 리포트'에서 아트 디렉터를 스카우트해 2년 이상 편집 디자인을 하도록 했다.

기자들에게는 한국 언론사에서 처음으로 말 그대로 개인 컴퓨터를 지급했다. LAN을 통한 전송 시스템을 처음 도입해, 모든 편집이 컴퓨터 모니터 안에서 이루어지도록 했다. 당시 신문과 잡지 모두 전근대적인 시스템에 머물렀던 것을 감안하면, 시사저널의 편집 시스템 또한 혁명이었다.

사람들은 환상적인 결합이라고들 했다. 박권상과 최원영. 초창기 기자들의 명함에는 두 사람의 이름이 함께 박혀 있었다. '발행인 최원영, 편집인 박권상.' 기자들은 이 명함 하나만으로도 바깥에 나가 대접을 받았다.

어디 그뿐인가? 자료 사진을 만들기 위해 시사저널 사진 기자들은 초창기에 오피니언 리더를 찾아다녔다. 인물 사진을 찍으면서 그 명망가에게 '모델료'를 지불했다. 지금의 경영진이라면 상상도 못했을 일이다.

나아가 회사는 기자들에게는 이렇게 명했다.

"최고 대우를 해 줄 테니 촌지를 절대 받지 말라. 밥도 얻어먹지 말라. 취재원에게 밥을 사 주라. 밥 사는 돈은 회사에서 주겠다."

당시 언론계에서는 촌지 관행이 많이 남아 있었다.

성우제 1963년생. 소설가. 대학에서 불문학을 전공했다. 고등학교 때 대학생인 형(소설가 성석제)과 방을 함께 썼다. 그 방은 성원근, 오봉희, 기형도, 원재길, 조병준 등 형 친구들의 놀이터였다. 1989년 10월 시사저널 기자로 채용되어 11년 동안 일했다. 2002년 4월 처음이자 마지막 직장인 시사저널에 사표를 냈다. 그 해 5월 캐나다로 이민 왔다. 지금은 토론토에서 작은 가게를 운영하며 밥벌이를 하고 있다. 2005년 가을, 단편 소설 「내 이름은 양봉자」로 한국 외교통상부 산하 재외동포재단이 주관하는 7회 재외동포문학상 소설 부문 대상을 받았고, 최근에 에세이집 「느리게 가는 버스」를 펴냈다.

창간 이듬해인 1990년 3월 최원영 발행인은 편집국의 모든 기자들에게 20만 원이 든 돈 봉투를 돌렸다. "그 동안 도움을 준 취재원에게 접대를 해 주라"는 것이었다. 한편으로 놀라웠고 한편으로는 기꺼웠다. 우리는 잔뜩 폼을 잡고 취재원에게 전화를 걸었다.

1989년 당시 외부 필자에게 주는 신문 잡지의 고료는 원고지 한 장당 5천 원선이었다. 시사저널은 1만원을 주었다. 문화 예술계에 수많은 후원금을 퍼부은 최원영 발행인의 이미지, 한국을 대표하는 당대 언론인 가운데 한 사람인 박권상 편집인의 명망성에 힘입어, 한국 사회에서 내로라하는 오피니언 리더들이 시사저널의 필자로 모였다. 시사저널에 기고를 하는 것이 영광일 정도였다.

칼럼은 한 걸음 더 나갔다. 최고의 필자에 최고의 대접이었다. 첫 번째 필자들인 한승주 교수, 한완상 교수, 최일남 선생에게 지급된 10매짜리 칼럼 고료는 50만 원이었다.

뭘 모르는 사람들은 이렇게 꼬집기도 한다.

"그랬길래 시사저널이 망한 것 아니냐?"

오해하지 마시라. 시사저널 자체는 창간 이후 언제나 흑자였고, 적자를 낸 것은 그 계열사들이다. 시사저널이 부도를 낸 것이 아니라, 그것은 계열사들의 연쇄 부도에 따른 지급 보증의 희생양이었다. 시사저널 자체가 부도나 내는 형편 없는 매체였다면 심상기 씨가 '죽은 잡지'에 25억 원이나 되는 돈을 투자할 이유가 없다.

시사저널을 인수한 서울문화사 쪽에서도 그 소리가 들려오기도 하였다.

"그래서 망한 거 아니냐?"

나는 씁쓸하게 웃었다. '우리는 당신들과 차원이 다르다. 당신들은 우리의 세계를 죽었다 깨어나도 이해하지 못한다.'

시사저널을 명품으로 만든 사례들을 꼽자면 밤을 새워 이야기해도 모자랄 것이다. 나는 외국에 사는 이민자의 처지여서 나 스스로 생각해도 옛날 일을 징그럽게도 잘 기억하고 있다. 새록새록 되살아나는 옛 기억을 반추하며 새로운 세상에서 받는 스트레스를 푸는지도 모른다.

시사저널을 시사저널답게 만든 구체적인 사례들을 추리고 또 추려 다시 꼽아보겠다.

1990년 봄 삼성 노조 기사 사건

당시 나는 편집부에서 근무했다. 저 기사를 쓴 이는 사회부의 정기수 기자였다. 내가 저 기사를 잘 기억하는 까닭은 인쇄 직전의 교정지에서 제목의 오자를 잡았기 때문이다. 제목은 이랬다.

삼성의 노조 사찰
"경찰 뺨치는 수준"

시사저널 최초의 파업을 몰고 온 '이학수 씨의 힘이 세졌다' 따위와는 비교할 수도 없을 정도로 강도 높은 삼성 비판이었다. 당시에도 삼성은 시사저널의 주요 광고주였다.

'빽'이 '빽'으로 나왔는데, 인쇄 직전에 발견되는 바람에 나는 놀란 가슴을 쓸어내린 적이 있다.

기사 내용은 제목 그대로였다.

수원 삼성전자에서 노조를 결성하려 했는데, 회사 측의 집요한 사찰과 방해 공작으로 번번이 무산되었다. 그 같은 사례는 삼성 그룹 전체에서 발견된다. 노조 결성 방해 공작은 경찰 수준과 비슷하거나 그보다 더 높다.

발행인이나 편집인이 이 기사를 빼라 어쩌라 한 일이 없었다. 기사를 쓰기도 전에 기사를 빼라, 어쩌라 하는 것은 상상도 할 수 없는 일이었다.

그 후 삼성 관련 기사는 시사저널 지면에 끊임없이 등장했다. 가장 큰 재벌이었으므로 당연한 일이다. 기사 방해 공작이 우리의 상상 이상으로 집요하게 진행되었는데, 기자와 데스크는 코방귀도 뀌지 않았다. 광고국장이 편집국에 살짝 들어와 편집국장을 만나고 가는 정도에 머물렀다.

편집국장은 문장의 수위를 조절하고, 이른바 '독기'가 들어간 단어를 순화하고, 또 이건희 회장 이름을 빼는 선에서 삼성의 로비를 막아냈다. 다시 말해 편집국장(당시 편집국장은 편집인을 겸했다)은 전방위적으로 펼쳐지는 삼성의 로비를 막아 내는 방파제 역할을 했다. 시사저널의 보도를 위한 방파제가 아니라 삼성을 위한 방파제를 자처한 2006년 편집인과는 정반대의 태도였다. 내가 아는 시사저널 편집인들은 언제나 자기 기자를 믿었고 언제나 기자들 편에 섰다.

1990년 재벌 촌지 거부 사건

시사저널의 표완수 부장과 조천용 사진부장이 당대 최고의 기업 총수를 인터뷰하러 갔다. 인터뷰가 끝나자 비서실에서 관례대로 봉투를 들고 나왔다. 두 사람은 정중하게 거절하면서 이렇게 말했다고 한다.

"이거 받으면 우리는 회사에서 잘리니까, 이왕 주실 거면 평생 먹을 월급을 주시오."

이 한 마디, 곧 "평생 먹을 월급을 주시오"는 바로 그 호에 안병찬 편집국장이 쓴 시론의 제목이 되었다.

친정의 외압에 편집국장은 "소주나 하러 가지"

1990년 봄 시사저널은 국내에서 처음으로 신문사들의 영향력 순위를 조사해 발표했다. 당시 편집주간(국장)은 안병찬 씨였다. 1960년대 한국일보에서 기자 생활을 시작해, 월남전 마지막 기자라는 전설적인 타이틀을 지녔던 그는, 시사저널에 막 부임해 온 터였다.

시사저널에 게재된 신문사 영향력 조사 기사의 핵심은 한국일보가 어느 신문사에 밀렸다는 것이었다. 기사는 그대로 나갔다. 한국일보의 고위 간부들이 시사저널 편집국을 항의 방문했다. 한국일보의 동료애는 언론계에서 돈독하기로 유명하다.

그들은 수십 년 동안 한솥밥을 먹은 안병찬 편집주간에게 강력하게 항의했다. 안주간은 "조사했더니 그렇게 나온 걸 난들 어떡하나? 나가서 소주나 한 잔 하지, 뭐" 하면서 그저 웃기만 했다. 한 마디로 '나는 우리 기자를 믿는다'는 얘기였다.

나는 당시, 안주간 바로 곁 편집부에서 일했으므로 그들의 대화를 다 들었다. 대단히 인상적이었다. 안병찬 주간은 1990년대 말 '한국일보 장기영 사주의 게이트 키핑'을 주제로 박사 논문을 쓴 전형적인 한국일보 맨이었다. 그런 그가 친정 편을 들지 않았다.

그가 친정 편을 든 것은 그 다음 기사에서 한국일보를 'ㅎ일보'로 고쳐 주는 것이 고작이었다. 그것은 조선일보를 비판하면서 'ㅈ일보 ㅂ사장'이라고 쓰는 것처럼 누구나 다 알 수 있는 수준이었다.

고려대 비판 기사

2006년 시사저널 사태를 논하면서 빠뜨릴 수 없는 것이 이른바 고려대 인맥이다. 사회에서 동문들끼리 우의를 다지는 일은 아름답고 권장할 만한 일이다. 그러나 그것이 공적인 일에까지 연결되어 특혜를 준다거나 잘못된 일에 눈감아 주는 '잘못된 학맥'으로 변질된다면 그 폐해는 걷잡을 수가 없다. 이번 사태에서 불거진 '후배 봐주기'는 나 같은 고대 출신 입장에서 보면 얼굴이 화끈거릴 정도로 창피한 일이다.

금창태 사장은 기자를 불러다가 이렇게 말했다고 한다.

"이학수는 내 (대학) 후배고 우리에게 도움을 많이 주었으니 한 번 봐달라."

나는 이 말을 듣고 귀를 의심했다. 이게 어디 언론사 사장이 기자를 불러다가 할 소리인가?

아무리 동문간의 유대가 유별난 대학이라고 하지만, 고려대 동문이 시사저널 내부에서 저렇게 추한 모습을 보인 경우는 없었다. 사주인 최원영 씨가 고려대를 다녔고 그의 오른팔 격이었던 장승운 씨가 고려대 출신이었는데도 "내 후배니까 어떻게 한다"는 경우는 단 한 번도 없었다. 오히려 더 엄격했다.

1990년 1월 시사저널 커버 스토리 가운데 하나는 '고려대의 입시 부정'을 고발하는 것이었다. 나중에, 기사의 일부가 사실이 아닌 것으

1997년 9월. 이집트 필레 신전 앞에서. 왼쪽부터 성서고고학자 김성 교수와 백승기, 성우제 기자.

로 드러나 정정 기사가 게재되었으나, 그 기사를 작성, 제작할 당시 사내 고대 출신 누구도 거기에 대해 한 마디 하지 않았다.

당시 고려대 출신의 사진부장은 “이렇게 비판받아 모교가 더 좋아지면 좋은 일이지” 하면서 관련 사진을 열심히 구해 주었고, 학교를 떠난지 얼마 되지 않았던 나는 잘못된 사진을 인쇄 직전에 바로잡곤 했다.

고려대(동문)를 그렇게 끔찍히 생각하는 금창태 사장 식이라면 최원영 씨나 장승운 씨가 나서서 “우리 후배 한 사람의 일도 아니고, 바로 우리 대학 문제인데 빼 달라"라고 했을 법하다. 그러나 시사저널 경영의 실권자는 물론 편집국 내부에서도 아무런 말이 없었다.

오히려 기사를 작성한 Y대 출신의 정 아무개 기자가 미안했는지 바로 곁에 앉은 선배인 고대 출신의 서 아무개 기자에게도 "내가 고대를 사랑해서 이런 기사를 쓴다"고 고백했을 정도였다.

국회의원 "봐달라"에, 손짓으로 '나가라'

1990년대 중반 대한항공 여객기가 괌에 추락한 대형 사고가 있었다. 당시 국회에서는 진상 조사단을 괌 현지에 파견했는데, 돌아오는 비행기 속에서 진상 조사단 소속 국회의원들이 술을 먹고 추태를 부렸다는 제보가 편집국에 날아들었다.

그것이 기사화된다는 첩보를 입수한 해당 의원이 마감날 저녁 8시께 시사저널 편집국으로 찾아왔다. 일간지 기자 출신인 그는 4선 정도의 여당 중진이었다.

그의 보좌관이 최종 교정지를 검토하던 김훈 국장에게 다가가 말하였다.

"000 의원님이 오셨습니다."

김훈 국장은 교정지에서 눈을 떼지 않았다.

보좌관이 다시 한번 말했다.

"국장님, 000 의원님이 오셨습니다."

김국장은 교정지에서 여전히 눈을 떼지 않은 채 손짓만 했다. 그 손짓은 '나가라'는 표시였다. 그것을 본 국회의원은 몇 분 버티다가 한마디도 하지 못한 채 발길을 돌렸다.

촌지를 거부하는 괴로움

취재를 가면 가끔씩 봉투를 내미는 경우가 있었다. 그 사람들만의 잘못이라기보다는 언론계의 해묵은 관행이 남아 있던 탓이었다. 모 신문의 어느 원로께서는 "촌지를 잘 받아야 좋은 기자"라고 우스갯소리를 했다지만, 아무리 그래도 취재원이 봉투를 내밀면 여간 곤혹스럽지가 않았다. 게다가 시사저널에서는 창간 때부터 촌지를 받지 말라고 지침을 내렸으며, 그것이 기자들의 몸에 배어 있었다.

백승기 기자와 지방 모 도시의 국립 대학으로 취재를 갔다. 취재를 마친 후 그 대학 관계자가 봉투를 내밀었는데 백승기는 정색을 하며 손사래를 쳤다. 나한테는 말할 기회조차 주지 않았다.

학교 관계자는 완강했다.

"그러면 저녁 식사라도 하셔야죠. 먼 길 오셨는데 식사 대접도 받지 않으시면 우리가 너무 서운하지요."

백승기는 말했다.

"그러면 저희가 내일 아침을 대접하지요."

대학 측에서는 교수들이 빠지고 행정고시 출신이라는 내 또래의 두 사람이 '접대'를 하러 나왔다.

그런데 웬걸, 접대는 우리가 받은 게 아니라 한 꼴이 되고 말았다. 그들 말로 '촌구석'에 처박혀 있는 그들에게 우리가 위문 공연을 하는 꼴이 되고 말았다. 그들은 시골살이의 고달픔을 털어놓으며 술을 연신 들이켰다. 노래방에 가자고 우리를 기어코 끌고 가더니 새벽 2시까지 놓아주지 않았다. 술도, 노래도 즐기지 않는 백승기는 아주 곤욕스런 표정이었다.

아침 7시. 그들과 약속을 했기 때문에 해장국집으로 나가야 했다. 아침 잠을 느긋하게 자고 차를 타고 올라가려던 꿈은 "내일 아침은 저희가…"라는 백승기의 약속 때문에 산산조각 나고 말았다. 고급 공무원인 두 사람도 얼굴을 벌겋게 한 채 별로 즐겁지 않은 표정으로 해장국집에 나타났다.

1990년대 중반부터 지방 도시에서 국제적인 지역 축전이 성대하게 열렸다. 해외 출장 중이어서 기자 간담회에 참석하지 못했던 나는, 출장 후 혼자 그 도시에 내려갔다. 마침 그 축전의 총감독이 나와 친했던 예술가여서 둘이서 함께 저녁 식사를 할 수 있었다.

식사가 끝난 후 그는 봉투를 불쑥 내밀었다.

"일이 많아 오늘 술은 못해. 다른 기자들한테는 비행기표도 끊어 주고 호텔까지 잡아 주었는데, 당신은 혼자 왔으니 가져가."

회사 출장비를 받았으니 괜찮다고 여러 차례 만류했으나 그는 내 가방 속에 봉투를 밀어넣고는 차를 타고 가 버렸다.

여관에 들어가 봉투를 열어 보았다. 봉투의 두께로 보아 10만, 20만원이 들어 있는 듯했다. 그런데 봉투 안에는 만원짜리 50장이 들어 있었다. 새 돈이어서 얇아 보였던 것이다.

아침까지 고민을 하였다. 이 돈을 아침에 들고 가서 비서에게 그냥 전해 줄까도 생각했으나, 그랬다가는 어른에게 큰 실례를 범하는 것 같았다.

서울로 올라와 교보문고로 직행했다. 몽블랑 만년필과 볼펜 세트를 산 다음, 길 건너 중앙우체국에 가서 바로 부쳤다. 만년필과 볼펜 세트는 52만 원이었다.

시사저널에 재직한 13년 동안 나는 시사저널을 시사저널답게 한 이 같은 사례를 무수히 보고 겪었다. 20개월 동안 월급을 받지 못하는 와중에도 밤에 글을 팔아 연명을 했을지언정, 시사저널의 이름을 팔아 돈을 받지는 않았다.

시사저널 기자들에게는 이 같은 순정이 지금도 남아 있다. 그 같은 순정이, 삼성 기사 삭제 파문과 같은 일로 편집권의 독립을 주장하며 시사저널 기자들로 하여금 파업을 하게 만든 것으로 보인다.

한국 사회의 정서로 보아, 그냥, 대충, 못 본 척, 한 호만 은근슬쩍 넘어가면 그만일 수도 있는 일이다. 그러나 순정파로서 정도만을 고집하는 시사저널 기자들에게는 도저히 용납되지 않는 일이었던 모양이다.

사장이라면 시사저널 브랜드를 명품으로 만드는 기자들의 이 같은 고집과 열정을 오히려 자랑스러워해야 하지 않을까? 홍세화 선생의 지적대로 그가 '삼성의 마름'이 아니라 모름지기 '시사저널의 사장'이라면 기자들의 이 같은 고집을 핑계로라도 내세워 삼성의 로비를 막아내야 옳지 않을까?

누가 시키지 않아도 기자로서 자존심을 세우고 또 명품을 만들겠다는데, 그 의욕을 꺾어가며 짝퉁을 만드는 사장이, 과연 회사를 위하는 사장일까 나는 의심하지 않을 수 없다. 시사저널을 시사저널답게 만든 저 짧지 않은 역사를 바로 알고 있다면 그럴 수는 없는 일이다.

'불발'로 끝난 히로뽕 체험 기사

박상기 | 전 시사저널 편집장·맥센21 부사장

사람마다 직장 인연이 있고, 어느 직장에서건 근무하는 동안 쌓인 사연이 많게 마련이다. 나는 1989년 5월에 시사저널에 경력 기자 1호로 입사했다. 그 때 이미 나이가 서른아홉이 되어 기자 경력이 10년이 넘는 연배였다. 그 해 10월에 시사저널이 창간되었으니, 입사하자마자 창간 준비 작업에 매달려야 했다. 당시 시사저널 창간을 총지휘하던 박권상 주필을 비롯하여 진철수 주간, 김승웅 부주간, 김동선 부장 등 두루 필명을 날리던 대선배들이 핵을 이루고 있었다. 그러나 그게 문제였다. 모두 일간지 출신이라 엄연히 잡지 매체인 시사 주간지에 대한 개념이 모호하고, 주간지의 작업 흐름에 대해서도 잘 모르는 분들이었다.

별수없이 잡지 출신인 내가 편집 시스템을 구축하고, 시사저널의 스타일북을 만들고 미술 파트, 사진 파트와 취재 파트가 어떻게 협조망을 가동해야 하는지부터 편집 과정, 인쇄 과정에 대한 작업 흐름을 정비하는 일을 맡아야 했다. 당시로서는 한국에서 최첨단으로 컴퓨터 제작(CTS) 방식을 적용했기 때문에 지금까지 원고지에 볼펜으로 쓴 원고를 데스크에 넘기면 끝나던 취재부 관행으로는 제작이 불가능했다. 이 시스템을 하나하나 익숙하게 하고 또 에러를 고쳐 가느라 꽤나 고생을 해야 했다.

시사저널에 오기 전에 잡지 몇 개를 창간해 본 경험이 있기 때문이었지만, 처음부터 밖에서 뛰는 취재 기자로 일하겠다고 버티었으면 내가 안 해도 될 업무였다. 후일담이지만, 이후 시사저널사에서 다른 매체를 창간하면 무조건 나를 창간 팀으로 징발했다. 지금 생각하면 참 억울한 일이다. 방송 연예 주간지 'TV저널,' 케이블 방송 안내지 '케이블TV 가이드,' 남성용 월간지 '더 맨' 등이었다. 그게 얼마나 골을 패는 일인지 창간을 주도해 본 사람은 알 것이다. 못 한다고 버티면 될 일인데, 나는 매번 그러지를 못하고 옮겨 갔다.

다시 시사저널 창간 이야기로 돌아가자. 시사저널의 잡지 골격을 짜는 일이 시급했다. 제니스 올슨이라는 미국인 디자이너가 미술을 맡고, 편집 쪽에서 지면 구성 등은 내가 맡아서 얼개를 짰던 기억이 새롭다. 잡지 디자인 실력이 뛰어날뿐더러 술도 잘하고, 담배도 억수로 피워 대던 올슨은 나와 비슷한 나이였다. 그녀의 털털한 모습이 그리울 때가 있다. 고액 연봉의 외국인 일류 편집 디자이너를 데려다가 쓸 정도로 과감한 투자를 아끼지 않은 오너의 용단이 참 대단했다.

편집부 진용을 짜야 하는데, 신문 편집부 출신을 데려와서는 잡지 편집이 원활치 못하다고 판단한 나는 거의 경력 기자 모집에 억지를 썼다. 공개 모집이 아니라 내 맘대로 골라다 쓴 것이다. 그렇게 불러들인 사람이 김상익과 김재태였다. 두 사람 다 개인적으로 잘 아는 편집 분야의 인재들이었다. 사안의 급함을 핑계삼아서 밀어붙였다. 면접이고 뭐고 할 것 없이 이력서 한 장으로 신고하면 끝이었다. 급히 불러다가 밤늦게까지 일을 시키고 그 다음 날 나오면 채용이 된

거였다.

그런데, 문제가 생겼다. 1970년대 중반 연세대학교 재학 중에 데모를 한 적이 있는 김상익의 이력 때문에 찜찜해하던 경영진이 얼마 후 추가로 뽑은 김재태에 이르러서는 '이 친구는 절대로 안 된다'는 퇴출 통보를 해 왔다. 박권상 주필의 의견이 아니라, 오너의 의지였다. 김재태가 시사저널로 오기 전에 무슨 경제일보인가 하는 신생 매체의 노조 간부였다는 게 신원 조회 과정에서 드러난 탓이었다. 그 경제지라는 게 어느 건설업자가 준비하다가 노사 분규만 일으키고 제대로 빛을 보지도 못한 채 없어진 것으로 기억한다. 김재태와 함께 일한 지 열흘 남짓한 시점이었다.

박상기 1951년 전북 군산의 중농 집안에서 출생했고, 고려대 불문과를 졸업했다. 시사저널에는 1989년 5월부터 1999년 12월까지 있었으며 사회부 차장, 실용뉴스 부장, 특집부장, 편집부장, 편집장을 역임했다. 1984년 '경향신문' 신춘문예에 소설이 당선한 이래 틈틈이 작가 활동을 하고 있으며, 시사저널 퇴직 이후에는 애니메이션 제작 회사를 설립해 운영하고 있다.

김동선 선배가 나서서 중간에서 조정을 해 보았으나 오너의 태도는 강경했다. 노조라면 불한당이나 화적떼를 보듯 하던 재벌가 출신 오너 입장을 생각하면 당연한 반응인지 몰랐다. 더는 방법이 없었다. 책상 서랍을 열고 내용물을 책상 위에 쏟아 놓고 차근차근 정리했다. 나도 같이 그만두겠다는 시위였다. 정 안 되면 시사저널과의 인연은 거기서 끝낼 수밖에 없었다.

라면 박스 하나에 짐 정리를 다 마칠 무렵에 박주필이 조용히 방으로 불렀다.

"왜 걸핏하면 그만둔다고 그러죠?"

"죄송합니다."

"정말, 책임질 수 있나요?"

책임질 수 있냐는 것은 김재태가 향후, 노조 결성이랄지 하는 '불온'한 움직임을 보이지 않도록 도맡을 수 있느냐는 뜻이었다. 이런 때

"예, 책임지겠습니다" 하고 씩씩하게 대답하지 않을 시러베자식이 어디 있겠는가. 더구나 박주필은 평소에 언론계 인사 중에서 드물게 존경하는 분이었다. 한 직장에서 일하면서 겪어 보니, 항상 후배들에게도 존댓말을 쓰며, 언행에서 자연스럽게 지적인 자유주의자의 기풍이 배어 나왔다. 이분이 직접 나서서 나이가 나보다도 더 어린 오너에게 궁색한 청을 해서 겨우 살려냈다.

박주필이 내게 '걸핏하면 그만둔다고 하느냐'고 나무란 것은 다른 사연이 있었다. 그 해 4월인가, 시사 주간지를 창간하기 위해 경력 기자를 모집한다는 신문 광고를 보고 지원 서류를 준비해서 넣었더니, 면접에 나오라는 연락이 왔다. 시사저널사를 찾아가 보니, 편집국 간부 진용 중에 아는 사람이 꽤 있었다. 그런데, 나한테는 경력 3년차 정도의 어린 지원자 십여 명에 섞여서 별실에서 영어 시험을 보라는 것이었다.

우대받은 일간지 출신, 적응 못해

기분이 몹시 상했다. 그래서 시험지 뒷면에다가 "잘 해 보세요. 인연이 없는 것 같습니다"라고 휘갈겨 쓰고 곧바로 나와 버렸다. 내가 건방져서가 아니었다. 나보다도 더 경력이 짧은 친구는 일간지 출신이라고 해서 무시험으로 영입하고, 잡지 출신인 나는 영어 시험을 보게 한다는 게 영 못마땅했다. 자기들이 만들려고 하는 게 신문인지 잡지인지를 구분하지 못하고, 일간지 기자면 단연 최고라고 여기는 것이었다. 후일 입사해서도 경력 산출에서 또 신문 출신에 비해서 경력 햇수를 형편 없이 깎이는 푸대접을 받아야 했다. 솔직히 말하건대, 막상 창간 이후 일간지 출신 가운데는 탐사 보도 중심인 시사저널에 제대로 적응한 기자가 드물었다.

여하튼 휙 박차고 나왔으므로 당연히 떨어진 줄 알았다. 그런데 다음 날 연락이 왔다. 합격했다는 것이다. 우습기도 하고, 멋쩍기도 해서 찾아갔더니, 박주필이 "그 성질을 잘 살려서 일하면 좋겠어요" 하며 악수를 청했다.

박주필 다음으로는, 한국일보 파리 특파원으로 있다가 귀국해서 시사저널로 온 김승웅 선배가 기억난다. 창간 전에 취재부 총괄팀장으로서 아이템을 기획하고 취재 지시하는 역할을 하고 있었다. 창간호를 만들 때 일이다. 어느 날 김선배가 불러서 그의 방으로 갔다. 그랬더니, 글쎄 히로뽕을 직접 맞을 수 있냐고 묻는 게 아닌가. 마약의 정체를 밝히고 마약의 폐해를 줄이는 특집을 꾸미기 위해서는 직접 마약을 맞은 기자가 그 느낌을 리얼하게 쓰는 게 아주 중요하다는 것이었다. 나중에 거짓으로 드러나 큰 파문이 일었지만, 미국의 한 신문에서 마약을 한 아이의 정신 세계를 기사화해서 특종을 한 것을 보고 생각해 내지 않았나 싶었다. 엉뚱한 제안이었지만, 김선배의 얼굴은 아주 진지했다.

그렇지만, 나는 아니었다. 취재부가 아니라 편집 파트에서 시스템을 구축하느라 쩔쩔매고 있는데, 웬 히로뽕을 맞고서 체험 기사를 쓰라는 것인지 황당했다.

"이 특집을 실감나게 쓸 수 있는 사람이 누구겠어? 내가 볼 때 박기자가 가장 적합하다고. 더구나 박기자는 소설가 아닌가 말이야."

못한다 하고 나왔어야 했다. 그런데 너무 진지한 김선배의 눈을 보니 차마 거절할 수 없었다. 해 보겠다고 대답했다. 아무리 기사를 위한 것이라고 해도, 그것은 어디까지나 범죄 행위였다. 그리고 그 느낌을 정밀하게 쓴다는 건 '내가 마약 사범이요' 하고 광고를 하는 것이었다. 대마초 근처에도 가 본 적이 없는 나는 대마초보다 훨씬 중독이

'청와대 밀가루 북송 사건'으로 피소된 김훈 편집국장(왼쪽)과 박상기 편집장(오른쪽)이 1996년 11월 26일 서울지검에 출두하고 있다. '청와대 밀가루 북송 사건'은 한국 언론사에서 현직 대통령이 편집국 간부와 기자를 고소 고발한 첫 사례였다.

강하고 독하다는 공포의 백색 가루 히로뽕을 일회용 주사기에 녹여서 내 혈관에 찔러 넣어야 할 처지에 놓였다.

그런데 그 약속은 지키지 않아도 되었다. 창간 특종으로 히로뽕 투약 체험 기사를 올릴까 한다는 김선배의 제안이 고급 간부들의 편집 회의에서 비토된 것이다. 미수에 그치고 말았지만, 창간호에 뭔가 물건이 되는 기사를 실어야 한다는 취재 데스크의 열정이 보이는 일화가 아닌가 싶다. 비록 히로뽕 투약은 안했지만, 나는 창간호에 당시로서는 게재하기 어려운 특종 기사를 쓰게 된다. 조선공산당 박헌영 당수의 친아들이 남한에서 스님으로 살고 있음을 알리고, 그와의 인터뷰와 보강 취재를 통해서 해방 후부터 한국전쟁 전후까지 좌우익 투쟁에 얽힌 새로운 사실들을 찾아낸다.

현직 대통령에게 형사 고발당하다

지금도 그분, 어렵게 진실을 밝힌 원경 스님과 교유하고 있다. 이제는 역사적 사료로서 공산당사를 정리할 단계에 진입해서 스님의 노력으로 박헌영 전집이 발간되었지만, 당시에는 그 기사 때문에 수사기관으로부터 꽤 시달렸다. 자기들이 수사한 결과로는 원경 스님이 박헌영의 아들이 아니라 가짜라는 것이다. 가짜의 말을 믿고 오보를 했으니, 정정해야 한다고 했다. 하지만, 몇 년이 안 가서 모든 게 사실대로 밝혀졌고, 원경 스님은 모스크바에 있는 배다른 누이와 만나게 된다.

1992년부터 이른바 시사저널의 자매지라는 'TV저널'과 '더 맨' 창간을 주도하고 어느 정도 자리잡을 때까지 그쪽 편집장 일을 하다가, 다시 시사저널 편집국에 돌아온 것은 4년 만인 1996년이다. 돌아와 시사저널 편집장을 맡은 지 얼마 지나지 않아서 현직 대통령, 청와대 비서실장, 경제부총리 세 명이 연명으로 해당 기자, 편집장이던 나, 그리고 김훈 편집국장을 명예 훼손으로 형사 고발한 희한한 사건을 당한다. 우리 언론사에서 현직 대통령이 기자를 고소 고발한 첫 사례라고 한다. 기소 단계에서 김훈 국장은 빠지고, 나와 해당 기자는 일 년 동안 법정 투쟁을 벌였다. '청와대, 북한에 밀가루 5천 톤 제공'이라는 기사 때문이었는데, 결국 다음 해 가을 청와대에서 소를 취하하는 것으로 끝이 났다.

그 사건으로 진을 빼고 나자 시사저널사가 부도가 났다. 부실한 계열 회사의 지급 보증을 섰기 때문에 시사저널은 흑자 부도를 맞았다. 사주는 해외로 도피하고, 채권단에게 목줄이 잡혀서 월급도 없이 2년간 행려 편집국의 꼭지딴 노릇을 해야 했다. 젊은 기자들 가운데 상당수가 '무급 인생'을 청산하고 다른 회사로 옮겨 갔다. 그렇지만 월급을 못 주는 판이라 신입 기자를 뽑을 수도 없고, 경력 기자를 보충할 수도 없었다. 회사가 개판이 되니까 폐간된 자매지의 직원들이 들고일어나 체불 임금과 퇴직금을 내놓으라고 농성을 벌였다. 걸핏하면 서로 으르렁대고, 참 목불인견이었다. 그나마 시사저널 편집국 핵심들이 중심을 잡아서 한 호도 결호를 내지 않고 기적같이 2년을 버티었다.

재수 없는 사냥꾼은 곰을 잡아도 웅담이 없다더니, 내 꼴이 그랬다. 편집장 33개월 동안 밀가루 재판으로 1년 보내고, 나머지 2년은 거지왕초 노릇 한 게 전부이다. 그렇지만 아쉬울 뿐 후회는 없다. 하지만 다시 기회가 주어진다면, 더 격조 있는 매체로 시사저널을 격상시키고 싶다. 이제는 기자가 아니라 오너 겸 발행인으로서 그렇게 하고 싶다. 쉽게 될 일이 아닌 줄 알지만, 꿈이 그렇다는 말이다.

어떻게 지킨 시사저널인데

백승기 | 시사저널 사진 기자

1998년 4월 7일 새벽 4시에 전화벨이 울렸다. 아버님이 연로하셔서 늦은 밤이나 새벽에 전화벨이 울리면 화들짝 놀라곤 하던 때였다. 전화 목소리의 주인공은 '시사저널'의 인쇄 제작 관리를 맡은 김준홍 씨였다.

시사저널의 필름 제판을 맡고 있는 BGI 사장이 출력된 필름을 가지고 잠적했다는 것이었다. 부도가 나 회사가 한창 어려울 때였는데, 그 동안 밀렸던 제작비를 주지 않으면 필름을 줄 수 없다고 버틴다고 했다. 책이 인쇄되려면 가능한 한 빨리 다른 필름으로 대체해야 한다는 말이었다. 세수도 하지 않고 회사로 향하며 나는 만감이 교차했다. 아무리 부도난 회사라지만 어떻게 당장 인쇄할 필름을 가지고 잠적하고는 돈을 달라고 할까 해서 화가 났다가도, 또 오죽하면 그 필름을 가지고 도망쳤을까 싶어 이해가 되었다가 하면서 아주 혼란스러웠다.

한강 다리를 막 넘어서는데 내 삐삐가 울렸다 '338282'라는 숫자가 찍혔다. 순간 아버님이 돌아가셨다고 직감했다. 차를 돌려 집으로

1992년 10월, 창간 3주년을 맞아 시사저널 경영진과 기자들이 편집국에 모였다. 지금의 기자 숫자와 편집국 분위기를 생각하면 그야말로 격세지감이다.

가야 마땅했으나 회사로 가 필름을 찾아 원고를 마감해야 할 것 같았다. 어찌할 바를 모르다가 결국 회사에 도착하고 말았다.

편집국에 올라와 불을 켜고 집으로 전화해 보니, 짐작대로 아버님이 돌아가셨다고 아내가 울먹였다. 우는 아내에게 이런저런 준비를 부탁한 후 곧바로 시사저널에 들어갈 사진을 찾아 헤매기를 두 시간여. 새벽 6시가 조금 넘은 시간에 마감 필름을 김준홍 씨에게 넘기고 박상기 편집장에게 아버님의 부음을 알리고 편집국을 떠났다. 그 때 우리는 하루하루 이런저런 크고 작은 어려움을 겪으며 책을 만들고 있었다.

백승기 1955년 전주에서 태어남. 청소년기에 산을 다니며 행복해하다가 서울에 올라와 대학에서 사진학을 전공했다. 그 뒤 이런저런 잡지사와 신문사를 전전하다가 1991년 6월 25일 시사저널 경력 기자가 되어 비로소 물 만난 고기처럼 신나게 일함. 2006년 6월 16일 심야에 회사 사장이 편집국 몰래 3쪽짜리 '삼성 이학수 기사'를 인쇄소에서 들어내는 것을 보고 나이에 걸맞지 않게 흥분하다가 급기야 8월 23일 회사로부터 '자택 대기 발령' 징계를 받음. 그 뒤 자전거로 31번국도 681킬로미터를 열흘 만에 완주하는 등 전혀 반성의 기미를 보이지 않아 다시 회사로부터 '무기 정직'의 징계를 받음.

이상하지 않은가. 아버지의 죽음을 확인하고도 결호를 내지 않으려 회사에 나와 마감을 했던 내가 왜 파업을 했을까? 까닭은 간단하다. 내가 믿고 있는 시사저널의 가치가 훼손되었기 때문이다. 그 가치를 다시 찾고 싶었다. 6개월 넘게 시사저널 노조와 경영진이 수없이 만났지만 경영진은 기자들의 최소한의 요구도 귀담아들으려 하지 않았다. 내가 알고 있는 언론사 사주란 매체를 소유할 뿐 결코 사유하지는 않는다. 그런데 그들은 그 상식을 모른 체했다. 그러고는 지금까지 편집권은 경영권에 속한다고 강변하고 있다. 부도난 회사에서 20개월 동안 단 한 주도 결호 없이 발행했던 우리의 시사저널. 그 정신과 명맥을 우리 손으로 끊는다는 것은 상상할 수도 없는 일이었다. 그렇지만 시사저널이 옳지 않은 방향으로 나아가는 것을 볼 수는 더더욱 없는 일이었다.

나는 희망한다. 시사저널이 예전과 같이 '쓸 건 쓴다'는 정신을 지킬 수 있기를. 시사저널의 정체성이 지켜지는 그 날이 하루빨리 다시 와 시사저널이 독자의 품에 돌아갈 수 있기를 바란다.

한 경상도 소년의 '키티 다이어리' 탈출기

신호철 | 시사저널 기자

내 고향은 부산이다. 아버지도 부산에서 나셨으며 할아버지도 울산 이상을 벗어나 살아 보지 않으셨다. 사돈의 팔촌을 뒤져도 전라도가 고향인 사람은 한 명도 없었다. 그러니까, 평균적인 경상도 집안에 가깝다고 할 수 있다.

동아투위(동아자유언론수호투쟁위원회) 사태가 일어났던 1974년에 태어난 내가 1980년 5월에 무슨 일이 있었는지 알기는 힘들었다. 중학교 사회 수업 시간에 조숙했던 친구가 선생에게 광주를 물었다. 사회 선생은 "그 때 군인들이 나서서 질서를 잡아 줬으니 다행이었지, 그렇지 않았으면 어쩔 뻔 했냐"라고 친절히 답해 주셨다. 이북 5도민 출신의 교장은 전교 조례 때 "부자는 선이고 가난한 자는 악이다"라고 훈시했다. 기념식 때마다 지루한 연설을 하던 육성회장 아저씨는 민정당 국회의원 김진재였다.

열네 살이 되던 1987년 9월 2일 '키티 다이어리'에 내가 쓴 일기는 이렇다.

6월에 전국적인 시위 사태가 있었다. 좌경 용공 세력들에 의한 것이다. 그 시위가 6.29 선언으로 잠잠해졌다. 그러자 북한에서는 또 뭐 사회 혼란을 가져올 것이 없나 생각했고, 그 아이디어가 노사 분규이다.

이 날 일기는 유난히 길었다. 나라와 시국을 걱정하던 착한 소년이었다.

고등학생이었던 1991년 5월, 옆반의 반장이 "대학생 형들이 매일 죽어나가는데 정권이 멀쩡하다는 게 말이 되냐"고 흥분했다. 나는 학생들이 분신 자살하는 것을 왜 정부 탓으로 돌리는지 이해할 수 없었다. 그 친구 언제부턴가 한겨레신문을 읽더니 애가 과격해졌다고 걱정했다. 그러면서도 어깨 너머로 한겨레신문을 훔쳐보았다. 졸업할 즈음에는 한겨레신문의 한글 가로쓰기 편집에 익숙해져 있었다.

처음 본 시사저널 기사 '대권 주자들의 언론 장학생'

1992년에 내가 처음 입학한 K대학은 전교생이 2천 명 남짓한 이공계 학교였다. 선배들이 후배들을 '사상 교육' 시킨다던 학회도 없었고 운동권 동아리도 보기 힘들었다. 나에게 세상을 가르친 것은 도서관 정기간행물실이었다. K대학 도서관은 기숙사와 연이어 붙어 있었는데, 내가 아는 한 기숙사에서 가장 짧은 거리에 있는 대학 도서관이다. 여기 2층 정기간행물실에는 조선일보부터 한겨레신문까지 다양한 신문과 잡지가 비치되어 있었다. 그 곳에서 나는 시사저널을 만났다.

1992년 3월 정기간행물실에 비치된 시사저널은 119호/120호 설 합병호였다. 나는 아직도 그 호 시사저널의 표지를 기억한다. 커버스토리 제목은 "대권 주자들의 '언론 장학생'"이었다. 표지 사진은 지점토로 빚은 인형 작품을 찍은 것이었다. 양복을 입은 남자 인형이 입을 크게 벌리고 있고, 그 입에는 확성기와 마이크를 든 작은 인형들이 무어라 외치고 있었다.

대통령 선거와 총선을 앞두고 기자들이 유력 정치인 뒤에 줄을 서고 있다는 것이 커버 스토리 내용이었다. 자기가 미는 정치인을 대통령으로 만들기 위해 기자들이 왜곡된 기사를 쓴다는 것이었다.

119 120 합병호

시사저널에 입사한 뒤 자료실에서 시사저널 지난 호를 뒤져 보니 1992년의 그 커버 스토리를 쓴 사람은 문정우 기자와 강명구 서울대 교수였다. "언론사들이 처음에는 생존을 위해 정권에 추파를 보냈으나 거기에 재미를 붙여 이제는 직접 정권을 창출해 내기 위해 나서고 있다." 지금은 시사저널 편집장을 지나 대기자가 된 문정우 선배의 글이다. 지금에 와서 다시 읽으면 별 새로울 것도 없는 문장이지만, 순진했던 열여덟 살 소년이 받은 충격은 상당했다. 내가 지금까지 읽고 봐 왔던 신문 방송 뉴스가 실은 정치적 이해 관계에 따라 가공되고 편집된 것이라는 뜻이다. 일간지가 전하는 내용이 실제 일어난 현실과는 다른 허상의 세계였다.

시사저널이 나에게 준 메시지는 마치 영화 '매트릭스'에서 모피어스가 네오에게 전하는 메시지와 같았다. 나는 네오가 모피어스를 의심하는 것만큼이나 시사저널 커버 스토리를 의심했다. 하지만 이내 시사저널이 폭로한 우리 언론계의 현실은 모두 사실임이 드러났다.

신호철 1974년 부산 해운대에서 태어나다. 아버님은 자식이 수학경시대회에 입상한 덕에 청와대 초청을 받아 노태우 대통령과 악수할 때까지만 해도 나를 자랑스러워하셨으나, 훗날 아들이 기자가 되겠다며 비뚤어지자 좌절하시고는 틀니를 빼 아들 머리에 집어 던지시다. 2001년 시사저널 입사 면접시험을 볼 때 시명숙 당시 정치부장으로부터 '김일성 젊었을 때 얼굴을 쏙 빼닮았다'라는 소리를 듣고 칭찬인지 놀림인지 헷갈려하다. 2003년 사장에게 보고도 하지 않고 종군 취재를 하겠다며 이라크 바그다드로 떠나다. 그 때 김은남, 노순동 선배는 후배 취재비를 대 주느라 통장을 깼고, 이라크 행을 알고도 묵인한 문정우 편집장은 감봉 징계를 당하다. 항상 원고 마감이 늦어 편집부의 원성을 사다. 이 책에 실릴 원고도 가장 늦게 내다.

1992년은 대통령 선거가 있던 해였다. 1992년만큼 우리 언론이 추악하던 때도 없었다. 도서관 2층 정기간행물실에서 나는 6종 이상의 일간지를 날마다 읽었다. 그리고 시사저널을 봤다. 차츰 무엇이 진실이고 무엇이 거짓인지 눈에 들어오기 시작했다. 나아가, 권력욕에 불타는 언론사일수록 현실을 오도하고, 논점을 전도하는 신문일수록 독자도 많고 영향력도 엄청나다는 불행한 사실을 깨달았다.

그 해 연말에 '초원복국집 사건'이 터졌다. 대선을 코앞에 두고 부산 기관장들이 모여 부정 선거를 획책했다는 놀라운 사실이 밝혀졌지만, 조선일보는 초원복국집에서 무슨 일이 있었나를 묻지 않고 국민당의 '도청 행위'를 따지는 데 상당한 지면을 할애했다. 그리고 민정당의 후신인 신한국당 후보 김영삼 씨가 대통령에 당선되었다.

매트릭스에 맞설 수 있는 해독제

그 1년 동안 도서관 2층에 오르는 마음은 호기심에서 출발해 충격으로, 그리고 분노로 바뀌었다. 대학 2학년이 되자 나는 이미 '키티 다이어리'를 쓰던 그 꼬마가 아니었다. 명절 때 고향에 내려가면 더 이상 친척 어른들과 대화가 통하지 않았다. '이것은 집단 사기극이다'라고 느꼈다. 아울러 내 인생의 꿈과 진로도 흔들리고 있었다. 스무 살은 방황하는 나이다.

이 세상 인간들은 그 아무리 똑똑하고 유능한 사람이라도, 결국 미디어를 통해 세상을 볼 수밖에 없다. 우리는 아프리카에 한 번도 가본 적이 없지만 그 곳의 내전과 기아에 대해 논한다. 미디어를 통해 축적된 사실들은 세계관과 가치관을 만드는 토대가 된다. 결국 따지고 보면 한 인간의 우주가 미디어를 통해 완성된다고도 할 수 있다. 하지만 그 미디어가 거짓이라면? 그럼 한 인간의 우주 전체가 허상이 되는 것이다. 그런 생각을 하자 내가 외우는 수학 공식과 화학 기호들이 무슨 의미가 있는지 회의가 들었다. '집단 사기극' 을 사기극인 줄 모른 채, 그 사기극이 추구하는 가치를 위해 뼈를 깎는 노력을 바친들 무슨 소용인가?

1993년부터 나는 시사저널을 정기 구독했다. 이제 굳이 도서관에 가지 않아도 편안히 기숙사에서 시사저널을 읽을 수 있게 되었다. 영화 '매트릭스' 에서 네오가 가상 현실의 꿈에서 깨어났을 때, 모피어스는 말한다. "웰컴 투 리얼 월드." 나에게 시사저널은 모피어스였고, 오라클이었으며, 주류 언론이 만들어 낸 '매트릭스' 에 맞설 수 있는 해독제였다. 내 방 침대에 누워 '누가 한국을 움직이는가' 같은 연례 기획과 정희상 기자의 이완용 증손자 재산 찾기 기사와 성우제 기자의 '김산의 아리랑' 르포와 김당 기자의 한미연합사 작계 5027 해부 기사를 읽었다. 학기가 바뀌고 방을 옮길 때마다 시사저널 과월호 뭉치를 박스에 담아 간직했다. 1994년 일본 문화를 비평한 기사 문체가 너무 수려해 도대체 누가 쓴 글인지 보았다. 김훈이라고 했다.

시사저널의 최대 강점은 '주류와 다른 목소리' 로 말하면서도 '주류의 형식적 완성도' 를 지키는 데 있었다. 조중동(당시는 방송도 포함

된다)과 다른 시각으로 기사를 쓰는 언론사는 시사저널 외에도 몇몇이 있었다. 하지만 시사저널처럼 편집 디자인 수준이나 문장의 품격을 선도하는 곳은 없었다. 시사저널은 언론의 정치적 건강성과 기술적 완성도라는 두 마리 토끼를 잡은 유일한 매체였다.

1994년 3월 시사주간지 '한겨레21'이 창간되었다. 구내 서점에서 한겨레21 창간호를 구입했으나 심기는 불편했다. 디자인도 뭔가 조악해 보이고 판형도 마음에 들지 않았다. 무엇보다 한겨레21 때문에 시사저널 독자가 줄어들까 봐 걱정이었다. 안 그래도 척박한 주간지 시장에 시사저널 하나만 있으면 되지 뭘 또 잡지가 나와서 시장을 반분하냐고 투덜댔다(물론 지금은 한겨레21의 창간이 잘된 일이라고 생각한다. 몇 년 지나지 않아 한겨레21의 디자인과 편집 수준은 시사저널을 따라잡았고, 그 외 몇몇 분야에서는 시사저널을 능가하기도 했다).

가장 두터웠던 입사 전형 '자기 소개서'

1994년 여름에 시사저널 표지에 적힌 주소를 따라 서울시 중구 충정로 1가에 자리잡은 시사저널 본사를 찾아간 적이 있다. 지금은 사라졌지만, 당시 빌딩 우측 벽면에는 시/사/저/널/이라는 빨간 간판이 큼직하게 걸려 있었다. 혹 편집국 구경을 할 수 있을까 했지만 로비에서 경비가 출입자를 단속하는 듯했다. 소심한 나는 한동안 시사저널 빌딩 앞에서 오가는 사람들을 바라보며 이리저리 맴돌았다. 저 빌딩 안에서 일하는 사람들이 너무나 부러웠다. 기자가 되어서 세상 사람들에게 "당신이 믿고 있는 그 사실, 틀렸어요"라고 말해 줄 수 있다면 얼마나 좋을까 생각했다. 기자가 되면 이 거대한 '집단 사기극'에서

벗어날 수 있을 거라고 믿었다

1994년 가을에 대학을 휴학했다. 그 뒤 다시 돌아가지 않았다. K대학을 그만둔 데는 여러 가지 까닭이 있었다. 대학을 그만둔 백 가지 이유를 대라면 댈 수도 있다. 모든 이유들은 나름의 고리로 연결되어 있었다. 시사저널 때문에 대학을 그만뒀다고 말하면 너무 단순화시킨

2003년 12월 14일.
신호철 기자가 이라크 라마디의 경찰서 자살 폭탄 트럭 공격 후 현장을 수습하던 미군 병사를 취재하고 있다.

2003년 12월 26일.
이라크 키르쿠크 난민촌에서 신호철 기자가 투르크족 대표를 만나 인터뷰하고 있다. 당시 신호철 기자는 아랍인들과 친해지려고 '위장용 콧수염'을 길렀다.

것인지도 모른다. 아무튼 K대학에 입학한 것은 과학 기술자가 되기 위해서였고 그 꿈은 이미 사라졌다. 종종 사람들이 나에게 왜 기자가 되었느냐고 물으면 "학창 시절에 시사저널을 봤지요"라고 대답한다.

이듬해 3월 서울에 있는 다른 대학교 사회과학대에 입학했다. 입학식이 끝난 다음 날 그 대학 학보사를 찾아갔다. 4학년 편집장을 마칠 때까지 학보사에서 일했다. 대학에서 정기 구독하는 시사저널을 학보사 소파에서 읽었다.

학보사 편집장을 그만둔 뒤, 2001년 2월 '스누나우' 라고 하는 대학 인터넷 뉴스 매체를 몇몇 동인들과 함께 창간했다. 이를 계기로 시사저널에서 인터뷰 요청이 왔다. 시사저널 기자를 그 때 처음 만났다. 노순동 기자는 그 때나 지금이나 매력적인 사람이었다. 인터뷰를 마치면서 노순동 기자가 시사저널에서 신입 기자를 뽑는다고 말했다. 망설일 이유가 없었다.

대학 시절 내가 쓴 기사 스크랩을 모아 시사저널 신입 1차 전형 자기 소개서에 첨부했다. 나처럼 두껍게 자기 소개서를 쓴 사람은 없었다고 들었다. 2차 상식 시험 성적은 꼴찌를 맴돌았으나, 현장 기사 작성 시험을 잘 본 덕인지 3차 면접자 11명에 끼었다. 원래 10명만 뽑는 건데 과락자 한 명을 추가로 넣었다는 말이 있었다. 2001년 5월, 노순동 기자가 최종 합격 소식을 전해 왔다.

대학 졸업을 두 달 앞두고 나는 시사저널 기자가 되었다.

그리고 6년이 지났다.

고등학교 동창들이 박사가 되고 벤처 기업 사장이 되고 학원 원장이 되었다는 소식을 듣는다.

회사 근처 교보문고 4번 서가 이과 교재 코너를 지날 때마다 발걸음을 멈추고 수학 번역서를 본다. 만약 공부를 계속했으면 내 인생이 어떻게 되었을까 하고 상념에 잠긴다.

열병 같은 사랑이 결혼과 함께 퇴색하듯이, 언론인의 꿈은 시간과 함께 바래는 듯했다. 기자가 되면 집단 사기극에서 자유로워질 거라는 환상은 황우석 사태로 보기 좋게 깨졌다. 기사에서는 고상한 척하지만 실은 남들이 내 오보를 알아차릴까 부끄러워한다. 시사저널을 사랑했으나 이미 경영진은 예전의 '파트롱' 이 아니었다. 2003년 금창태란 분이 사장으로 오더니 첫 세미나 자리에서 '우파 잡지를 만들자' 고 역설했다. 난 그 때 처음 사표를 생각했다. 2006년 6월 이윤삼 국장이 쫓겨나자, 나는 회의 시간에 집단 사직서를 쓰자고 주장했다. 현명한 선배들은 "그것이 바로 사장이 원하는 것"이라고 말했다.

올해 1월 기자 동료들이 파업에 들어갔고 사장은 친구들을 동원해 '짝퉁 시사저널' 을 만들었다. 그 책을 보며 '어른들이 만든 키티 다이어리' 를 떠올렸다. 모든 것이 원점으로 돌아왔다.

시사저널 사태를 전하는 방송 뉴스에서 내 얼굴을 보고 15년 전 친구에게서 연락이 왔다. "대학 때 네가 강권하는 바람에 나도 기숙사에서 시사저널 정기 구독했었잖아." 잊고 있던 기억들을 말해 준다. 어쩌면 지금 이 순간도 내가 얼굴을 알지 못하는 어느 대학생이 도서관 정기간행물실에서 시사 주간지 하나를 꺼내 들고 있을지도 모른다고 상상한다. 그런 자기 최면을 하며 다시 발걸음을 내딛는다. 매트릭스는 오늘도 돌아가고 네오는 모피어스가 된다. 이게 기자가 사는 이유라고 나는 생각한다.

02
시사저널 사람들

아직도 언론의 정도를 걷겠다는 이상한 기자들

문정우 | 시사저널 기자

이철수 화백이 시사저널 사태를 접하고 처음 그린 판화의 첫 대목은 '아직도 언론의 정도를 걷겠다는 기자들이 있더군요' 이다. 지난해 연말 대학 선배 언론인 몇몇과 우연히 대화할 기회가 있었는데 그들은 정말 정색을 하고 묻는 거였다. 요즘 세상에 그만한 일(회사 측에서 삼성 기사를 빼 버린 것을 말함)로 파업을 하겠다는 기자들이 다 있느냐고. 확실히 요즘 언론계 풍토에 비추어 보면 시사저널 기자들은 모두 제정신이 아니다. 특히 IMF 관리 체제를 통과하면서 언론계의 정기는 형편없이 흐려지고 말았다. 생존이 흔들리다 보니 어느덧 기자 사회에서 언론의 정도나 기자의 윤리 따위를 운운하는 것은 사치처럼 여기게 됐다. 많은 언론사의 경영진은 그 같은 상황을 악용하며 한편에선 즐기는 것처럼 보이기도 한다. 시사저널 경영진도 다른 회사처럼 기자들을 돈벌이에 동원하기 힘들어 불우해하고 짜증을 내다가 그만 사고를 치고 말았다.

그렇다면 시사저널 기자들은 어째서 이처럼 시세를 모르는 정신 나간 사람들이 돼 버린 걸까. 지금부터 그 얘기를 하고자 한다. 회사가 편집국 문을 닫아걸어 자료 한 점 찾아볼 수 없는 상태여서 전적으로 나의 시원찮은 기억력에 의존해야 한다는 게 찜찜하다. 같은 일을 겪었어도 사람마다 느낌이 다를 수 있으므로 부분 부분 고개를 갸웃거리는 선후배나 동료도 있을 것이다. 본의 아니게 간혹 마음을 불편하게 만드는 대목도 있을지 모르는데 그런 경우에는 그저 가볍게 웃고 넘어가 주기만을 바랄 뿐이다. 어쨌건 이 글은 나의 매우 '독선적인' 기억과 느낌에 바탕한 것이다.

사장도 쩔쩔매던 기자협의회의 '힘'

많은 사람이 시사저널 파업 소식을 듣고 한 가지 의문을 품었음직하다. 삼성 계열사도 아닐진대 창간한 지 18년이나 된 잡지의 기자들이 어째서 이제야 노조를 결성하게 됐는가 하는 것이다. 시사 주간지는 일간지와 달라서 기자들이 파업을 하면 잡지를 못 내기가 쉽다. 일간지는 차장급 이상 간부들을 동원하고 연합통신 기사를 활용하면 그럭저럭 몇 달이라도 견딜 수 있지만, 기획 기사 위주의 시사 주간지는 그렇게 얼렁뚱땅 넘어가기가 힘들다. 만약 결호라도 나면 미리 1년치 정기 구독료를 받은 회사가 경영에 치명적인 손상을 입을 수 있고, 무엇보다도 애꿎은 독자가 피해를 입을 수 있다. 따라서 임금이나 근로조건을 놓고 회사 측과 대립하다가 결호를 내게 되는 일은 미리 예방하자는 것이 기자들의 생각이었다. 기자들은 창간 초기부터 노조 대신 기자협의회를 통해 모든 문제에 대처해 왔다. 이번에 기자들이 노조를 결성한 것은 시사저널이 최소한의 질을 유지할 수 없을 만큼 편집권이 유린됐다고 판단했기 때문이다.

어쨌든 지금 시사저널 기자 사회의 문화는 거의 모두가 기자협의회 활동을 통해서 이룩된 것이다. 나는 시사저널 기자협의회의 3대, 6대회장을 지냈고, 회사 측과 격렬하게 부딪칠 때마다 비상대책위원으로 '암약' 했다. 그 때 그 시절에 우리가 그토록 기를 쓰고 좇았던 가치는 무엇이었으며, 그것은 얼마나 실현된 걸까.

1987년 6월 항쟁이 가져다준 선물 중의 하나는 언론 발행의 자유화였다. 그 동안 조선일보, 동아일보, 중앙일보처럼 양같이 순치된 기성 언론 외에 다른 언론사가 새로 시장에 진입하는 것을 막았던 군사정부는 국민의 힘에 밀려 언론계에서 그 추한 손길을 거둬들여야만 했다. 종교 재단이 국민일보와 세계일보를, 군사 정부 하에서 해직됐던 기자들이 국민주 모금 형식으로 한겨레신문을 잇달아 창간했다. 동아건설 최원석 회장의 동생인 최원영 씨가 해직 기자들과 손잡고 시사저널을 창간한 것도 그 즈음이었다.

처음 신매체들은 기성 언론에 식상해 있던 독자의 기대를 한 몸에 받았지만 독자의 갈증을 채워 주기에는 역부족이었다. 종교 재단에서 발행하는 세계일보와 국민일보는 막강한 재력을, 한겨레신문은 도덕성이란 두둑한 밑천을 갖고 있었지만 기성 언론의 아성을 무너뜨리는 데 실패하고 말았다. 원인은 내분이었다. 신생 언론의 기자들은 출신 언론사, 학연, 지연에 따라 삼분 오열해 머리가 터지게 싸웠다. 밖에서 취재하면서 써야 할 에너지를 내부 정치 투쟁에 소모하고 말았다. 기성 언론이 가장 위협적이며 부담스럽게 여겼던 한겨레신문마저 편집국이 갈가리 찢겨 실망만을 안겨 줬다. 동아투위, 조선투위, 80년 해직, 기성 언론 출신들이 반목해 거의 회복하기 힘들 정도의 상처를 입었다. 친 DJ니 반 DJ니 하는 식으로 갈려 편집국이 현실 정치에 어지럽게 휘둘리는 양상까지 보였다.

신생 언론사들이 내분으로 진을 빼는 것을 바라보면서 시사저널 기자협의회의 젊은 기자들은 절대로 파벌을 짓지 않기로 의견을 모았다. 회사의 어떤 간부에게도 줄을 서지 않을 것이며, 지연과 학연에 얽매이지 않고, 그 어떤 외부 정치 세력과도 손을 잡지 않겠다고 다짐했다. 일간지에 비해 기자 수효가 훨씬 적어 의견을 모으기가 수월했다는 것도 우리에게는 큰 힘이었다.

문정우 1959년 충남 당진에서 태어나다. 한국기자협회에서 기자협회보를 만들다가 시사저널 창간 당시 합류. 처음 9개월간 편집부에 있으면서 엽기적인 제목을 많이 달다. 사회부를 거쳐 정치부에서 가장 오래 일하다. 기자협의회 회장을 두 번 하면서 회사 측과 번번이 충돌을 빚어 몇 차례나 쫓겨날 뻔하다. 부도났을 때 회사를 팔러 다니는 등 엉뚱한 일만 쫓아다니느라 변변한 기사를 못 쓴 불행한 기자이다. 편집장을 할 때 금창태 사장이 말도 안 되는 소리를 하면 유체 이탈을 하는 재주를 부리곤 하다. 편집장을 그만두고 다시 현장에 돌아와 기사를 조금 쓰는 척하다가 파업을 하니까 좋아라 펜을 놓다.

그런 기자협의회에 처음 '공공의 적'으로 찍힌 인물은 편집국 간부였던 K씨였다. 그는 사석에서는 물론이고 부서 회의 같은 공식 석상에서도 윗사람을 씹는 데 이골이 난 인물이었다. K씨는 특정 지역 출신 기자들을 자기 영향력 아래 두려고 노골적으로 작업을 했다. 그는 기자들의 생년월일시를 알아 내 사주를 봐 자신과 궁합이 맞는 인물인지 아닌지 구분해 놓을 정도로 유별난 사람이었다. 기자들은 회사가 그를 편집국장에 임명하려 한다는 사실을 알고 반기를 들었다. 기자들에게 갖은 폭언을 퍼부으며 버티던 그는 기자협의회가 그 동안 수집한 그의 언행 중 일부를 공개한 뒤 물러나지 않으면 나머지도 모두 공개하겠다고 공표하자 항복하고 말았다. 그는 회사를 그만둔 뒤 한 대통령 후보 진영으로 갔다가 나중에 국회의원 선거에 출마했지만 떨어졌다. K씨 사건을 겪으면서 기자협의회는 회사 내에서 막강한 조직으로 자리를 잡게 되었다.

"최회장, 왜 혼자 엘리베이터를 탑니까?"

1990년 처음 기자협의회를 만들었을 때만 해도 회사 측에서는 기자협의회의 존재 자체를 인정하지 않으려고 했다. 그런데 젊은 기자들에게 힘을 실어 준 것은 뜻밖의 인물들이었다. 소설가 김승옥, 박태순, 송영 등등. 회사는 시사저널의 문장을 다듬기 위해 당대 최고의 작가들을 초빙해 모든 기사를 먼저 보게 했다. 그런데 결과는 민망했다. 편집국 간부들이 쓴 기사나 칼럼은 난도질을 당해 나오는 반면, 젊은 기자들이 쓴 기사는 별로 고친 데가 없이 깨끗했다. 편집국의 한 간부는 얼마나 자존심이 상했던지 하루는 술을 잔뜩 마시고 들어와 작가 선생들의 멱살을 잡고 폭언을 퍼부은 일도 있다. 김승옥 선생은 몇몇 기자들은 문학 수업을 조금 받으면 바로 작가로 데뷔할 수 있을 정도로 자질이 뛰어나다고 칭찬했다. 언론사에서야 기사 잘 쓰는 게 제일 아닌가. 작가 선생들 덕분에 회사 내에서 젊은 기자들의 발언권은 한층 커졌다. 주로 일간지 출신이었던 데스크들이 기자들의 글을 개악하는 일도 사라졌고.

음습한 일은 햇볕을 쬐어 말려야 한다는 것이 시사저널 기자협의회가 지켜 온 원칙 중의 하나였다. 그 원칙은 사주를 향해서도 예외 없이 적용됐다. 시사저널 초창기에 사주 최원영 회장은 편집국 기자들에게 종종 밥을 샀다. 그런데 최회장이 밥을 사던 어느 날, 지금은 미국에 가 있는 강용석 선배가 시비를 걸었다. 어째서 최회장은 혼자서 엘리베이터를 타고 다니느냐고. 당시 회사에는 엘리베이터가 두 대 있었는데 최회장은 회사를 드나들 때 경비들에게 엘리베이터를 잡아 놓게 하고 혼자서만 타고 다녔다. 그런데 그 일이 있고 난 뒤부터 최회장은 기자들을 만나지 않게 되었다. 거슬리는 소리가 듣기 싫었던 것이다. 엘리베이터도 여전히 혼자 타고 다녔고. 그것이 그의 한계이자 비극이었다. 당시 젊은 기자들은 사장에게든 편집국장에게든 석연치 않은 일이 있으면 언제나 공개적으로 따져 물었고, 납득할 수 없으면 결코 물러나지 않았다.

시사저널이 창간된 1989년만 해도 여느 기자들은 출입처에서 매달 월급처럼 촌지를 받던 때였다. 시사저널 기자협의회는 촌지를 받지 않겠다고 공개적으로 선언했다. 지금은 오마이뉴스에 가 있는 김당 기자는 취재원에게서 받은 촌지를 등기우편으로 돌려보내고 그 사실을 기사에 쓰기도 했다. 지금이야 그렇지 않지만 당시에는 취재 현장에서 촌지를 받지 않기가 무척 힘들었다. 촌지를 거부하면 더 많이 달라는 뜻으로 해석하는 사람도 많았다. 화를 내는 사람들까지 있었다. 그런 사람들에게는 촌지를 받으면 동료들 등쌀에 회사를 다닐 수 없으므로 촌지를 주려거든 평생 먹고 살 만큼 달라고 얘기하기도 했다. 출장을 가면 얼마 안 되는 출장비를 쪼개 소주를 마셨다. 일간지에서 취재차를 몰았던 기사들은 처음에는 불평했지만 나중에는 더욱 살갑게 대했다. 공돈을 안 받으니까 시사저널에는 포커나 고스톱을 치는 문화가 없다. 집들이나 장례식에 가더라도 판을 벌이지 않는다. 개들도 돈 봉투를 물고 다닌다는 대통령 선거 때나 회사가 부도가 나 월급을 제대로 못 받을 때도 이 원칙은 칼같이 지켰다. 그 탓에 밤새도록 술만 푸는 부작용이 있기는 했다.

누명 쓴 사진부장을 구하다

1998년 부도가 나기 얼마 전 회사는 시사저널 사진부 부장을 지냈으며 새로 창간한 남성지 '더 맨'의 사진부장으로 가 있던 조천용 부국장을 해고했다. 조부국장이 취재원으로부터 돈을 받았다는 것이 해고 사유였다. 조부국장은 억울하다며 기자협의회에 호소했고, 기자협의회는 즉각 진상 조사에 들어갔다. 당시 사장은 사실이 아니라면 자기가 목을 내놓겠다고 공언했다. 취재원들을 만나 면밀하게 조사했지만 조부국장이 돈을 받았다는 증거는 아무것도 나오지 않았다. 기자협의회는 회사가 경영이 어려워지자 나이 많은 조부국장을 내보내려고 누명을 씌웠다고 판단했다. 기자협의회가 제작 거부도 불사하겠다는 결기를 보이자 조부국장에 대한 해고를 취소하고 사장도 그만두었다. 기자협의회는 기자들이 가진 정보력을 최대한 활용해 사안에 대해 철저히 조사한 뒤 옳은 길이라 판단하면 절대로 물러서는 법이 없었다. 회사가 이미 붙인 방을 떼어 내고 사장까지 물러나게 한 것은 언론계 초유의 일이었다.

1998년 3월, 최원영 씨가 운영하던 사업체들이 모두 부도가 나 시사저널도 존폐의 위기를 맞았다. 다행히 부도에 대비해 회사 경영진이 판권을 예음문화재단으로 옮겨 놓아 자매지인 TV저널이나 더 맨, 에버처럼 곧장 폐간되는 일은 면할 수 있었다. 하지만 월급도 못 받는 상태에서 예전과 똑같은 강도로 일을 해야 하는 기막힌 상황이었다. 게다가 어제까지 한솥밥을 먹던 자매지 직원들이 시사저널 기자들이 자기들만 살겠다고 회사 측과 짜고 판권을 빼돌렸다는 의심까지 했다. 직원들은 시사저널을 끌어내 불에 태우고 전산실에 저장돼 있는 정기 구독자 자료를 없애 버리겠다고 위협했다.

비통한 분위기 속에서 기자협의회 총회가 열렸다. 나는 때로는 살기보다 죽기가 어려운 경우가 있는데 바로 지금 같은 상황이라며 깨끗이 산화하자고 주장했다. 하지만 전체적으로는 살려 보자는 의견이 우세했다. 어찌된 셈인지 죽는 게 낫다고 주장했던 내가 비상대책위원장을 맡게 됐다. 앞으로 아무리 힘든 일이 있어도 함께 견뎌 나가자고 결의했다. 이 때부터 고난의 행군이 시작됐다.

부도가 나자 시사저널을 시장에서 몰아내는 데 앞장섰던 곳은 뜻밖에도 한겨레21 영업 조직이었다. 그들은 시사저널이 곧 망할 테니 광고도 주지 말고 정기 구독도 하지 말라는 얘기를 퍼뜨리고 다녔다. 그때까지 한겨레를 우군이라고 생각했던 시사저널 기자들은 충격을 받았다. 어려움에 빠지자 친구는 안 보이고 온통 적뿐이었다.

가장 급한 불은 인쇄소였다. 인쇄소에서는 받을 돈이 10억이나 남았는데 아무 기약 없이 계속 인쇄를 해 줄 수는 없다고 나왔다. 인쇄소 사장을 만나 무슨 일이 있더라도 한달에 1억씩은 갚아 나갈 테니 계속 인쇄해 달라고 애걸했다. 인쇄소 사장은 자신도 예전에 부도난 회사의 비상대책위원장을 맡아 본 일이 있어 고충을 잘 안다며 내 제안을 받아 주었다.

부도가 나기 전까지 시사저널 광고국 영업은 누워 떡먹기였다. 광고가 줄을 서 따로 영업을 할 필요가 없었다. 광고 기획사 직원들에게 밥 한 번 산 일조차 없었다. 하지만 부도가 나자 호당 1억원을 훌쩍 넘곤 했던 광고액이 2천만원대로 급전직하했다. 광고 기획사 직원들을 초청해 열심히 머리를 조아렸다. 기자들이 책을 만들려는 의지가 확고하기 때문에 폐간될 일은 없으니 제발 다시 광고를 달라고 통사정을 했다.

폐간된 자매지 직원들과도 협상을 했다. 회사 판권을 팔면 "우선적으로 당신들의 퇴직금부터 주겠다"고 약속해 정기 구독자 명단을 담은 데이터 베이스가 파괴되는 참사를 면할 수 있었다. 월급은 고참부터 말단까지 일괄적으로 백만 원씩 지급했다. 누군가 너무나 생활이 어려워서 집어 갔는지, 어느 달엔가는 월급을 나눠주다 보니 한 덩어리가 부족했다. 할 수 없이 각자의 봉투에서 몇 만원씩 떼어 내 봉투를 하나 더 만들며 처참해하던 기억이 난다.

피할 수 없었던 '반칙'

회사 내부의 일을 대충 마무리짓고는 제 손으로 전세 계약서도 옳게 써 본 일이 없는 나와 남문희 기자가 회사를 팔겠다고 거리로 나섰다. 세상에는 재력가들도 많았고, 그 재력가들은 한결같이 100억이나

200억쯤은 돈도 아닌 것처럼 얘기했으나 선뜻 시사저널을 인수하겠다고 나서는 이들은 없었다. 우여곡절 끝에 광주의 재벌 2세인 P씨와 거래가 성사됐으나 P씨가 건넸던 당좌수표는 가짜임이 드러났다. 그 와중에 P씨의 아내 S씨가 자기가 남편을 대신해 시사저널을 인수하겠다고 나서는 엽기적인 일이 벌어졌다. S씨는 남편하고는 하루라도 빨리 이혼할 테니 자신에게 기회를 달라고 매달렸다. 그 부부는 내가 만났던 어떤 취재원보다도 이상한 인물들이었다. S씨는 시어머니가 밤중에 자기와 남편이 자고 있는 사이로 비집고 들어오기 일쑤였으며, 남편에게 첩을 얻으라고 강요했다는 등 가족사의 비밀을 스스럼없이 털어놓았다.

P씨와 결별하고 만난 L씨도 결국 잔금을 치르지 못해 계약을 파기하고 말았다. 현재의 경영진과도 처음 얘기할 때와 계약 조건이 달라져 헤어질 위기를 겪었다. 돌이켜보면 그 같은 일들을 겪으면서 어떻게 견뎌 냈는지 신기하기만 하다. 고통스럽기 짝이 없는 세월이었지만 결국 해냈다는 자부심을 훈장처럼 간직할 수 있게 됐다. 우리와 함께 일하다 하루아침에 직장을 잃은 계열사 직원들의 퇴직금도 챙겨 줄 수 있었다. 그들을 모른 체했으면 시사저널을 진정한 우리 사주 회사로 탈바꿈할 수 있었지만 어쩔 수 없이 포기해야 했다. 부도가 난 언론사를 기자들이 힘을 합쳐 살려낸 예는 거의 없는 것으로 안다. 예전에 어떤 언론사에서는 부도가 나자마자 기자들이 책걸상까지 모두 집으로 들고 가 버린 일이 있었다. 절대로 파벌을 짓지 않고 모든 일을 투명하게 공개해 총의로 결정하는 기자협의회의 전통과 문화가 없었다면 불가능한 일이었을 것이다.

지금의 경영진이 인수한 뒤의 7년간은 기자들이 지켜 왔던 원칙을 조금씩 조금씩 양보해 온 세월이었다. 회사 경영이 어려워지면 얼마나 큰 고통이 따른다는 것을 잘 알기 때문에 기자들은 유연해지려고 무던히 용을 썼다. 편집부를 비정규직화하고 나이든 교열 기자를 비정규직화했다가 끝내 해고하는 것을 지켜볼 수밖에 없었다.

편집장으로 일했던 2년 3개월 동안 수많은 '반칙'을 저질러야 했다. 기업이 부르는 행사라면 어디든 참석했고, 혹시라도 실무자가 거북해할까 봐 향응도 뿌리치지 못했다. 회사 중역에게 전화해 노골적으로 광고를 달라고 부탁하기도 했다. 광고국장과 짜고 금세라도 그 회사에 불리한 기사를 실을 것처럼 압박해 협찬을 이끌어 내기도 했다. 회사 측은 급기야 광고를 따오는 기자에게 얼마씩 떼어주겠다는 제안을 하기에 이른다. 워낙 반칙을 많이 저지르다 보니 정말 넘어서는 안 될 선이 무엇인지도 가물가물해졌다.

회사 측은 점점 더 욕심을 부렸고 기자들은 어느 날 문득 너무나 멀리 떠나왔음을 깨닫게 되었다. 이제 기자들은 다시 자기 자리로 돌아갈 준비를 하고 있으며, 과연 돌아갈 수 있을지 알 수는 없으나 돌아간다는 생각만 해도 기자 생활을 처음 시작할 때처럼 마음이 설렌다.

내가 만난 김훈과 서명숙

김은남 | 시사저널 기자

내가 '김국'(시사저널 기자들은 김훈 전 편집국장을 지금도 이렇게 부른다)을 처음 만난 것은 1995년 시사저널 경력 기자 공채에서 합격 통보를 받고 난 다음이었다.

"저는 시사저널 편집국장 김훈이라고 하는데요, 채용이 최종 결정됐으니 출근하기 전에 편집국에 한번 들러 주시죠."

특유의 저음으로 그야말로 '용건만 간단히' 고지한 뒤 전화를 끊어버린 김국 때문에 "합격요? 감사합니다" 어쩌구 떠들 타이밍을 놓쳐 잠시 당황해하다가, 이내 고개를 갸웃거렸던 기억이 지금도 생생하다. 편집국장이라면 통상 채용 과정에서 후보자들을 미리 면접하는 것이 언론사 관례이기 때문이다.

그런데 필기 시험(당시 시사저널은 경력 기자에게도 예외 없이 필기 시험을 요구했다. 이 때문에 일간지 출신 지원자 일부는 불쾌감을 표시하며 시험을 거부하기도 했다고 들었다)과 1차 면접, 2차 면접을 거치는 동안 나는 김국을 만난 기억이 없었다. '어찌 된 일일까?' 궁금해하며 편집국을 찾은 날, 김국은 내 위아래를 한번 쓱 훑어보더니 통화할 때와 마찬가지로 단도직입 용건부터 말했다.

"근무하고 싶은 부서가 있습니까?"

미처 마음의 준비가 덜 돼 있었던 나는 더듬거리며 말했다. "음…, 문화나 정보 통신 쪽을 해 보고 싶습니다." 이전에 일하던 잡지에서 사회 트렌드 기사나 당시 막 태동하던 인터넷 관련 기사를 주로 다루었기에 자연스럽게 나온 답이었다. 내 답을 들은 김국은 다시 한번 나를 쓱 훑어보았다. 그러고는 말했다. "사회부로 합시다. 월요일부터 출근하세요."

김은남 1967년에 태어나 전주역과 기찻길을 무대로 유년 시절을 보냈다. 자타 공인 범생이. 그러나 대학 입학 이후 급격히 삐딱선을 타다 결국 삐딱해도 밥 먹고 살 수 있는 직업으로 기자를 선택했다. 1995년 시사저널에 입사해 사회부, 기획특집부, 정치부, 경제부를 두루 거쳤지만 시회부를 늘 마음의 고향으로 생각하고 있다. 음주가무 애호형. 노래방에서 동료들이 붙여 준 별명이 '락커의 영혼을 지닌 합창단' 이다.

그게 다였다. 돌아나오는데 온갖 상념이 튀어 다녔다. '내가 그렇게 비非문화적으로 생겼나?' '가타부타 이유를 설명해 줘야 할 것 아냐? 뭐냐고요, 뭐.' '어구야, 앞으로 괴팍한 데스크 아래서 고생 좀 하겠다' 등등.

당시 김국이 왜 나를 사회부에 배치했는지는 그 뒤로도 묻지 못했다. 경력 기자라고는 하나 아직은 얼간망둥이 날뛰듯 하던 3년차 기자를 시사저널 식으로, 겉멋 들지 않게 제대로 길들이기 위해, 취재 일선에서 몸으로 정직하게 때워야 하는 부서로 보냈던 것은 아닐는지, 그저 혼자 짐작할 뿐이다(물론 비문화적인 생김새 때문에 사회부로 배치됐을지 모른다는 의심이 지금까지도 완전히 해소된 것은 아니다).

김훈 국장, 부당한 압력 있을 때마다 사표

그러나 김국을 면접 과정에서 왜 만나지 못했는지에 대한 의문은 입사 직후 곧 풀렸다. 경력 기자 채용이 진행되던 시기에 그가 사표를 냈기 때문이라고 했다. 당시 김국이 무슨 일로 사표를 냈는지는 정확히 알지 못한다. 내가 입사하기 전에나 입사한 뒤에나 김국은 여러 차례 사표를 던지고 항의성 잠적을 하곤 했다(이런 일이 반복됐기에 사안별로 정확한 경위를 기억하는 이가 드물다). 보통은 기사 또는 기자에 대한 경영진의 부당한 압력 때문이었다. 부당한 압력이라고 해야 사장이 야밤에 인쇄소에서 기사를 몰래 들어 낸다든지 하는 작금의 폭거에 비한다면 '애교' 수준에 불과한 정도의 것이었지만, 그 때마다 김국은 밥그릇을 던져 저항했다. 이를 두고 '김국 폼생폼사 때문에 (뒤치다꺼리하는) 후배들만 죽어난다'고 구시렁대는 기자들도 없었던 것은 아니었다.

그럼에도 불구하고 분명한 것은, 이런 데스크 덕분에 위에서 편집국을 어떻게 함부로 해 보지 못했다는 것이었다. 김국 말마따나 아직은 더 써먹을 데가 있다고 판단해서였는지, 아니면 사표를 그냥 수리했다가는 기자들이 벌 떼처럼 들고일어날 것이 골치 아팠기 때문인지 그토록 여러 차례 사표 소동을 벌였음에도 경영진이 김국의 사표를 수리한 일은 없었다. 최소한 기사 때문에 벌어진 사표 소동에서는 그랬다(훗날 김국은 오히려 외부에서 촉발된 엉뚱한 '설화' 때문에 시사저널을 그만두었다. 기억할 분은 하시겠지만, 이른바 한겨레21의 쾌도난담 사건이 그것이었다). 시사저널이 독립 언론의 전통을 고집스럽게 지켜 올 수 있었던 한켠에는 이 같은 데스크의 '선도투鬪'가 자리잡고 있었다.

시사저널 역사에서 사표 하면 떠오르는 또 한 사람이 있으니, 바로 서명숙 선배이다. 2002년에서 2004년까지 편집장 일을 했던 서선배는 김국에 필적할 만큼 여러 차례 사표 소동을 벌였다. "보고 배운 게 김국밖에 없어서…"라고 본인은 농담을 하지만, 내가 보기에 김국과 서선배는 닮은 데가 상당히 많은 데스크였다.

일단 두 사람은 후배들을 영리하게 잘 부렸다. 당근과 채찍을 번갈아 사용하는 정도가 아니라, 능수능란하게 활용하며 후배들을 자발적인 일의 노예로 내몰았다. 시사저널에 입사한 뒤 나는 여름 장마 때만 되면 24시간 긴장 상태에 빠지는 신종 버릇이 생겼다. 입사한 첫 해, 집중호우가 쏟아지던 일요일 오전 늦잠을 자다 김국한테 욕을 바가지로 얻어먹은 뒤 생긴 버릇이다.

"지금 자빠져 잠이 오냐? 너네가 그러고도 기자야?"

거의 광분한 수준으로 화를 내는 김국 앞에 눈곱도 제대로 못 뗀 채 불려나가 속수무책 치도곤을 당하면서도 속으로는 잠시 불경스러운 생각을 했더랬다. '내가 일간지 기자도 아니고 수해 현장까지 따라다녀야 해? 우이씨.' 그러나 경력이 쌓일수록 김국의 뜻을 이해할 수 있을 것 같았다. 흔히 주간지는 속보성이 아니라 심층성으로 승부를 건다고 한다. 그런데, 그 심층성이란 게 현장과 유리돼 생겨나는 것은 아니다. 속보 기사든 심층 기사든 기사의 출발은 현장이라는 것, 이 같은 기본을 김국은 우리에게 가르쳤다. 김국은 현장을 떠나 탁상에서 논한 글을 '기사'라 우기는 행위를 끔찍이도 싫어했다. 사실(fact) 없이 주의 주장만 나열해 놓은 기사를 김국은 주저 없이 '쓰레기'라 부르곤 했다. 때문에 부실한 취재를 '이빨'로 때운 원고를 김국에게 제출할 때는 나 스스로 면구스러워 차마 고개를 들 수가 없었다.

반면 좋은 기사에 대해서는 또 칭찬을 아끼지 않는 것이 김국식 조련법이었다. 입사한 지 석 달쯤 지나서인가, 대기 오염 측정망 가동 실태에 대한 고발 기사를 썼던 기억이 난다. 기사를 송고한 뒤 또다른 취재를 위해 밖에서 뛰고 있자니 회사에서 호출이 왔다. 김국이었다. 김국은 기사 중 설명이 부족하다 싶은 부분에 대해 내게 질문을 던졌다. 사실 관계를 따져 묻는 송곳 같은 질문이었다. 진땀이 흘렀다. 두세 개 질문에 답하고 나니 김국이 딱 한 마디를 하고 전화를 끊었다.

"기사가, 훌륭하다."

그 한 마디에 신이 나 또 코피 터지게 일 주일을 '달렸다.' 감정 표현에 인색한 김국이지만 그랬기 때문에 칭찬의 약발은 더 강력했다. 김국식 수사修辭로는 "기사가 좋다" 하면 보통급, "기사가 훌륭하다" 하면 최상급 찬사였는데, 이 말 한번 듣고 나면 일 주일의 피로가 씻은 듯이 사라지곤 했다(물론 칭찬받는 일보다는 혼나는 일이 훨씬 더 많았다).

'김은남'과 '김은남 씨'의 차이

서명숙 선배는 한 술 더 떴다. 기사를 넘긴 뒤 기자들은 자리에 앉아 숨죽인 채 서선배의 호명을 기다리곤 했다. 기사를 일별한 뒤 해당 기자를 호출하는 서선배의 목소리 톤을 들으면 자기 기사에 대한 일차 평가가 어떻게 나왔는지 금세 알아차릴 수 있었다. "김은남, 이리와 봐" 하면서 요즘 유행하는 '싸모님' 말투마냥 말 꼬리를 길게 늘어빼면 기사가 썩 마음에 들었다는 뜻이고, "김은남 씨, 이리 와 보지"처럼 말 꼬리가 딱딱 분질러지면 뭔가 기사에 결함이 있거나 기사 자체가 함량 미달이라는 뜻이었다. 함량 미달 기사에 대한 서선배의 지적은 눈물이 쏙 빠질 정도로 혹독했다. "스스로 밥값은 한다고 생각해?" 하는 서선배의 직선적인 비판에 상처를 받고 다음 날 사표를 던질까 심각하게 고민했다는 동료 기자도 있을 정도였다. 대신, 좋은 기사나 특종 기사를 접하면 그 기사를 쓴 기자 본인보다 더 행복해하고 좋아하는 것이 서선배였다. 그 열정에 후배들까지 덩달아 행복해졌다.

자기에게 엄격한 것도 두 사람의 공통점이었다. 두 사람이 엄했다거나, 권위주의적이었다거나 하는 뜻은 결코 아니다. 오히려 김국으로 말하자면, 편집국에서는 시퍼런 인광을 내뿜으며 후배들을 호령하다가도 술자리에 가면 후배보다 더 살갑게 '재롱'을 떠는 스타일이었다. 취재원과의 줄다리기, 마감 스트레스 따위로 신경이 곤두서 있다가도 김국이 술을 따라 주며 "내가 잘하께('잘할게'를 김국은 꼭 이렇게 발음했다)," "늙은이 좀 예쁘게 봐주라" 하고 육탄 공세를 벌여 오면 후배들은 배시시 경직된 표정을 풀곤 했다. 서선배는 또 어떻고. 청와대 비서실장, 조폭 두목과도 눈 하나 꿈쩍 않고 맞장 뜨는 그 여자, 기사의 논리적 허점을 귀신같이 잡아 내는 그 여자가 맞나 싶을 정도로 사생활 영역에서의 서선배는 실수 연발 '덜렁이'였다. 취재원과 막 점심을 먹고 왔다는 서선배의 블라우스 앞섶에는 그 날의 메뉴를 고스란히 눈치챌 수 있을 것 같은 증거물이 점점이 묻어 있었고, 코트 호주머니에는 파란색, 까만색 잉크가 번져 있기 일쑤였다. 플러스펜 뚜껑을 제대로 닫지 않은 채 호주머니에 펜을 넣어 두어 생긴 얼룩들이었다.

그러나 서선배는 일에서만은 완벽주의자였다. 지금은 캐나다로 이민 가 있는 성우제 기자가 서선배를 평하기를 "일에 대한 완벽주의자. 스스로를 들볶는 스타일. …서명숙은 스스로 말하길 기자직 때문에 지쳤다고 하는데, 내가 보기에 서명숙을 지치게 한 건 기자직이 아님. 기자직을 수행하는 자기의 완벽주의에 지침"이라 했는데, 나는 그 지적에 120퍼센트 공감한다. 서선배는 평기자 시절부터 누구보다 일찍 출근해 편집국을 지키고 있었다. 지금은 금연, 금주 전도사로 나섰다지만 당시만 해도 이틀 걸러 한 번은 술자리에 줄담배 피우기가 서선배 전매 특허였는데, 도대체 무슨 체력으로 다음 날이면 그렇게 말짱한 얼굴로 편집국에 홀로 나와 신문들을 훑고 있는 것인지 때로는 존경스럽고 때로는 기가 질렸다. 서선배는 또 회의 시간이나 마감 시간 어기는 것을 지독하게 싫어했다. 회의나 마감에 늦었다가는 싫은 소리를 한 무더기 들을 각오를 해야 했다. 어느 날 서대문 지하철역에서 회사까지 아침에 택시를 타고 왔다는 서선배 말에 아연실색한 일도 있었다. 지하철역에서 회사까지 거리는 300미터 남짓하기 때문이다. 그런데 회의에 1분 지각하는 것이 싫어서 서선배는 택시를 타고 왔다고 했다. 남들을 들볶으려면 역시 그만한 자기 희생이 따르는 법인가 보다.

자기 자신에 대한 서선배의 엄격성은 나를 불편하게 하지는 않았다. 앞서 말한 대로 때로는 존경스럽고 때로는 기가 질렸을 뿐이다. 내가 감당하기 힘들었던 것은 김국이었다. 1995년의 그 가슴 아팠던 사건을 나는 지금도 기억한다. 아마도 김영삼 당시 대통령이 5·18 특별법 제정을 명하고 전두환, 노태우 전 대통령을 구속했던 바로 그 시기였을 것이다. 그 날이 목요일 오전이었던 것으로 기억되는데, 갑자기 김국이 나를 불렀다. "5·18 당시 언론이 얼마나 웃기는 보도 행태를 보였는지 되짚을 때가 됐다. 관련 내용을 취재하라"는 것이었다. 나는 쏜살같이 프레스 센터로 달려갔다.

허탈했던 김훈 국장의 '폭탄 선언'

지금이야 인터넷 클릭 한 번으로 과거 기사 검색이 가능하지만, 당시만 해도 프레스 센터 언론정보센터가 보유하고 있는 OHP 필름을 신문사별로 일일이 돌려 보아야만 옛 기사들을 검색할 수 있었다. 그렇게 찾아 낸 기사들은 충격적이었다. 1980년이면 나는 중2였다. 당연히 당시 신문 보도를 제대로 읽어본 일이 없었다. 그래서 더 충격적이었는지도 몰랐다. 이른바 주요 일간지 중 1980년 광주 상황에 대해 제대로 기사를 쓴 곳은 단 한 군데도 없었다. 지금은 너무도 유명해져 버린 조선일보 김대중 주필의 광주발 기사 "고개의 내리막길에 바리

케이드가 쳐져 있고 그 동쪽 너머에 '무정부 상태의 광주'가 있다"를 처음 접하고 전율한 것도 이 때였다.

더 기가 막힌 것은 5·18 이후 언론들이 경쟁적으로 쏟아 낸 신군부 찬양 기사였다. '새 역사 창조의 선도자 전두환 장군'(경향신문), '역사의 혼이 키워 낸 신념과 의지의 30년'(중앙일보), '우국충정 30년-군 생활을 통해 본 그의 인간관'(동아일보), '전두환 장군 의지의 30년'(한국일보) 같은 기사들을 보며 나는 실소했고 또 분노했다. 기사를 일람한 뒤 당시 언론 상황에 밝은 전현직 언론인들을 취재하고 돌아와 단숨에 기사를 써 내렸다. 평소처럼 기사가 풀리지 않아 끙끙댈 일도 없었다. 팩트는 차고 넘쳤다. 나는 의분에 차 기사를 썼고, 실제로 기사가 나간 뒤 반응도 뜨거웠다. 1980년의 언론 행태를 비판적으로 보도한 매체는 당시 시사저널이 거의 유일했다.

그런데 기사가 나가고 난 뒤 김국이 폭탄 선언을 했다. 한국일보의 신군부 찬양 기사를 자신이 썼다는 것이었다. 한국일보 기사의 바이라인(기사에 필자 이름을 넣는 일)이 '특별취재팀'으로 되어 있었기에 나는 김국이 그 일에 연루돼 있을 줄은 꿈에도 몰랐다. 도대체 김국은 무슨 생각으로 나에게 그 취재를 지시했던 것일까. 분노하기보다는 허탈했다. 그 뒤로 나는 김국이 세상에 대해 보이는 '위악僞惡'을 조금은 이해할 수 있을 것 같았다. 1980년 당시 그는 5년차 기자였다고 했다. 편집국 위계에서 5년차 기자가 할 수 있는 일이란 무엇이었을까. 입장을 바꿔 놓고 생각해 봐도 답이 나오지 않았다. 그것은 이제 막 날개를 펴려던 청년 기자에게 너무도 가혹한 트라우마로 남았을 것이다.

물론 내가 김국의 역사적 과오를 두둔하자는 것은 아니다. 부역 언론인을 제대로 청산해야 한국 언론이 바로 선다고 나는 믿는다. 그렇지만 김국이 소설가로 전업한 뒤 김국에 관한 기사가 나올 때마다 '전두환을 찬양한 김훈의 과거' 류의 비난성 댓글이 붙는 것을 보면 솔직히 마음이 불편하다. 내가 알기로 김국은 자신의 과거를 스스로 고백한 몇 안 되는 언론인 중 한 사람이다. 그와 더불어 신군부를 찬양했던 동료 및 타사 기자, 데스크, 언론사주는 일체 말이 없다. 6월 항쟁 20주년을 맞은 지금까지도 1980년 언론의 과오를 공개적으로 증언해 줄 수 있는 거의 유일한 언론인이 김국이라는 얘기를 들으면 가슴이 답답해진다.

「법구경」에 보면 이런 구절이 있다. "남의 허물은 겨처럼 까불어 흩어버리면서 자기의 허물은 투전꾼이 나쁜 패를 감추듯 한다." 남의 허물은 쉽게 들추면서 자기 허물은 감추고자 하는 것이 사람 마음이다. 하물며 남의 허물을 들추는 것이 직업인 기자들임에랴. 그럼에도 시사저널에서 만난 나의 데스크들은 자신의 허물을 애써 감추려 들지 않았다. 시사저널 데스크들은 그래서 아름다웠다. 시사저널은 그래서 강했다.

시사저널 문화부라는 곳

노순동 | 시사저널 기자

오리 새끼는 태어나서 처음 본 것을 어미로 여긴다 했던가. 나에게 시사저널 문화부는 그런 원체험의 터전이었다.

시사저널에 와서 배운 것 중 하나는 이견을 다루는 법에 대한 것이다. 문화부 기자 초년 시절, 나는 주로 영화와 방송 등 대중 문화를 담당했는데 문화계에 시빗거리가 생기면 빠지지 않고 고개를 디밀었다. 당시 문학 권력 논쟁과 안티 조선 의제가 핫 이슈였다. 머지않아 문제가 불거졌다. 문학 권력 논쟁이 겨냥하는 권력의 성채 가운데 하나가 당시 무섭게 확장하던 출판사 문학동네였는데, 데스크인 이문재가 그곳의 편집위원이었던 것이다. 그는 일련의 논쟁을 불편해했다. 거칠고, 과녁을 잘못 잡았다는 것이다. 좋은 권력론을 폈던 것 같기도 하다. 하긴 당시 "문화 권력이 있다 쳐요. 그 권력으로 나쁜 일을 하나요"라고 묻는 소설가도 있었다.

나는 아랑곳하지 않았다. 비판의 대상이 되는 당사자에게 모든 문제 제기는 거칠어 보이는 법, 이렇게 합리화를 했던가. 논쟁은 묘한 방향으로 번졌다. 안티 조선 운동이 들불처럼 퍼지던 때였는데, 급기야 '조선일보가 좋아하는 문학' 이라는 표제로 조선일보와 문학동네 진영 작가들의 유난히 돈독한 관계가 도마에 오른 것이다. 시사저널 선배들과 친분이 각별한 소설가가 여럿 등장했다. 소설가 은희경도 거명되었다. 당시 시사저널 편집장은 은희경 씨 남편 김상익이었다. 얄궂은 일이었다. 이문재가 데스크로 일했고, 김상익이 편집장인 그런 매체에서 제반 논쟁을 생중계하다시피 하고 나왔으니 말이다.

후일 들었다. 김상익 편집장은, 당시 문화부 팀장인 성우제를 불렀다고 한다.

"(순동이 쓴) 이 기사 어때?"

"치우치기는 했지만 게재 가능한 기사입니다."

그것으로 끝이었다. 자기 부인과 관련한 기사인데도 후배의 천방지축 공격에 대처하는 선배들의 태도는 우아하기 그지없었다. 이른바 '이명원 파동' 때도 마찬가지였다.

가끔 이문재는 당시 일들을 환기시킨다. 나는 웃고 만다. 당시 내 판단이 글렀다고 인정한다는 뜻이 아니다. 나에게는 그들의 이견이 아니라, 이견에 대처하는 그들의 품격이 더 인상 깊었기 때문이다. 고백하자면, 나는 그 사안에 대한 고종석의 글을 보고서 애초 그 논쟁의 주춧돌이 살짝 어긋나 있었다는 점을 비로소 깨달았다. 시비를 제대로 거는 일은 언제나 어렵다.

이문재는 여린 폭군, 모순덩어리, 독선닷컴

판화가 이철수 씨가 작금의 상황을 두고 '시사저널 기자들, 겁 없고 철없고, 순진하다' 했다고 한다. 시사저널 기자들이 불합리하고 폭력적인 상황에 대한 내성이 다른 집단에 비해 크게 약하다면 시사저널 선배들에게 큰 책임이 있다고 생각한다. 시사저널 기자들은, 그런 것을 감내하도록 훈련받지 못했기 때문이다.

대신 업무에서 시사저널 선배들은 묘하게 가혹했다. 여린 폭군. 이문재의 후배들에게는 그 형용 모순의 어휘가 낯설지 않다. 원체 이문재가 모순덩어리이기도 하다. 그는 산책과 게으름을 찬양하면서도, 항상 노예처럼 집필 노동에 매여 있다. 산책? 술집의 탁한 공기를 더 달게 느끼리라고 생각한다. 그의 별명은 '라이팅 머신.' 별명은 글 쓰는 기계이지만, 기계처럼 쓰는 것은 아니다. 온종일 그의 눈과 귀가 안테나처럼 가동되고 있으니 말이다. 그의 기사에 중독된 이들이 적지 않았던지 그는 시사저널을 떠난 지금도 시사저널 스타 기자의 앞자리를 내놓지 않고 있다.

노순동 1994년부터 자매지 'TV저널'에서 일했으며 1997년 시사저널에 내려오자마자 부도가 났다. 다른 기자들은 그 세월을 견디는 것이 힘겨웠겠으나, 새내기 기자였던 나는 일감이 많은 덕에 조금 더 일을 빨리 배웠다고 생각하고 있다. 편집부와 문화부, 사회부 등을 거쳐 현재 경제팀 기자로 일하고 있다. 영화와 대중 문화 관련 기사를 쓸 때 가장 신명이 났다.

기자로서는 출중했지만 데스크로서 이문재는 결격이 많았다. 일 잘하는 사람이 관리자가 되면 흔히 내보이는 부작용이었다. 그의 주문은 쉽지 않은 것 일색이었다. "기자 같지 않아야 기자 일을 잘한다." "취재원을 감동시키는 기사를 쓰라. 무조건 좋다고 쓴다고 감동하는 게 아니다." "비판은 쉽다. 왜 좋은지 말해 주는 것이 훨씬 어렵다." 나는 이 주문에는 승복했다. 왜 좋은지 설명하는 일은 진짜 어렵다.

데스크 이문재는 '독선닷컴'으로 더 자주 호명되었다. 문정우 전 편집장이 붙여준 별칭이다. 문화부의 지면 운용에 대해 이견이 나오면 이문재는 일부러 '아니 세상에, 그렇게 한심한 소리를 할 수 있다니' 하는 표정을 지으면서 상대의 말에 빨간 줄을 죽죽 그었다.

자신의 성에 차지 않는 성과물 앞에서는 가혹하게 굴었다. 한번은 이문재가 후배 기자의 글을 죄다 뜯어고쳤다. 사실 전달이 목적이 아닌 지극히 주관적인 글이었고, 고쳐진 글 또한 개성 만발이었다. 급기야 후배는 '배 째' 라는 식으로 나왔다. '내 글은 아니니, 당신 이름을 박으쇼.' 이문재가 그런 줄 익히 아는 김훈은, 항상 "문재야, 애들 좀 그만 괴롭혀라"라는 말을 입에 달고 살았다. 내가 알기로 이문재를 가장 괴롭힌 사람은 김훈이었다. 그러니까 이문재가 가장 괴롭힌 사람이 문화부의 계보를 잇는 사람이었을 터인데, 그들은 바로 송준과 성우제였다.

돌아보면 이문재 휘하에서 고통받은 문화부 기자들은 하나같이 자의식이 강했다. 그 점에서 자웅을 겨뤘다. '문청' 출신인 그들의 갈등은 어쩌면 당연한 것이었는지 모르겠다. 처리가 난감한 원고를 들이밀 때면 이문재는 한숨을 토하곤 했다. "난리가 났군. 난리가 났어." 그러면 나는 "그러게요" 하고 말았다. 나는 그들과 달리 그렇게 둔한 덕에 살아남을 수 있었다.

이문재는 온갖 새로운 화두에 '필' 이 꽂히는 타입이었다. 내가 기억하는 첫 아이템은 '압구정' 이었다. 지금은 청와대에 들어간 오민수 기자와 함께 썼던 '욕망의 해방구 압구정' 이라는 기획 기사는 문화연구를 방불케 했다. 르포와 문화 해석이 그처럼 아름답게 교직된 기사를 이후 나는 찾지 못했다. 이문재는 조정래 선생과 장정일의 필화사건 때마다 진기록을 세웠다. 7주 연속으로 기사를 쓴 적도 있다니, 편파도 그런 편파가 없다.

성우제는 미술 전문 기자로 이름을 날렸는데, 나중에는 홍대 앞 문화와 한류에 꽂혔다. 서포터즈에 문화적 의미 부여를 한 기사들도 꽤 시점이 일렀던 것으로 기억된다. 나는, 부활하는 한국 영화의 꽁무니를 따라다니며 밤을 지새웠다. 첫 작품을 낸 뒤 불안해하던 홍상수 감독을 인터뷰할 수 있어 짜릿했고, 이창동, 송능한, 임상수 감독과 몇 시간씩 얘기할 수 있다는 이유만으로 기자가 된 것에 감사했다.

이미 문화 팀을 떠난 지 3년째에 접어드니 내가 말할 수 있는 멤버는 고재열이 마지막이다. 고재열 기자는 시사저널 문화부에서 한 획을 그었다. 그가 막 문화부에 배속되었을 때 첫 회의를 하다가 조짐을 알아챘다. 그 때 나는 "인원이 적다. 장르 비평 기능을 포기할 수도 없고…" 운운하며 해묵은 넋두리를 하고 있었다. "시사 주간지에서 그걸 제대로 하겠다는 생각은 부질없죠. 다른 걸 해야죠."

그는 애초 엄정한 비평 따위에는 관심이 없었다. 통상적인 균형 감각이랄지 금기 같은 것도 없어 보였다. 대신 '포착'의 귀재였다. 어떤 현상이든 섹시하게 각을 잡아 냈다. 때로 실체를 반영하지 않는 각일 때도 있는데, 어찌나 그 카피가 현란한지 실체와의 부합성 따위를 따지는 일을 사소한 트집으로 만들어 버리곤 했다. 몇몇 기자가 그를 '우김이'라고 부르며 놀렸지만 아무도 그를 말리지는 못했다. 사회부에서 기획 기사로 잔뼈가 굵은 '사수' 김은남이 있어 그는 더욱 기세등등이었다. 고재열의 중구난방 열정과 감각 있는 재단사 김은남은 죽이 잘 맞았다. 고재열의 다음 사수는 안철흥이었다. 아, 안철흥. 홀연히 나타나 시사저널 문화부의 맏형이 된 그에 대해서는 별도의 지면이 필요하다.

온갖 고전스러움으로 똘똘 뭉친 안철흥과 고재열은, 닮은 데라고는 한 구석도 없었지만 곧 호흡을 맞춰 갔다. 기자마다 자신을 흥분시키는 핫 아이템이 있는데, 그에게는 그것이 한류였다. 그는 한류를 날로 먹고, 볶아 먹고, 찜 쪄 먹었다. 그러더니 어느 순간, 성우제의 말마따나 자신의 방식으로 일가를 이루었다.

방송에서 그가 개봉하는 영화에 대해서, 한류에 대해 '구라'를 풀고 있는 것을 보면 슬며시 웃음이 나온다. 서명숙 전 편집장이 "어느 날 돌아보니 이숙이의 선배"로 불리고 있더라고 했는데, 나야말로 그 짝이었다. 회사 옆 담배 가게 아저씨가 "어, 방송에 나온 그분이네요?"라며 고재열에게 반갑게 인사를 했다. 돌아보면 시사저널은, 시사저널 문화부는, 방언을 써 온 것이나 다름없었다. 좀더 밀착되고 은근한 의사 소통을 잘할 수는 있으나 특정 지역을 넘어서면 잘 해독이 되지 않는다. 고재열은 말하자면 공용어를 쓰는 신인류였다.

어느 날인가, 정치부로 배속된 그를 향해 말했다.

"유 윈."

시사저널을 빛낸 쟁쟁한 외부 필자들

시사저널 문화부는 외부 필자를 논하지 않고서는 그 역사를 온전히 구성할 수 없다. 그 가운데에서도 문화 비평의 쟁쟁한 필진을 빼놓을 수 없다. 첫머리에 꼽히는 이는 '고故 이성욱' 씨이다. 고종석 씨도 시사저널다움을 완성해 준 대표적인 필자이다. 인하대 김진석 교수, 연세대 김주환 교수, 시인 김정란, 문화평론가 진중권 등도 '문화 비평'이 있어야 하는 이유를 알려 주었다. 나는 필자를 섭외할 때 이성욱 씨나 고종석 씨의 글을 복사해 첨부하곤 했다. 문화비평의 모범 답안과 같은 그들의 글을 보여 주면 여러 말이 필요치 않았기 때문이다.

이성욱처럼 사소한 이야깃거리를 통해 본질에 쉽게 육박하는 글쟁이를 보지 못했다. 그는 항상 뭔가를 쑤시고, 들춰냈다. 가끔 그의 글 모음 「리베로를 꿈꾸는 비평」을 꺼내드는데, 그의 빈 자리가 아직도 휑하다. 나는 시사저널의 선배들이 얼마나 좋은 글쟁이에 껌뻑 죽는지, 그리고 어떻게 극진히 대접하는지를 똑똑히 지켜보았다. 그런 자리에 따라다니는 것이 참 좋았다. 아직도 필자 후보를 올려놓고 요모

조모 따져 볼 때면 우리가 얼마나 '택도 없이' 오만한 기준을 갖고 있는지 절감하게 된다. 문화 비평 지면 앞에서는 직함이 소용이 없다. 전문 지식으로 어찌해 볼 수 있는 글도 아니니 어쩔 수가 없다.

언제인가 시사저널의 경영진 가운데 한 사람이 필자 물 관리론을 들고 나온 적이 있다. 그는 "(필자 가운데) 자기 앞가림도 못하는 사람이 수두룩하다"라고 운을 뗐다. 대학 교수 타이틀 '조차' 없는 필자들을 겨냥한 것이었다. 아, 그의 대담 무쌍함에 경배를! 그 기준에 따르면 고종석은, 이성욱은, 진중권은 당연히 결격이다. 그는 죽었다 깨어나도 이해할 수 없을 것이다. 시사저널의 지면은, 자격증 없는 숱한 이성욱이 있어 비로소 풍성해졌다는 것을.

나는 시사저널 문화면이 조금이라도 각별한 이름을 얻고 있다면 그것은 오로지 좋은 글쟁이들의 글을 찾아서 실으려 애쓴 데서 말미암았다고 생각한다. 첫 독자로서 그들의 글을 읽는 것이 진정 행복했다. 진중권 씨를 필자로 끌어들일 때는 성우제와 합작했다. 말을 고르고 또 골라 쓰는 편집국 문화에서 조롱기로 가득한 그의 어법은 꽤 낯선 것이었다. 그러고 보니 그를 필자로 지켜 내기 위해 나도 몇 번 낯을 붉혔던 것 같다.

야박하고 불친절한 선배들

안은주 | 시사저널 기자

입사 초기, 내가 겪은 시사저널 선배들은 참 야박하고 불친절했다. 나는 다른 잡지사에서 일하다 시사저널에 경력 기자로 입사했다. 아무리 경력 기자라고는 하나 기자 경력이 일천했고, 매체까지 달라졌으니 선배에게서 배워야 할 것이 한둘이 아니었다. 그런데 선배들은 밥이나 술은 잘 사 주면서 일하는 요령은 도통 가르쳐 주지 않았다. 아이템을 찾는 것에서부터 취재, 기사 작성까지 간섭하거나 지도해 주는 사람이 없었다.

소도 비빌 언덕이 있어야 한다는데, 입사 초기 비빌 언덕을 찾기가 쉽지 않았다. 나는 같은 대학 선배였던 김은남 선배에게 비벼 보기로 했다. 내 방식대로 취재하고 기사를 써서는 김은남 선배에게 원고를 보여 주며 고칠 것이 있으면 알려 달라고 넌지시 부탁했다. 당시 나는 시사저널 기사나 편집 스타일에 문외한이었으니, 김선배가 밑줄을 쫙쫙 그어 가며 교열을 봐 주거나 구성에 대한 조언을 해 줄 것이라 기대했다. 그런데, 김선배는 원고를 고스란히 돌려 주며 딱 한 마디 했다. "'학생들' 처럼 문장에 '들' 자를 많이 사용하던데, 웬만하면 그냥

'학생' 이라고 쓰지? 복수형 단어는 잘 안 쓰거든."

그것만 빼면 완벽한 원고였을까? 아니었다. 부장과 편집자, 교열 위원, 편집장을 차례로 거친 내 기사는 내가 제출한 기사와는 많이 달랐다.

안은주 1970년생. 시사저널 과학 기자. 편집국장을 해 볼 욕심으로 3년가량 경제 기자로 외도한 적도 있으나, 과학 기자의 꿈을 포기하지 못해 다시 과학 기자로 돌아왔다. 2003년 여름, 스스로에게 안식년을 주기 위해 1년 휴직을 하고 인도에 다녀왔다. '맨땅에 헤딩하던' 1년간의 인도 경험을 「인도에는 왜 갔어?」라는 책으로 펴냈다. 인도 관련 스테디셀러로 자리잡았으나 큰 돈을 버는 데는 도움이 안 됐다. 요즘은 과학 책을 써서 부자가 되겠다는 꿈을 꾸고 있다.

야박하고 불친절하기는 교열위원이었던 이병철 선배도 마찬가지였다. 입사한 지 한두 주쯤 지났을 때였다. 이병철 교열위원이 나를 불렀다. "안은주 씨, 기사 가운데 표현이나 문장을 고쳐야 할 곳이 많아요. 새로 입사한 기자들 모아 놓고 교열 교육을 시켜야 하는데, 그럴 시간은 없으니, 내가 교열 보고 나면 본인 원고를 찾아다 읽어 봐요. 몇 번만 보면 시사저널 문장 스타일을 익힐 수 있을 테니까."

지도 편달에 야박하기는 '데스크' 도 마찬가지였다. 입사 초기, 내 데스크는 문정우 선배였다. 기사를 써서 문선배에게 제출하면, 문선배는 혼자 쓱쓱 고치고는 기사에 대해 아무런 평을 하지 않았다. 새로 기자가 들어오면 훈련이 끝날 때까지 한두 번쯤 불러 기사를 고치게 하거나, 이런저런 조언을 해 줄 만한데도 말이다. 데스크가 아무런 반응도 보이지 않으니, 도대체 내 기사가 괜찮은 것인지 아닌지 판단하기가 어려웠다.

"안은주 씨, 이걸 기사라고 써 온 거야?"

그러던 어느 날, 문선배가 드디어 반응을 보였다. 문선배는 기사를 읽자마자 회의실로 나를 불렀다. 기사를 제출한 직후, 데스크가 담당 기자를 회의실로 부르는 것은 불길한 징후다. 아니나다를까, 문선배는 한숨을 푹 내쉬더니 말문을 열었다.

"안은주 씨. 이걸 사회 기사라고 써 온 거야? 책에 나오는 내용 요약하고 살만 조금 붙이면 기사가 되나? 기자 생활한 지 얼마나 됐다고 벌써부터 이렇게 편하게 기사 쓰려고 하지?"

「부자 아빠 가난한 아빠」가 막 베스트셀러가 됐을 때였는데, 나는 '부자 아빠 가난한 아빠' 라는 주제로 기획 기사를 써 보겠다는 아이템을 냈었다. 그러나 초보나 다름없던 나는 무엇을 어떻게 취재해야 할지 전혀 감을 잡지 못한 상태에서 고민만 하다가 책에 나온 내용 중심으로 두 쪽짜리 기사를 작성해 제출했던 것이다. 그 날 나는 눈물이 쏙 빠지도록 야단을 맞았다. 그러나 혼나면서도 좋은 기사를 쓰려면 어떻게 해야 하는지 감을 잡지는 못했다.

몇 주를 '맨땅에 헤딩하듯' 보내며 속만 태우던 나는 몇몇 선배들이 모인 자리에서 푸념을 늘어놓았다.

"아이템을 선정하고 취재할 때, 선배들이 좀 도와 주었으면 좋겠어요. 우리 회사는 선배들이 잘 안 가르쳐 주나 봐요."

후배가 이렇게 푸념하면 선배는 반성하고 지도 편달을 약속하는 게 내가 예상한 수순이었다. 그러나 푸념을 시작하기가 무섭게 지금은 미국에 가 있는 박성준 선배가 벌컥 화를 냈다.

"안은주 씨, 학생이야? 가르쳐 주기는 뭘 가르쳐 줘. 자기가 스스로 굴러가며 배우는 거지. 나, 이 회사에 수습 기자로 들어왔지만 선배들이 따라다니며 가르쳐 준 거 없어."

무안하고 섭섭했다. 나로서는 도움을 청하는 말이었는데, 그게 그렇게 야단맞아야 하는 일인지 싶어 눈물이 핑 돌았다.

그 후로도 선배들은 내게 '밥상 차리는 법' 을 알려 주지 않았다. 어떤 밥상을 차릴 것인지 고민하는 일에서부터 시장보기, 요리하기, 맛보기까지 전부 혼자 해야 했다. 그러다 보니 좌충우돌하기 일쑤였다.

취재는 열심히 했으나 쓸거리 없는 기사가 되기도 했고, 아예 취재조차 하지 못한 아이템도 있었다.

좌충우돌하며 이리저리 뛰어다니고 끙끙거리다 보니 조금씩 길이 보이는 듯했다. 나만의 취재 노하우가 생기고, 나만의 기사 작성 노하우가 만들어지기 시작했다. 비로소 나는 깨달았다. '기자 사관학교'로 불리는 시사저널에서 기자를 키우는 법은 주입식 교육이 아니라 방목이라는 것을. 아마 선배들이 초창기부터 내 아이템과 기사에 대해 꼬치꼬치 캐물으며 이것저것 간섭했다면, 나는 '안은주 스타일의 기사'를 만드는 데 실패했을 것이다. 기획 기사는 김은남 선배의 짝퉁, 경제 기사는 장영희 선배의 짝퉁, 실용 과학 기사는 오윤현 선배의 짝퉁이 되지 않았을까. 시사저널 기자들의 기사가 저마다의 색깔을 유지하고 있는 것은 바로 이런 방목형 문화 때문이 아닌가 싶다.

'기자가 고생해야 독자들이 행복하다'는 진리

그렇다고 선배가 후배에게 가르쳐 주는 것이 전혀 없는 것은 아니다. 시사저널 선배들은 기사에는 도움이 안 되지만 좋은 기자가 되는 데는 하나같이 훌륭한 모델이다. 기사 쓰는 법에 대해서는 알려 주지 않지만 좋은 기자가 되는 법에 대해서는 모범을 보이거나 조언을 아끼지 않기 때문이다. 물론 좋은 기자가 되는 법을 알려 줄 때도 친절과는 거리가 멀었지만.

이런 일이 있었다. 휴가 중에 '돼지 복제 성공' 사례가 발표되었다. 당시 나는 가족과 함께 지방을 여행 중이라 그 사실을 전혀 몰랐다. 나는 예정대로 휴가를 즐기고 출근했다. 출근하자마자 당시 편집장이던 서명숙 선배에게 인사를 하러 갔다. "휴가 잘 마치고 돌아왔습니다." 생글생글 웃으며 인사를 건네던 내 얼굴에 서선배는 '화살'을 꽂았다. "노는 게 그렇게 좋았냐? 니 '나와바리'(취재 영역)에서 사건이 터지면 '본인 사망'이 아닌 한 제깍 달려와서 기사를 써야지. 놀 거 다 놀고 기자질로 밥 벌어먹겠다는 심산인가 본데, 너 배짱 한번 좋다."

'아닌밤중에 홍두깨'라더니, 앞뒤 설명도 없이 야단부터 맞아야 했다. 나중에 팀장이던 오윤현 선배에게서 자초지종을 들었다. '돼지 복제' 소식이 알려지자 서선배는 휴가 중인 나를 당장 불러들이라고 했단다. 그러나 오윤현 선배가 '이만한 일로 휴가 중인 사람을 부를 필요가 있겠냐'며 반대했고, 결국 오선배가 취재해서 쓰는 걸로 합의했단다. 그런 사실을 까마득히 몰랐던 나는 '노느라 팀장을 엿먹인' 후배가 되었던 것이다.

그 뒤로 나는 휴가 중에도 뉴스와 거리를 둘 수 없게 되었다. 좋은 기자가 되는 데 꼭 필요한 가르침이었지만, 그 때 서선배한테서 받은 상처는 쉬 가시지 않았다. 덕분에 요즘도 술자리에서 서선배를 씹는 '안주'로 심심찮게 올리지만 말이다.

'기자가 고생해야 독자들이 행복하다.' 시사저널에 들어온 직후, 문정우 선배에게 들었던 이 말은 내 기자 생활의 '나침반'이 되었다. 그 날 나는 밤 12시가 다 되도록 혼자 남아 기사를 쓰고 있었다. 남들은 일찌감치 끝내고 집으로 돌아갔지만, 맨땅에 헤딩하느라 바빴던 나는 늦게까지 남아 기사에 매달릴 수밖에 없었다. 회사 근처에서 저녁 약속이 있었던 문선배가 사무실에 불이 켜진 것을 보고 들어왔다. 혼자 남아 야근하는 나를 본 문선배는 "실력이 모자라면 나머지 공부라도 해야지" 하며 놀렸다. 내가 입을 삐죽 내밀자 깔깔대고 웃던 문선배가 사무실을 나서며 한마디 툭 던졌다.

"기자가 고생해야 독자가 행복한 법이다. 기자가 설렁설렁 취재하고 기사 써 봐라. 그걸 읽는 독자는 괜히 시간만 낭비했다는 생각에

낭패감만 들 거야. 당신이 그렇게 고생해서 취재하고 쓴 기사라면 독자들을 행복하게 해 줄 수 있을 거야."

그 말을 나침반 삼아 기사를 쓸 때마다 고생한다고 했는데, 내 기사를 본 독자들이 얼마나 행복해했는지는 잘 모르겠다. 시사저널에 실린 내 기사를 보고 이런 말을 해 보는 것이 내 소원인데, 아직 그 소원을 이루지 못했다.

'오, 신이시여, 정녕 이 기사가 제가 쓴 것이 맞습니까.'

03
기자로 산다는 것

'수수께끼 기자'의 수수께끼 같은 기사

남문희 | 시사저널 기자

'수수께끼의 기사, 수수께끼의 기자.'

시사저널 홈페이지 한반도 기사 밑에 어떤 독자가 달아 놓은 댓글이다. 어떤 뜻으로 이런 댓글을 남겼는지는 알 수 없지만, 내가 써 온 한반도 기사를 읽고 느낀 복잡한 소회를 이렇게 표현한 게 아닌가 싶다. '시사모(시사저널을 사랑하는 사람들 모임)' 결성을 위한 초기 모임에서, 시사모 회장으로 위촉된 고종석 선배도 비슷한 얘기를 했다. 한반도 기사의 팬이라고 스스로 밝힌 그는, 기사에서 풍긴 나의 이미지와 실제 모습이 매우 달라 당황스럽다고 했다. 기사에서 풍긴 것은 '정보기관 요원' 같은 이미지였는데, 정작 만나 보니 이웃집 아저씨 같은 중년의 사내 모습이란다.

한때 안깡(안병찬 편집주간의 애칭)이 나를 '니카라구아 산디니스타'라고 부른 적도 있고, 편집국의 여자 선배들이 '제3세계 창백한 지식인' 같다고 하던 시절도 있었건만, 18년의 세월이야 어쩌겠는가.

문제는 그렇게 오랜 기간 기사를 써 왔고, 지금쯤은 '남문희류'의 한반도 기사에 익숙해진 독자도 꽤 있으련만, 어찌하여 나는 여전히 수수께끼 같은 인물로 남았는가 말이다. 혹시 이런 것은 아닐까. '도대체 이 자는 이런 얘기를 어디서 듣고 쓰는 걸까, 과연 사실일까. 쉽게 믿기도 어렵고 무시하자니 찜찜하고, 당대의 주류 논조 즉 일간지와 방송에서는 찾아보기 힘들고, 어떤 때는 그들 얘기와 정반대로 가기도 하는데 시간이 흐른 뒤 보면 과히 틀리지 않았고…. 기사의 컬러도 전반적으로는 진보적인 것 같은데, 그렇다고 몇몇 진보 매체들처럼 북쪽에 아주 편향된 것 같지도 않고, 부시 행정부를 비판하지만 반미는 아니고, 중국이 6자 회담 등에서 한 역할에 대해서는 긍정적이나 그렇다고 친중도 아닌' 뭐라고 한마디로 규정하기가 어렵다는 것 아니겠는가.

남문희 1960년생. 대학 3년 때인 1983년에 벌어진 KAL기 격추 사건과 일본 교과서 왜곡 사건을 계기로 힘센 이웃에 둘러싸인 한반도 현실을 자각. 시사저널 창간 직전인 1989년 8월 국제 경력 기자로 입사, 소련 동유럽 사태와 걸프전, 남북 고위급 회담 등 세기말적 사건의 홍수에 파묻혀 지내다. 기획특집부 사회부를 거쳐, 1994년 1월 한반도 담당으로 복귀. 현재 한반도 전문 기자.

나 스스로도 내 기사를 규정하기가 쉽지 않은데, 하물며 독자들이 여러 가지 궁금증을 갖는 것이야 당연한 일일는지도 모른다. 그렇다면 어떻게 설명해야 할까. '사실과 진실의 등불을 밝히고' 라고 시작되는 시사저널의 사시가 '한반도 기사' 라는 특수 분야에 적용됐을 때 독자가 느끼는 '낯설음' 같은 게 존재하는 게 아닐까라고 생각해 본다. 대부분의 언론이 한반도 분야는 취재가 안 된다며 소위 전문가들의 코멘트에 의존한 '의견 저널리즘' 에 머물 때, 시사저널은 끊임없이 사실 관계를 천착하며 그림을 그려 왔다. 시사저널의 기사에는 그 흔한 전문가 코멘트도 별로 없다. 사실이 정확하게 주어지면 '의견' 은 굳이 전문가가 아니라도 얘기할 수 있는 것이고, 또한 아무리 전문가라 해도 사실을 모른 채 의견을 낸다는 것은 있을 수 없기 때문이다. 결국 '모든 이론은 회색이며 오로지 영원한 것은 저 푸르른 생명의 나무' 라고 했던가. 많은 언론이 소위 북한 전문가들이 제공하는 '회색빛 이론' 에 입각해 한반도 문제를 바라볼 때 시사저널은 '저 푸르른 생명의 나무' 인 '현실의 세계' 에 잣대를 들이대고 사실 관계를 따져 왔으니, 마치 날것 같은 낯설음 같은 게 느껴진 것은 아닐까. 어쩌면 나의 착각일는지 모르지만, 그런 생각을 하게 되는 것이다. 나는 왜 그렇게 사실 관계에 집착해 온 것인가.

나는 1989년 8월 28일, 즉 시사저널 창간 두 달 전에 국제 경력 기자로 입사했다. 시사저널 기자 누구나 그랬겠지만 입사 당시부터 '사실과 진실의 등불을 밝히고' 라고 시작되는 시사저널의 사시가 준 인상은 매우 강렬했다. 알게 모르게 나의 저널리즘 인생의 한 푯대 같은 것으로 무의식 속에 자리를 잡아 온 것 같다. 박권상 주필과 최원영 발행인이 함께 만들었다고 하는 이 사시만큼 시사저널 편집국의 전통과 역사를 압축해 보여 주는 것은 없을 것이다.

사실은 뭐고 진실은 뭔가. 저널리스트로 살면서 가장 많이 부닥치는 게 바로 이 문제일 것이다. '사실에 입각해서 써야 한다' 라고 할 때의 사실은 대체로 기사의 기본 요건이라고 얘기하는, 육하원칙에 입각해 기사를 쓰는 것을 말한다. 그런데 육하원칙에 입각했다고 해서 그것이 그 대상의 사실성, 진실성을 과연 충분히 드러냈다고 할 수 있는 것일까.

그 동안 취재 현장에서 부딪쳤던 몇 가지 사례를 통해 이 문제를 둘러싼 나의 고민의 궤적을 한번 정리해 보고자 한다.

1991년, 국제부 기자 3년차에 접어들 시점에 걸프 전쟁이 터졌다. 지난 해(2006년) 연말 형장의 이슬로 사라진 후세인 전 이라크 대통령이 그 다섯 달 전인 1990년 8월 쿠웨이트를 전격 침공했고, 이듬해인 1991년 1월 미국이 전격적으로 바그다드를 공습하며 전쟁이 확대된 것이다. 전장에서 멀리 떨어진 미국 항공모함에서 원격 조종된 토마호크 미사일이 이라크의 주요 군사 기지들과 바그다드 시내를 무차

별 공격하고, 그 생생한 현장을 미국의 CNN 방송이 전 세계에 생중계하는 참으로 희한한 전쟁이 벌어진 것이다. 당시 국내 언론은 서방의 주요 통신사들이 전하는 생생한 전황을 육하 원칙에 입각해 충실하게 전달했다.

팩트의 충실성을 나무랄 수는 없었다. 그러나 진실성의 관점에서 보자면 상당히 문제가 있었다. 특히 미국과 서방의 관점에 대해서는 지나칠 정도로 자세하게 보도하면서도 전쟁의 또다른 당사자인 후세인과 아랍의 입장에 대해서는 제대로 조명하지 않았다. 즉, 팩트에 충실했다고 해서 저널리즘 본연의 의무를 다했다고 할 수 없는 상황이었다.

그것은 방송과 일간지로 이루어진 한국의 주류 매체들이 흔히 빠지는 오류였던 것 같다. 속보 위주, 무리한 특종 경쟁, 주류적 관념을 중심으로 결속된 일종의 카르텔 같은 배타주의는 외부로부터의 충격이 있기 전에는 절대 변하지 않는다. 결국 외부의 독립 매체가 살아남아 더 높은 수준의 사실 관계에 대한 천착을 통해 '그게 아니다' 라고 깃발을 들어 주지 않으면 안 된다. 어쩌면 시사저널의 존재 의의 그리고 운명은 바로 그 역할을 하라는 것이 아니겠는가. 그런 점에서 '사실과 진실' 이라는 모토는 시사저널이라는 주간 저널리즘의 본질을 꿴 얘기였을 수도 있다.

신문과 방송이 쏟아 내는 걸프전 기사가 천편일률적으로 느껴지기 시작할 무렵, 나의 잠재 의식 밑바탕에서는 하나의 의문이 꿈틀대기 시작했다. '후세인은 왜?' 라는 질문이다. 물론 서방의 시각에서 이루어진 설명들은 그 전에 많이 나왔다. 그러나 아랍은 어떻게 생각하는지가 빠져 있다.

결국, 이런 의문들을 해명하기 위해 자료 수집에 나섰고 그 성과로 나온 게 바로 1991년 2월 7일자 '성전 외치는 아랍 민족주의' 라는 시사저널 67호 커버 스토리였다. 아랍 민족주의라는 말조차 생소하던 시절, 이 기사의 반향은 매우 컸다. 서방 언론에 경도됐던 국내 언론에 경종을 울린 계기가 됐고, 이 기사가 나간 일 주일 뒤 한겨레신문이 아랍 민족주의를 비로소 특집으로 다루기도 했다.

나는 그 뒤 그 기사를 까맣게 잊고 있었다. 그런데 시사저널 사태를 특집으로 다룬 2007년 1월 24일자 한겨레신문에서 16년 전의 이 기사를 언급한 것을 보고 깜짝 놀라지 않을 수 없었다. 충남대 언론학과 김재영 교수가 쓴 칼럼이었는데, "당시 대부분의 언론은 서방 통신에 기대어 걸프 전쟁의 원인을 후세인의 영토적 야심으로 해석했는데, 아랍의 시각에서 사태의 본질에 접근한 언론은 내 기억에 시사저널이 유일했다"며 "1991년 2월 7일자 시사저널 67호 커버 스토리"라고 호수까지 정확하게 기억하고 있는 게 아닌가. 한편으로는 반갑기도 했지만, 글을 쓰는 자로서의 두려움이 느껴지기도 했다.

국제부에서 일한 2년 6개월 동안 소련 동유럽 사태, 걸프전 등 격동의 세월을 보냈다. 1992년 초 나는 '전격적으로' 기획특집부로 발령 받았다. 기자로서의 장래를 생각할 때 현장 취재 경험이 필요하다는 당시 안병찬 주간의 배려였다. 기획특집부에서 1년 6개월, 사회부에서 6개월 동안 사건 현장을 돌면서 또다시 일간 매체들과 조우하는 경우가 많았다. 거기에서도 역시 '그들' 이 보도한 내용과 사실과의 간격은 늘 나를 불편하게 했다.

1993년 10월 10일 오전 10시에 발생한 위도 서해페리호 침몰 사건이 그 대표적 사례라고 할 수 있다. 승객 362명과 승무원 9명을 싣고 위도의 파장금항을 출발해 부안군 격포항을 향해 가던 110톤급 서해페리호(선장 백운두)가 부안군 위도면 임수도 부근 해상에서 침몰해

292명이 사망하고 54명이 부상을 당한 엄청난 사건이었다. 이 전대미문의 사건을 취재하기 위해 각 일간지 별로 5, 6명의 취재 기자들이 현장에 파견됐고 연일 각 언론의 1면 톱을 장식했다.

그런데 엉뚱한 데서 문제가 발생했다. 모 신문이 위도 옆의 식도에 살던 한 어선 선장을 인터뷰했는데, 그가 사건 직후, 수장된 서해페리호의 선장 백운두 씨가 (배에서 빠져 나와) 파장금항을 통해 위도로 걸어가는 것을 목격했다는 참으로 충격적인 증언을 한 것이다. 292명의 인명을 수장한, 책임을 면할 수 없는 배의 선장이 자기 혼자 살아나와 도피했다는 얘기는 사람들의 공분을 사기에 충분했다. 언론의 추격전이 시작됐고, 심지어 검경이 동원돼 위도를 샅샅이 뒤지기도 했다.

언론사 편집국에는 온갖 제보와 괴소문이 난무했고, 이것들이 거의 아무런 검증도 거치지 않은 채 독자에게 전해졌다. '백운두 선장 생존' 이라는 특종을 놓친 기자들 사이에서는 다음 특종은 '백운두 인터뷰' 라는 암묵적인 목표가 설정되었고, 취재 열기는 연일 뜨거워져 갔다. 그러나 이 전대미문의 사건은 10여 일 후, 침몰된 서해페리호 선장실에서 백선장이 사망한 채 발견됨으로써 일순간 해프닝으로 끝나고 말았다. 대부분의 언론이 '독자와 유가족에 대한 유감 표시' 한 줄로 때우고는 그대로 끝이었다. 왜 이런 엄청난 오보 사태가 발생했는지에 대해서는 누구 하나 되돌아보지 않았다.

나는 어떤 면에서 운이 좋았다. 이 사건이 갑자기 시들해진 어느 날 '안깡' 이 나를 부르더니, 현장에 가서 왜 그랬는지 규명해 보라고 취재 지시를 내렸다. 당시 사회부 후배였던 허광준 기자, 사진부 김봉규 기자와 함께 취재 팀을 꾸려 현장을 저인망식으로 훑은 결과 실로 어처구니없는 오해에서 빚어진 해프닝이라는 사실이 밝혀졌다.

최초의 정보 제공자였던 문제의 어선 선장이 위도의 이웃 섬인 식도에서 살았기 때문에, 위도의 지서장이 중간에 바뀌었다는 사실과 그 바뀐 지서장이 공교롭게도 멀리서 보면 백운두 선장과 구별할 수 없을 정도로 닮았다는 사실을 모른 채 착각한 데에서 벌어진 해프닝이었던 것이다.

이런 세밀한 사실들이야말로 문제 의식을 가지고 현장에 접근하지 않으면 도저히 알 수 없는 일이다. 문제는 그토록 많은 기자가 있었건만, 속보와 특종 경쟁의 메커니즘 때문에 그 누구도 '느리게 가는 것의 아름다움'을 실천해 볼 생각이 없었다는 얘기다. 이 사건은 그 일년 뒤 '바른언론을 위한 시민연대'라는 모임이 주최한 심포지움에서 '한국 언론 사상 최대 오보 사건'이라고 규정되기에 이르렀고 그 자료집의 마지막 페이지에 그 일의 진상을 밝힌 시사저널 기사가 실리기도 했다.

국제부와 기획특집부, 사회부 시절을 거치면서 단순한 팩트를 넘어 그 이면의 사실을 확인하고 그 사실과 사실의 관계를 통해서 대상의 총체성을 드러내는 작업이 주간 저널리즘의 존재 이유라는 자각이 더욱 깊어졌다. 바로 그런 시점에 다시 국제부의 한반도 담당으로 복귀하게 되었다. 그 때가 1994년 1월경이었던 것으로 기억한다. 당시 박순철 국장이 "북한 관련 이슈가 앞으로도 계속 증가할 터인데 전문가가 엉뚱한 데서 헤매고 있다"고 하며 나를 원대 복귀시켰다.

시사저널은 주간지로서는 드물게 '한반도' 난을 별도 섹션으로 유지해 왔고, 한반도 담당 기자를 창간 초기부터 계속 두어왔다. 그 '한반도' 지면과 한반도 담당 기자라는 직책을 만들자고 제안한 게 국제부 시절의 나였고, 당시 국제부 데스크를 맡은 표완수 부장(현 YTN 사장)이 이를 흔쾌히 받아들이면서 지금까지 지속돼 왔다. 마침 사주였던 최원영 이사장이 시사저널이 앞으로 중점을 두어야 할 3대 주력 분야로서 환경과 인권, 그리고 한반도 문제를 특별히 지목했던 것도 여러모로 영향을 미쳤다고 할 수 있다. 이렇게 해서 타 주간지에서는 꿈도 꿀 수 없었던, '주간지의 한반도 담당 기자'라는 특수한 직업 세계가 등장하게 된 것이다.

그런데 그것은 참으로 난감한 직업이기도 했다. 취재 대상이 북한, 미국, 중국 등 접근이 불가능한 철의 장막들인데, 무슨 용빼는 재주가 있다고 일간지와 다른 각도에서 차별화를 한단 말인가. 이런 막막한 상황에 나름대로 돌파구와 힌트를 준 사건이 그 해 7월 발생했다. 바로 1994년 7월 8일 발생한 김일성 주석의 갑작스런 사망이었다.

지금도 그 날의 광경이 선명히 기억에 떠오른다. 그 날은 토요일이었다. 나는 그 때 장충동 소재 민족통일연구원을 방문하고 있었다. 북한 전문가 허문영 박사와 약 한 시간 정도 대화를 나누고 점심 시간이 되어, 연구원 맞은편에 있는 국립극장 안의 식당에 들어설 때였다. 식당 문을 열고 들어가는데 주인 아주머니가 뉴스에서 들었다며 김주석의 사망 사실을 얘기하는 게 아닌가. 너무나 충격적인 얘기여서 둘이 한참 아무 말도 못 했던 기억이 난다. 식사를 하는 둥 마는 둥 하고, 서둘러 편집국으로 복귀했는데, 아니나다를까 그 주의 커버 스토리가 이미 전격 교체된 상태였고, 그 총대를 내가 멜 수밖에 없었다.

최종 마감이 월요일이니 주어진 시간은 일요일까지 합쳐 이틀이었다. 모두들 나를 믿는다는 표정이었지만 나는 미칠 노릇이었다. 주말이 겹친 데다가 때가 때인지라 알 만한 전문가들은 모두 전화기를 꺼놓고 행방 불명이었다.

일요일에 출근하여 고민에 고민을 거듭했지만, 마땅한 대처 방안이 없었다. 김주석이 사망했으니 당연히 그의 후계자인 '김정일의 북한'

에 초점을 맞춰야 했으나, 유감스럽게도 그에 대한 정보가 너무 없었다. 그렇다고 다른 모든 언론들처럼 '알콜 중독, 마약 중독에 주색잡기에 능한 패륜아' 따위의 얘기를 쓸 수는 없었다. 분명 그것은 아닌데 대안이 없는 상황이라고나 할까.

그 때 구세주가 등장했다. 오후 서너시쯤 됐을까 평소 알고 지내던 모 인사가 갑자기 전화를 걸어 왔다. 그 무렵 그는 구 소련을 오가며 문화 이벤트 사업을 해 오던 터였다. 그의 소개로 '서울 주재 동유럽 국가 대사관'의 모 참사관을 한두 차례 만난 적도 있었다. 그러나 그 참사관은 기자인 나에게는 거의 '크렘린'이었던 터라, 그에게는 아무런 기대감도 없었다.

그런데 그 인간이 무슨 변덕이 생겼는지, 일요일 아침 드디어 입을 열더라는 것이었다. 아마도 김주석 사망 후 한국 언론의 '북한 후계자 김정일'에 대한 마녀 사냥에 화가 난 탓이 아니겠나 싶었다. 그는 서울에 오기 전 평양에서 십 년 동안 외교관 생활을 했을 뿐 아니라 김일성, 김정일 부자와 직접 만나 대화를 나누기도 하는 등 평양 내부를 깊숙이 들여다보았던, 당시로서는 최고의 목격자였다.

그가 풀어 놓은 김정일 위원장에 대한 얘기는 그 때까지 그 어느 누구에게서 듣지 못한 가히 충격적인 것이었다. 지금이야 누구나 얘기하면 수긍할 수 있는 내용들이지만, 십 년 전만 해도 김정일이라는 사람이 결코 술주정뱅이도 마약 중독자도 아닐뿐더러, 심지어 매우 똑똑하고 카리스마 넘치는 인물이라고 하면 "혹시 위에서 오신 분 아닙니까?"라는 얘기를 들을 때였다. 아니, 내가 한반도 분야를 맡은 지 꽤 되었지만 김정일이라는 인물에 대해 이런 식의 앵글을 가지고 접근한 얘기를 거의 처음 들은 것 같았다.

비록 간접적이었지만, 그가 했다는 얘기를 다 듣고 난 뒤 나는 '아,

이렇게 가다가는 큰일나겠구나' 하는 위기감을 느꼈다. 당시 주류 매체들이 연일 보도한 김정일의 '영상'이 사실이라면 모를까, 그게 아니라면 앞으로 벌어질 사태는 도대체 누가 책임진다는 말인가.

그 날 나는 밤을 새워 가며 그의 얘기에 뼈와 살을 붙여, 당대의 매카시즘적 사회 분위기에 정면으로 도전하는 '불온한' 기사를 써 내려갔다. '북한의 권력 이동'이라는 다소 점잖고 맥 빠지는 제목의 그 커버 스토리 내용은 결코 점잖지 않았다. 그 때의 주류 언론이 유포한 일련의 관념들을 뒤집는 위험한 사실들로 가득한 커버 스토리였던 것이다. 그러나 어쩌랴. 그 불온하고도 위험한 내용들이 불행히도 모두 사실에 가까웠다는 점이 세월이 흐르면서 거의 입증이 되었으니….

그리고 나의 우려는 현실화되었다. 주류 언론의 매카시즘적 광풍에 전염된 김영삼 대통령이 그 두 달 뒤인 1994년 9월 '김일성 주석이 없는 북한 체제는 결코 오래 갈 수 없다'는 식의 '통치자만이 할 수 있는 예지력 넘치는 예언(당시 모 신문의 논설위원이 쓴 칼럼의 한 대목)'을 늘어놓았으나, 오래 가지 못한 것은 북한 체제가 아니라 바로 남북 관계였다. 김영삼 정권 내내 남북 관계는 꽁꽁 얼어붙었고, 후대의 사가들이 이 시기를 '잃어버린 5년'이라고 부르게까지 되었다.

이 사건은 한반도 담당 기자로서 새롭게 출발하던 나에게 여러 가지 생각할 거리를 던져 주었다. '한반도 문제'를 다루는 언론이 개인이나 집단의 부정확하고 잘못된 신념에 입각해 사실 관계를 왜곡할 때 민족 전체가 피해자가 될 수밖에 없다는 점을 깊이 인식한 계기가 되었다. 이런 거창한 교훈 외에도, 나는 이 사건을 통해 북한이라는 철의 장막에 비로소 접근할 수 있는 방법을 찾게 되었다. 그 동유럽 국가 대사관의 참사관처럼 누군가는 청진기나 망원경을 들이대고 평양의 목소리를 듣고 그들의 표정을 관찰하고 있을지 모른다는 생각을 하게 됐다. 그 현장에 내가 직접 가지는 못하지만 그들을 통하여 나는 사실에 가까운 그림을 그려 갈 수 있겠다는 희망이 생겼다.

최소한 '이럴 것이다'가 아니라 '…이다'라고 얘기해 줄 수 있는 사람, 베이징에서든 뉴욕에서든 북한의 외교관이나 외화벌이 일꾼, 또는 해외 담당 요원 등을 접촉할 수 있고, 그들에게서 '공작성'의 얘기가 아닌 있는 그대로의 현실 얘기를 듣고 전해 줄 만한 사람을 찾는 게 급선무였다. 그런데 진실은 통하는 것인가. 내가 고군 분투하며, 이를 악물고 시사저널에 쓴 한반도 관련 기사들을 그들 역시 주의 깊게 보고 있었던 것이다. 그들 중 어떤 사람은 '북한의 권력 이동'이라는 제목으로 나온 커버 스토리 기사를 여럿 복사해, 김일성 주석 사후 북한에 대해 궁금해하는 사람들에게 나누어 주기도 했다고 한다.

평양을 들여다보기 위한 채널의 구축은 곧바로 워싱턴, 도쿄, 베이징 등 한반도 유관 국가들로 확대되었다. 이를 계기로 서울을 통하지 않은, 현지발의 생생한 목소리로 현장을 재구성한다는 나의 한반도 기사의 방향이 비로소 내용을 채워 갈 수 있었다. 물론 그러다 보니 서울의 시각으로만 들여다보았던 많은 이들이 때로 나의 기사들에 대해 낯설어하기도 하고 신기해하기도 하고, 또 시비를 걸어 오기도 했다. 그러나 국제부 초년 기자로부터 기획특집부와 사회부 현장 기자를 거쳐 오늘날까지 오는 동안 '모든 이론은 회색일 뿐'이며, 결국 기자는 현장에 무한대로 가까이 다가가야 한다는 나의 신념에는 변함이 없다.

열다섯 번의 특종, 열세 건의 소송

정희상 | 시사저널 기자

나는 1992년 1월 초순, 경력 기자 공채를 통해 4년차 경력 기자로 시사저널에 입사했다. 전 직장 월간 '말'을 거친 뒤였다. 미국에서 온 경제부 남유철 기자와 함께 시사저널에 입사한 뒤 처음에는 유난히 자유롭고 창의적인 편집국 조직 분위기가 익숙하지 않았지만 이내 적응했다. 1989년 '말'지 기자 초년병 시절부터 한 가지 주제를 놓고 수 개월 내지 수년씩 파고들어갈 수 있게끔 지원받는 취재를 자주 해온 터라 시사저널로 옮겨서도 이런 취재 방식을 원했는데, 모두들 흔쾌히 지원해 주었다. 당시만 해도 이런 취재 기법과 방식을 다루는 용어 자체가 없었지만 훗날 언론학계에서는 이를 '탐사 보도'라고 불렀다. 나는 현재 시사저널에서 탐사 보도 전문 기자라는 타이틀을 달고 있다. 공동체적 관심과 관련된 사안으로 오랜 시간 추적 보도할 만한 가치가 있는 주제라면 형사가 추적과 잠복을 거듭해 범인을 잡아 내듯 입체적 취재 기법을 동원해 오랫동안 공력을 들여 진실을 캐는 분야가 탐사 보도이다. 제대로 된 탐사 보도는 여기에 전념해 매달릴 수 있도록 편집국 내부는 물론 회사에서 물심 양면으로 지원해 주어야

가능하다. 내가 처음부터 탐사 보도 영역만 담당한 것은 아니지만, 시사저널에서 오랜 기자 생활을 거치면서 그 쪽에 치중해 탐사 보도 영역을 특화할 수 있었다.

지난 16년간 시사저널에서 수행해 온 대표적인 탐사 보도 사례로는 이완용, 송병준 등 친일 매국노 후손의 매국 장물 찾아가기 소송 연쇄 추적 보도(15년), 쿤사 마약 왕국 르포 끝에 발굴한 마약 소굴의 한국계 문충일 씨 일가족 생환 추진 보도(8개월), 한국전쟁 전후 은폐된 전국의 민간인 학살 사건 발굴 추적 및 통합특별입법 촉구 보도(17년), 김훈 중위 의문사 사건 추적을 매개로 한 군대 의문사 탐사 보도(8년), 제이유 그룹 사기 사건 및 정·관계 로비 의혹 추적 보도(10개월) 등을 들 수 있다. 김형욱 암살자의 양계장 암살 고백 기사 역시 지금도 계속 뒤쫓고 있는 영역이다.

내가 벌인 첫 탐사 추적 취재는 1992년 3월부터 시작한 이완용 등 친일파 후손들의 재산 찾기 움직임이었다. 편집국 수뇌부를 포함해 사회부 선배들이 시사저널에 갓 입사한 나로 하여금 마음껏 날개를 펼 수 있게 지원해 준 덕분에 입사 두 달 뒤부터 현대사의 은폐된 진실 하나를 아이템으로 잡아 6개월 동안 파고들어갈 수 있었다. 당시 나는 6개월에 걸친 잠입 추적 취재 끝에 이완용 후손 이윤형 씨가 이완용이 일제에 나라를 넘긴 대가로 조성한 전국 각지의 수천만 평 토지에 대한 상속권을 주장하며, 국가와 지자체 등을 상대로 소유권 반환 소송을 벌이고 있다는 내용의 전모를 처음으로 세상에 공개했다. '친일파 재산 찾기'라는 신조어가 처음 만들어진 이 보도 이후 관련 학계와 독립운동 유관 단체가 발칵 뒤집히면서 민족 정기 확립을 위한 특별법 제정 운동에 불이 붙었고, 시사저널은 그 뒤로도 이 문제를 지속적으로 보도하며 해법 마련을 촉구해 나갔다. 이완용 후손에 이어 대표적 친일 민족 반역자인 일진회 총재 송병준 후손들도 전국 각지에서 토지 상속 소송을 벌이고 있다는 사실을 추적했다. 1995년과 1996년에는 잇따라 그 전모를 시사저널 커버 스토리와 특집 기사 등을 통해 공개하고 거듭 특별입법 제정을 촉구했다. 당시 나는 15대 국회 제정구 의원과 송병준의 상속권자를 국회에서 만나게 해 '특별법이 제정되기 전까지 송병준 재산 찾기를 포기하고 그 권리를 국민의 대의 기관인 국회에 맡긴다' 라는 요지의 합의서를 작성하도록 만들어 이를 커버스토리로 보도하기도 했다. 그러나 이후 제의원이 안타깝게도 폐암 투병 중에 작고하는 바람에 이런 대안 마련 시도는 무산되었다.

정희상 1963년 전남 보성 출생. 대학 시절 시위를 주도한 혐의로 구속돼 서대문 구치소에서 6개월 수형 생활. 1989년 1월 시사 월간지 '말' 에서 언론 생활을 시작. 1990년 단행본 「이대로는 눈감을 수 없소」 출간. 1992년 시사저널 경력 기자로 입사해 사회부, 정치부, 기획특집부 등을 두루 거치며 주로 탐사 보도 전문 기자로 활동. 쿤사 마약왕국 잠입 취재, 이완용 등 친일파 재산 상속 최초 추적 보도, 김훈 중위 의문사 및 군대 의문사 탐사 보도, 한국전쟁 전후 은폐된 민간인 집단 학살 사건 발굴 등 각종 현대사 비화 탐사 보도를 수행해 옴. 1999년 제3회 삼성언론상 보도대상, 1998년 12월과 2006년 12월에는 각각 한국기자협회 '이 달의 기자상' 을 받음.

친일파 재산 문제는 17대 국회가 들어서고 나서야 송병준 후손이 반환 소송을 낸 미군 기지 이전 부지가 있는 부평 지역구 최용규 의원이 다시 친일파 재산 조사 및 환수에 관한 특별법을 발의해 통과시킴으로써 해결의 실마리가 잡혔다. 지난해 8월 18일 발족한 '친일재산조사위원회' 가 그것이다.

내가 가장 오래 공을 들여 온 분야는 한국전쟁 전후 은폐된 전국의 민간인 학살 문제이다. 나는 기자로 첫발을 내디딘 1989년부터 한국전쟁 종전 이후 40년 가까이 침묵과 은폐를 강요당해 온 전국 각지의 민간인 학살 실상을 4·19 이후 처음으로 언론 지면에 내보내기 시작했다. 당시 '말' 지 동료였던 오연호 기자(현재 오마이뉴스 대표)와 함께 은폐된 현대사를 발굴 보도하기로 의기투합한 결과였다. 그로부터 2006년 말까지 전국 방방곡곡을 누비며 취재한 결과를 시사저널에 보도하고, 끊임없이 국가가 포괄적 특별입법을 통해 '국민 내부 상처 치유 및 화합 작업'을 벌여야 한다고 써 왔다. 관련 보도 건수만도 40여 회에 이른다. 보도연맹 학살 사건, 산청·함양·거창 학살 사건, 문경 학살 사건, 함평 학살 사건, 제주섯알오름 학살 사건, 부산·대구·대전 형무소 재소자 집단 학살 사건, 기타 거제도·진영·충무·부산·대구 등지의 학살 사건 등이다.

김영삼 정부 시절인 1994년과 1995년 시사저널은 거창 양민 학살이 사실은 산청·함양·거창 양민 학살 사건이라는 점을 처음으로 입증했다. 당시 김영삼 정부는 11사단 9연대 3대대(대대장 한동석)가 1951년 겨울에 저지른 거창 양민 719명 학살 사건에만 한정해서 명예 회복과 위령을 위한 특별법을 제정했다. 그러나 시사저널 보도로 3대대가 거창 사건을 일으키기 사흘 전부터 산청·함양의 지리산 자락을 공비 토벌 명목으로 수색하면서 자연 부락 주민 800여 명을 더 집단 학살한(총 학살자 1,500백여 명) 사실이 알려지면서 유족들은 '산청·함양·거창 양민 학살'로 역사를 다시 기록해야 한다며 들고일어섰다. 국회는 결국 법안 명을 '거창 사건 등에 관한'으로 고쳐 이들 세 지역 학살 사건의 진상 규명과 위령의 길을 텄다. 그러나 이후로도 전국 각지에서 벌어진 유사한 민간인 불법 집단 학살에 대해 정부는 계속 침묵했다.

오랜 세월에 걸친 시사저널의 보도로 2000년 이후 다른 언론도 비로소 이 문제에 관심을 기울이기 시작했다. 이후 국가적 인권 어젠다로 부각되기에 이르렀다. 지난 해에는 성공회대 김동춘 교수의 주도로 사회 단체 '한국전쟁 전후 민간인 학살 진상 규명을 위한 범국민위원회'(위원장 임헌영)가 발족했다. 내가 2000년 2월 한국인권재단 주최 제주인권학술회의장 발제에서 인권 단체와 학술 단체에 민간인 학살'을 인권 주제로 삼아 줄 것을 호소한 끝에 이루어진 일이었다. 범국민위는 이후 5년여 동안 각종 학살 현지 발굴 조사 및 세미나 등을 조직하는 한편 국회 특별법 청원 운동을 벌여, 마침내 2005년 하반기에 여야 합의로 통합특별법을 이끌어 냈고, 이 법에 따라 2006년부터 '진실과 화해를 위한 과거사 정리 위원회'가 구성돼 활동에 들어간 상태이다.

시사저널의 저력은 1998년 IMF 사태로 모기업이 부도가 나 시련이 닥치자 오히려 더 빛을 발했다. 당시 최원영 회장은 여러 계열사의 부도를 수습하는 과정에서 그나마 흑자 경영 중이던 시사저널의 판권을 전 직원의 임금·퇴직금 채권 대신 넘겨주고 미국으로 도피해 버렸다. 20개월 동안 기자들은 제대로 월급을 받지 못하면서도 악착같이 취재 현장을 지켰다. 김당 선배가 흑금성 북풍 공작을 추적해 한국기자상을 수상했던 때도 바로 그 시절이었다. 또 판문점 경비소대장 김훈 중위 의문사를 추적한 보도 역시 그 때 나왔다.

1998년 2월 24일 판문점 241GP에서 일어난 경비소대장 김훈 중위 의문사 사건은 군대 내 인권 문제를 전 국민적 관심사로 만들었다. 당시 나는 9개월에 걸친 취재 끝에 1998년 12월 초에 이를 커버 스토리로 다루었다. '김훈 중위 의문사 진상 추적 9개월, 판문점 안보 구멍'이라는 타이틀이었다. 이 보도 이후 국방부는 의문사 조사과를 신설했고, 천주교 인권위를 비롯한 시민 인권 단체에서는 1980년대 민주화 운동을 하다 강제 징집을 당한 학생들의 군대 의문사를 포함해 한해 평균 4백여 건씩 발생하는 군대 내 사망 사건 예방책과 바람직한 해법 마련을 촉구하는 운동에 돌입했다. 나는 김훈 중위 사건에 대한 국방부의 태도가 전체 군대 의문사 문제 해결을 가로막는 상징적 사건이라고 판단해, 동료들의 눈총을 받으면서도 김훈 중위 사건을 질리도록 보도했다. 국방부가 진실을 은폐하고 있다는 단서를 잡아 20여 회에 걸쳐 내보내는 한편 그밖의 군대 의문사 사건도 추적해 보도했다. 사건 진상을 은폐하는 군의 구조적 문제점에 대한 보도를 지속적으로 내보낸 것이다. 이 과정에서 수많은 군대 내 사망 사건 관련 유족이 연대해 군 의문사 진상 규명 특별법 제정을 촉구한 결과, 2006년 7월 군 의문사 진상 조사에 관한 특별법이 여야 합의로 통과되었고 8월부터 대통령 직속 군의문사위가 발족해 활동에 들어갔다.

2007년 1월 9일 정희상 기자(오른쪽 앞)가 한국기자협회가 수여하는 '이 달의 기자상'을 받고 있다. 두 기자는 제이유 그룹 정·관계 로비 의혹을 탐사 보도한 공로로 이 상을 받았다.

내가 시사저널 기자 생활을 하면서 이런 방식으로 어떤 주제에 장기간 매달릴 때면 한 가지밖에 보지 못해 주변 사람들을 어지간히 애먹이는 일도 많았다. 어떤 데스크는 취재에 몰두해 밤낮없이 회사를 비우는 나에게 "대체 당신은 정규 기자인지 자유 기고가인지 모르겠다"고 핀잔을 주기도 했다. 그러나 그렇다고 발로 뛰는 기자의 발목을 잡지는 않았다. 장기 탐사 취재를 마친 뒤면 기사 작성을 위해 보통 사흘 밤을 꼬박 지새우는 것은 보통이었고 그러다 보니 다른 부서 동료들에게 못할 일도 많이 했다. 미술부와 사진부 동료들과 잡아놓은 회의 시간을 놓쳐 제작 부서 간 협력 관계를 엉망으로 만들기도 했다.

그럴 때마다 따끔하게 혼나기도 했지만 대체로 편집국 조직의 선배 동료들은 그런 내 모습을 자기 일에 빠져 주변을 챙길 여유도 없었을 거라며 예쁘게 봐 주려 애썼다. 지금 되돌아보면 나는 사람 복이 많은 기자였다는 생각과 함께 주변 사람들에게 한없이 송구하고 고맙기만 하다.

이런 편집국 내부의 이해와 배려 덕분에 창간 선배 중 한 명이었던 김재일 전 정치부장이 한때 나에게 '정특종' 이라고 별명 붙여 준 것처럼 이른바 특종성 기사도 무지 날렸던 것 같다. 집 한구석에 놓여 있는 상패들을 세어 보니, 내가 쓴 기사로 사내외에서 받은 각종 상패가 열다섯 개다.

특종은 기쁨이나 보람만 안겨 주지 않는다. 상패 수에 버금가는 민·형사 소송에 시달려 마음고생이 끊일 날이 없었다. 큰 특종 뒤에는 대개 큰 소송이 따른다. 그 동안 13건에 이르는 각종 소송(형사 3건, 민사 10건)을 당한 '훈장' 을 갖고 있다. 다행이라면 아직까지 그 많은 소송에서 한 번도 형사상 기소되거나 민사상 손해배상 확정 판결을 받은 일이 없다는 점이라고 해야 할까.

그 과정에선 어김없이 편집국장과 선후배들의 지원과 도움이 있었다. 내가 부나방처럼 국가 권력에 달려들다가 국방부, 국정원, 검찰 등 권력 기관은 물론 심지어 조직 폭력 두목에게서까지 소송과 살해 협박을 당해 상처 입고 마음고생할 때 수많은 선배 동료가 기꺼이 몸으로 막아 주었다. 그 중에서도 김훈 편집국장은 국방부와 조선일보 등 힘센 기관에서 날 고소하면 스스로 발로 뛰어 새로운 대응 물증을 찾아내 주기를 마다하지 않았다. 서명숙 편집장도 내가 기사를 쓴 뒤 조폭으로부터 살해 협박을 당할 때 그 조폭 두목을 직접 만나 문제를 해결했다. 각종 게이트 사건을 추적하는 과정에서 편집 책임자인 자신의 코앞까지 닥친 소송 역풍에도 굴하지 않고 나를 격려하며 "괜찮아, 큰 특종은 으레 큰 소송을 물고 들어오는 법이야"라며 앞장서 방어해 준 데스크도 역시 서선배였다.

나는 나의 탐사 보도가 어떤 어려움 속에서도 창간 당시 표방한 '사실과 진실의 등불을 밝히고 이해와 화합의 광장을 넓힌다'는 사시에 따라 회사와 편집국 데스크단이 기자 개개인의 양심과 취재 보도 자유를 최대한 존중했기 때문에 가능했다고 여긴다. 최근 벌어진 시사저널 사태는 이런 금도가 무너졌기 때문에 벌어진 일이다.

경제 기사, 나의 달콤 살벌한 연인

장영희 | 시사저널 기자

"장영희." 나를 부른 이는 요즘 친정 격인 시사저널에서 벌어진 일련의 사태로 비분 강개하며 맹활약 중인, 자칭 퇴기(퇴직한 기자) 서명숙 선배였다. 서선배는 그 때 나의 데스크였는데, 목소리가 평소보다 한 데시벨은 더 높은 듯했고 얼굴에는 짓궂은 웃음까지 묻어났다. 서선배는 "이거 읽어 봐" 하며 한 일간지의 한쪽을 통째로 잘라 건넸다. 그 날 아침 이미 이 기사를 눈으로 쭉 훑었던 나는 심호흡부터 했다. 데스크의 의도를 단박에 알아차렸기 때문이다.

1990년대 중반의 일이라 기사의 세세한 내용은 복기되지 않는다(검색을 시도했으나 끝내 실패했다). 하지만 '파이낸셜 타임스' 경제 에디터를 인터뷰한 그 기사가 강조하고 또 강조한 한 가지 사실은 지금도 생생히 뇌리에 박혀 있다. '쉽게 쓰라' 였다. 서선배와 처지가 같은 이 경제 에디터는 어떤 질문에도 이것을 노래 후렴구처럼 읊었다. 파이낸셜 타임스가 어떤 매체인가. 영국의 여론 주도층이 즐겨볼 뿐만 아니라 세계적으로도 막강한 영향력을 자랑하는 경제 전문지가 아닌가. 이 유력 언론사의 경제 에디터가 서선배의 평소 지론을 대변이라도 하는 듯 '쉽게 쓰라' 고 열변을 토했으니, 서선배로서는 저항하던 후배를 단숨에 제압할 강력한 무기로 여겼을 것이다.

나는 이 장면에서 응전하지 못했지만 내심까지 설복당한 것은 아니었다. 하지만 차츰 전의를 상실하고 현실을 받아들이기로 했다. 이런 투항에는 서머셋 몸의 '서밍업' 에 나오는 구절도 한몫했다. "쉬운 문장을 쓰기 위한 필수 조건은 자기가 말하고자 하는 내용을 먼저 자기 자신이 철저하게 이해하는 일, 자신부터 납득하는 일이다. … 독자에게 자기가 쓴 글의 뜻을 이해해 달라고 요구하는 작가들에 대해 도저히 참을 수 없다."

예나 지금이나 경제 기사에 대한 평은 사실 그리 좋지 않다. 어렵고 딱딱하며 전문적이라는 것이다. 기사를 가장 처음 보는 '독자' 인 데스크부터 상당수 외부 독자에게까지 이런 평가를 받으며 시달렸던(정말 시달렸다!) 나 같은 경제 기자들은 나름의 방어 전선을 구축하고 있었다. '전문성은 경제 분야뿐 아니라 모든 분야가 그러하다. 어떤 분야나 흐름을 꿰고 있거나 그 바닥 생리를 모르면 깊이 이해하기 어렵다. 경제 기사만이 유독 어렵고 딱딱하다는 것은 그야말로 선입견 아닌가.' 하지만 나는 외부의 요구를 무조건 수용하기로 마음을 고쳐먹었다. '선입견이나 편견이 작동했든 아니든, 또 설령 경제 분야가 다른 분야에 비해 본디 비호감이라 불리한 구석이 있다 해도 도리 없다. 기사를 쓰는 자로서 독자를 이해시키는 것이 나의 책무이고 어렵다고 여겨지게 했다면 그것은 무능의 소치다.' 기자에게 글은 독자와 소통하는 매개체가 아닌가. 그 후 나는 내가 생각해도 제법 괜찮은 다음의 내용을 실천하자고 다짐했다. '어려운 내용은 쉽게, 쉬운 내용은 재미있게, 재미있는 내용은 깊게.' 이후 내가 쓴 기사가 독자에게 쉽게, 재미있게 다가갔는지는 장담할 수 없다. 매번 마감하면서 애를 썼을 뿐이다.

시사저널과의 인연은 거의 18년 전으로 거슬러 올라간다. 1989년 6월 초였던가. 무심히 신문을 보던 나는 한 채용 광고에 눈이 꽂혔다. '한국의 타임, 시사저널이 경력 기자를 뽑습니다.' 그 때 이미 한 경제지에서 기자로 일하고 있었지만 마음은 이미 시사저널로 달려가고 있었다. 박권상이라는 당시 대표 언론인이 편집인으로 참여해 뭔가 일을 내리라는 예감이 들었고, 무엇보다 시사 주간지라는 장르에 매료됐던 터라 조금도 망설이지 않았다. 단숨에 달려가 지원서를 냈고 한참 더울 때 식은땀을 흘리며 필기 시험과 면접을 봤다. 그 해 8월 용케 창간 요원으로 뽑히는 행운을 얻었다. 그렇게 시사저널과 나는 만났다.

장영희 국가 기관의 기록임을 존중하여 1964년으로 쓰지만, 그 전 해 태어난 토끼띠임. 원체 부실하여 부친이 출생 신고를 늦춤. 한의사였던 부친 덕에 위기를 넘겼고 지금도 잘 버티고 있음. 1989년 시사저널 창간 멤버. 기량이 뛰어난 분들 틈에 끼었던 것을 영광으로 여기고 있음. '새파란' 아가씨로 들어와 결혼하고 아이 둘 낳고 늙어 가고 있음. 주로 경제 영역에서 기자 노릇을 했음. 경제팀장, 경제 전문 기자를 거쳐 2006년 취재 데스크로 일함. 시사저널 경제 기사의 전형을 세우는 것이 꿈. 이번 사태를 겪으면서 '기자로 산다는 것'에 대해 골똘히 생각하게 되었음.

그런데 행운인지 불행인지 시사저널에서 나는 거의 늘 경제 영역을 벗어나지 못했다. 시사저널 입사 전부터 경제라는 녀석과 친숙하기는 했었다. 대학 전공도 그러했고, 사회에서의 첫걸음도 경제지였으니 말이다. 기획특집팀에서 2년여 있었고, 대선과 총선을 앞두고 정치팀에 한두 달 파견된 적도 두세 번 있었으니 항로를 약간 바꾼 적이 없지는 않았다. 그런데 이 경우도 따지고 보면 경제라는 이력과 무관하지 않았다. 기획특집팀에서 내 임무는 경제에 기반한 심층 기사 발굴이었고, 정치팀에 차출한 목적 역시 선거의 경제적 관점과 이슈를 짚어 보는 데 있었기 때문이다. 그러니 나는 시사저널에서 경제부(팀) 기자로 잔뼈가 굵은 사람인 것은 확실히 맞다(이 글을 써야 하는 상황에 내몰린 것도 이런 '짠밥'에서 기인했을 터).

날짜 감각은 급속히 퇴화하고 대신 요일 감각이 몹시 발달한다는 시사 주간지 기자 생활 18년. 주간지 기자들에게는 하루가 가는 게 아니고 한 주가 뭉텅이로 지나간다. 한 해가 52주이고, 그 가운데 50번 책을 내야 한다는 생각밖에 할 줄 모르는 사람들이 주간지 기자들이다. 만약 누군가 한국에서 시사 주간지 기자 노릇 하기가 어떠냐고 묻는다면? 내 대답은 '녹록치 않다' 이다. 우선 주간 단위로 발행하면서도, 뉴스를 다룬다는 시사 주간지가 갖는 원초적 어려움이 있다. 일간 신문 못지 않게 시시각각 뉴스의 흐름을 쫓아다니면서도 심층적인, 혹은 관점이 다른, 아니면 뭐가 달라도 다른 기사를 독자에게 내놓아야 한다. 그러지 않으면 누가 시사저널을 돈 주고 사겠는가. 하지만 현장 상황은 우리에게 결코 우호적이 아니다. 하루 이틀밖에 취재하지 못하는, 일간지 취재 양상과 다름없는 일도 비일비재하다. 문제는 기사의 '질' 과 관점인데, 기획력과 전문성으로 돌파할 수밖에 없다. 여기에 통찰력까지 발휘할 수 있다면 시사 주간지 기자로서 꽤 높은 경지에 이른 것이다.

취재 환경도 좋은 축은 못된다. 정부나 기업, 연구소 같은 취재원들이 매체로서의 영향력이나 성격이 아니라 일간이냐 주간이냐 하는 발간 주기로 매체를 재단하려 드니까 말이다. 하기야 초창기보다 취재 환경이 훨씬 나아진 것은 분명하다. 시사저널을 문전 박대하는 이는 별로 없을 테니까. 나는 정부 부처 기자실에서 거칠게 떠밀려 나온 경험이 있다. 1990년대 초반 일인데, 재정경제원(현 재정경제부) 기자실에서 진행하던 브리핑을 들으러 갔다가 공보실 관계자에 의해 밖으로 내쳐졌다. 출입 기자가 아니면 들을 수 없다는 것이었다. 기자실에 상주하겠다는 것도 아니고 취재를 하러 갔을 뿐인데 어처구니가 없었다.

즉각 나는 정부와 일전을 벌이기로 작심했다. 재경원 장관과 공보관에 공식 항의했고, 당시 언론 정책을 다루던 공보처에 공개 질의서를 보내는 등 양동 작전을 벌였다. 정부 부처 기자실은 국민 세금으로 지어진 것이고 대한민국 국민 누구나 들어갈 수 있는 곳인데, 하물며 공보처의 허가를 받아 활동하고 있는 언론사 기자를 배척한 이유가 무엇인가, 청사 출입증은 무슨 기준으로 발급하는지 등을 따져 물었다.

이 싸움은 시사저널의 판정승으로 끝났다. 재경원 공보관이 찾아와 사과와 함께 관계자에 대한 적절한 조처를 취하겠다는 장관의 말을 전했고, 공보처도 부당하다는 취지의 문건을 보내 왔다. 그런데 이 승리가 일회성임을 얼마 지나지 않아 깨닫게 되었다. 가벼운 몸싸움이 있었고 질의 내용 역시 거부할 명분이 없었던 터라 받아들이는 모양을 취했지만, 그뿐이었다. 내 체험은 '한 여기자의 실증적 사례'로 후에 기자실 제도의 문제와 개선 과제 등을 다룬 언론학자 연구에 등장했지만, 시스템 자체가 변하지는 않은 것 같았다. 사실 이런 방식의 취재가 우리에게 별로 유용하지도 않지만 말이다.

아직도 미완성이지만, 경제 기자로서 모름지기 경제 기사는 어떠해야 하는가 하는 화두는 끊임없이 나를 괴롭혔다. 특히 신문이나 방송과는 달라도 많이 달라야 하는 시사 주간지 경제 지면에 무엇을 어떻게 담아야 할 것인가는 늘 나를 불편하게 했다. 한 가지 분명한 것은 뉴스의 중요 흐름을 포착해 해석하고 나아가 방향을 예측하게 해야 한다는 시사 주간지 본령에 충실한 기사가 경제 영역에서도 역시 좋은 기사라는 사실이다. 우선 시사저널 경제면을 보면 '경제 흐름이 보인다'는 평가를 받는 것이 내 목표였다. 경제에는 실물과 금융이라는 동전의 앞뒷면 같은 두 가지 흐름이 있는데 기업과 가계, 정부라는 경제의 세 주체가 이 흐름을 타면서 서로 주거니 받거니 영향을 미친다. 여기에 촉수를 들이대며 흐름을 엿보려고 했지만 과연 얼마나 제대로 포착했을까. 독자를 도리어 혼란스럽게 한 것은 아니었을까 새삼 의문이 든다.

내가 일선 기자로 맹렬히 현장을 뛰던 1990년대에는 굵직한 뉴스가 많았다. 쌀 시장 개방과 이후 우루과이라운드 협상, 금융 실명제 실시, 그리고 세계무역기구(WTO) 출범, 선진국 클럽이라는 경제협력개발기구(OECD) 가입…. 하지만 역시 최대 뉴스는 벌써 10년 전 일이 된 1997년 국제통화기금(IMF) 사태일 것이다. 경제 위기가 발발하자 유력 언론사 경제 기자 몇 사람은 사죄의 글을 썼다. 경제 위기 징후를 예측하지 못한 잘못을 환상 유포죄, 단순 중계죄, 진상 외면죄, 대안 부재죄, 관찰 소홀죄라는 다섯 가지 죄목으로 요약한 선배 기자도 기억난다. 나를 포함한 시사저널 경제 기자들도 이런 죄목에서 결코 자유롭지 않다.

흥미로운 것은 1987년 민주화 대항쟁 이후 정부가 바뀔 때마다, 아니 거의 해마다 경제 위기론이 기승을 떨었는데 왜 유독 1996, 1997년에는 정반대의 근거 없는 낙관론이 팽배했느냐는 사실이다. 나는 아직도 이 의문을 풀지 못했다. 최근에도 대통령은 연두기자회견에서 근거 없는 경제 위기론을 유포하지 말라고 목소리를 높였는데, 기실 한국 경제와 위기론은 단짝처럼 붙어다닌 적이 많았다. 대부분의 언론이 지나치다 싶을 정도로 위기론을 제기했기 때문이다. 붕괴나 공황 같은 살벌한 용어들도 서슴없이 등장했다. 나는 이에 휩쓸리지 않으려고, 중심을 잡으려고 안간힘을 썼다. 과연 지금의 경제 상황이 위기인가, 불원간 위기로 비화할 여지가 충분한가를 경제 지표를 해독하고 경제 전문가를 통해 탐문하면서 대부분의 경우 위기론이 과장되었다는 결론에 도달했다.

근거 없는 비관론과 근거 없는 낙관론은 둘 다 위험하다. 뚜렷한 근거 없이 경제가 위기라는 생각이 사람들의 마음 속에 자리잡으면 이것은 치명적 바이러스가 된다. 곧바로 투자와 소비 위축을 불러 진짜 위기 상황으로 비화하기 때문이다. 일종의 경제의 자기 실현성 때문이다. 경제는 심리라고 하지 않는가. 마찬가지로 근거 없는 낙관론 또한 내부의 위기 대처 능력을 잠재우기 때문에 위기를 예방하지 못하고 위기를 현재화한다.

그 후로도 여진은 계속되었지만, 한국이 적어도 외형적으로나마 경제 위기를 탈출했다는 1999년 하반기까지 시사저널 기자들 역시 상당수 대한민국 국민처럼 모진 어려움을 겪어야 했다. 오너가 운영하던 다른 제조업 계열사가 부도가 나면서 지급 보증으로 얽혀 있던 시사저널도 흑자 부도 사태를 맞은 것이다. 1998년부터 20개월 동안 임금을 거의 받지 못하는 경제적 고통에다, 기자들이 하나둘 떠나면서 남아 있는 기자들은 살인적인 노동 강도까지 더하여 이중고에 시달려야 했다. 기자는 좋은 일이든 궂은 일이든 큰 사건이 터지면 물 만난 고기가 된다더니, 나는 국가 부도 사태라는 전대미문의 위기 상황을 추적하느라 이리 뛰고 저리 뛰었던 그 때의 기억이 지금도 새롭다. '환란의 주범은?' '무엇이 IMF 사태를 야기했나' 같은 기획 취재를 하러 당시 재경원 관료들을 끈질기게 찾아다녔다. 쓰러진 기업의 구조 조정 노력과 일자리를 찾는 사람들의 눈물겨운 현장도 헤집고 다녔다. 너무 바빠서 고통의 실체를 제대로 느낄 겨를이 없었으니 그나마 심신이 피폐할 틈도 없었던 것일까. 돌아보면 눈물겨운 나날이었다. 하지만 그 눈물이 고통만을 뜻하지는 않았다. 기쁨의 눈물이기도 했다. 하나 되어 매체를 살리고 있다며 우리는 참으로 기꺼워했다. 개성 강하기로 둘째 가라면 서러워할 사람들이 모였으니, 편집국에는 으르렁거리는 소리로 조용한 날이 없었건만 이 시절만큼은 달랐다. 우리는 정말 사이좋게 지냈다.

기업 뉴스는 시사저널 경제면의 또 한 축이었다. 경제 흐름이 거시적으로 경제를 들여다보는 확대경이라면 기업 뉴스는 미시적으로 경제를 살피는 현미경 같은 성격을 지녔다. 기업은 가장 활발한 생산 주체이자 경제를 성장시키는 주역이다. 그러니 그 중요성을 아무리 강조해도 지나치지 않다. 나는 특히 기업 뉴스를 재벌 오너와 전문 경영인(CEO)이라는 인물 프리즘을 통해 전달하려고 했다. 이런 접근법은 우선 독자들이 원했다. 자본주의 사회에서 이들은 성공한 사람들이 분명하고 무엇이 이들을 성공에 이르게 했는지, 경영 철학은 무엇인지 따위를 많은 사람들이 궁금해하기 때문이다. 전문 경영인들도 시사저널과 친하다고는 할 수 없었지만, 특히나 재벌 총수들은 언론 앞에 나서기를 극도로 꺼려 인터뷰 석에 앉히는 데 번번이 실패하곤 했다. 하지만 미리 공식적인 동선을 파악해 현장에서의 기습 인터뷰를 시도했던 적은 적지 않다. 어김없이 경호원으로 보이는 사람들로부터 위압적인 저지를 당했지만, 기를 쓰는 내가 측은(?)했는지 몇몇 '회장님'은 다소나마 나의 궁금증을 풀어 주는 성의를 보였다. 해갈까지는 아니어도 목은 축여 준 그들의 답변이 그 기업 관련 기사를 쓰는 데 알게 모르게 도움이 되었다.

기업 뉴스 가운데서도 유독 천착한 주제는 '삼성' 이었다. 1990년대 후반부터 삼성에서 눈을 떼지 않은 것은 경제 위기 이후 현대 그룹을 확실히 제치고 삼성이 한국의 대표 기업으로 등극해서만은 아니었다. 삼성을 통해 재벌의 문제가 그야말로 적나라하게 드러났기 때문이었다. 정확히 말하면, 삼성이라는 기업 문제가 아니고, 이건희 회장을 정점으로 하는 삼성의 지배 구조 문제였다(나는 이 대목에서 적잖은 지식인들이 왜 기업과 기업인을 구별해서 생각하지 않는지 답답하기만 하다). 삼성 그룹의 지배 구조는 한국 재벌의 부정적 측면을 한꺼번에 드러낸다고 해도 지나치지 않다. 경영권의 변칙 세습 시비를 비롯해 20년 가까이 해결되지 않고 있는 삼성생명의 상장 문제, 삼성에버랜드의 금융지주회사 논란 등으로 삼성 문제는 꼬리에 꼬리를 물었다. 이 같은 삼성 이슈는 기자들은 물론 일반인들에게 법률 공부도 제법 시켰다. 파란을 겪은 금산법(금융 산업의 구조 개선에 관한 법률) 같은, 금융 전문가들이나 알 법한 어렵고 낯선 법률들이 일반인들의 화제에도 오르내린 것이다.

삼성 처지에서는 2005년이 최악의 해였을 것이다. 그 해 7월 마침내 'X파일' 사건이 폭로된 것이다. 이회장의 측근 인사들이 정치권과 검찰, 언론계 등을 금력으로 전방위 관리해 왔다는 사실은 파문을 몰고 왔다. 이 사실이 드러나기 전부터 시사저널은 삼성이 어떻게 한국의 여론 주도층을 관리해 왔는지 관심을 가져 왔다. 김대중 정부와 노무현 정부가 출범하기 직전 '국정 어젠다' 를 제공하는 등 삼성이 정책을 '추수' 하는 데 그치지 않고 '견인' 하는 위험한 행보를 보여 왔다는 사실을 추적 보도하기도 했다. X파일은 이런 혐의를 사실로 변화시켰다. 삼성만 후벼파는 비난만 일삼는 기자, 심지어 반기업적인 기자라는 말까지 들었지만, 경제 기자로서 내가 가진 삼성과 이건희 회장에 대한 문제 의식을 요약하면 이렇다. '삼성은 막강한 경제력을 원천으로 한국 사회를 좌지우지하려 하고 있다. 삼성은 선출되지도, 견제받지도 않은 권력이 되었다.'

2005년 9월에 발간한
추석 합병호(830·831호). 시사저널 최초의
75쪽에 달하는, 사실상 첫 통권 기획이었다.
이 '삼성 통권호'는 삼성과 재계는
물론 언론계에 신선한 파문을 일으켰다.

시사저널의 삼성에 대한 문제 의식이 응축된 보기를 단 하나만 들라면 나는 주저 없이 2005년 9월 발간한 추석 합병호(830·831호)를 꼽는다. '삼성은 어떻게 한국을 움직이나' 라는 제목의, 거의 통권 기획이었다. 시사저널 사상 한 주제로 75쪽에 이르는 지면을 채운 일은 일찍이 없었다. 성역 없이 비판해야 할 기자들도 '삼성 앞에만 서면 심리적으로 위축된다' 는 그 삼성 기사로 지면을 이렇게 크게 열었던 언론도 없었다(과문한 탓인지는 몰라도). 그 해 8월 초 시사저널 기자들은 월례 회의를 하러 회의실로 모였다. 단연 최대 이슈는 삼성이었다. 튀어나올 수 있는 모든 문제가 돌출해 있었던 터라 초점은 삼성이라는 주제가 아니라 이를 시사저널답게 어떻게 다룰 것인가에 모아졌다. 계기가 있을 때마다 다루어 왔지만 이번에는 여러 측면을 동시에 확실히 짚자는 내 제안을 누군가가 아예 통권 기획으로 꾸리면 어떠냐고 받았다. 이 제안은 화끈한 지지를 받았다. 새로 온 이윤삼 국장은 용기 있게 결단을 내렸고 각 팀별로 아이디어를 내라는 지시가 떨어졌다.

이후부터 나는 잠이 오지 않았다. 내 몫의 경제 기사를 쓰면 될 일이었지만, 나는 이 통권 기획을 모두 짊어진 듯한 무게에 짓눌렸다. 당시 나는 경제 전문 기자였다. 시사저널에서 삼성 문제를 가장 많이 다룬 기자였던 것은 맞지만 이토록 과도한 책임감을 느낄 이유는 없었다. 나는 국장이 시킨 것도 아닌데, 다음 날 회의 때 돌릴 전체 기획서를 만드느라고 밤잠을 설치기도 했다. 최종적으로 이 기획서와 각 기자들이 낸 아이디어가 합쳐져 8월 중순부터 시사저널의 거의 모든 기자가 총출동해 취재에 돌입했다. 이 통권 기획은 그 해 9월 9일 최종 마감되어 세상에 나왔다.

막강한 힘에다 취재 환경이 최악이라는 국세청 해부 기사를 썼을 때였던가, 아니면 유능하고 자존심 강하기로 유명한 재정경제부 관료들을 경악케 한 기사를 썼을 때였던가. 데스크로부터 "(취재원) 빤스까지 벗겼구만" 하는 평가를 들으면서 나는 극도의 피로감이 일시에 사라지는 경험을 했다(오해하지 마시라. 샅샅이 파고들었다는 뜻을 우리는 이런 속된말로 표현한다. 직업적 비속어이니 널리 양해하시길). 사실 '기사 재미있다'는 데스크의 한 마디가 물먹은 솜 같은 몸을 일으킨다. 삼성 통권 기획은 여기에다 기자로서의 보람과 성취감까지 안겼다. 개인적으로 가장 기억에 남는 일이었으며, 기자들 모두 열정적으로 같이한, 그래서 작품이라고 불러도 지나치지 않은 기획이 삼성 통권호였다고 나는 자부한다.

삼성에 대한 이런 시도는 지금의 시사저널 사태를 불러온 지난해 6월 이학수 부회장 기사 삭제 사건의 전조였는지도 모른다. 통권 기획을 할 때 금창태 사장을 만나고 온 국장의 얼굴이 붉으락푸르락했던 기억이 떠오른다. 그 때 국장으로부터 "윗분의 격한 반응이 있었지만 기획이 나가지 못하는 일은 없을 것"이라는 말을 들었다. 지난해 6월 나는 취재 데스크로서 문제의 기사를 데스킹했다. 삼성 취재 경험에서 오는 판단과 기사의 요건 측면에서 이 기사는 시사저널이 내보낼 수 있는 기사라는 생각에는 지금도 변함이 없다.

그로부터 7개월이 흘렀다. 그토록 대화로 문제를 풀려고 했건만, 파업이라는 원치 않은 선택을 해야 했다. 시사저널 기자 모두가 펜대가 꺾인 채 거리로 내몰렸다. 매체와 기자 정신을 지키려는 우리의 안간힘에 대한 독자의 성원은 그야말로 황송하고 과분할 지경이다. 지난해 안종필 자유언론상 수상에 이어 또다시 최근 한국기자협회 제38회 한국기자상 공로상 수상 소식은 우리를 더욱 돌아보게 만든다. '시사저널이 경제 권력 감시에 파수꾼 역할을 하고 있고 그 동안 거대 언론이 외면한 사회의 부조리를 꾸준히 탐사 보도해 온 공로를 인정' 한다는 수상 이유는 우리가 한시도 잊지 말아야 할 창간 정신을 상기시켰다. '사실과 진실의 등불을 밝히고 이해와 화합의 광장을 넓힌다.'

창간 정신에 잘 드러나듯이, 김훈, 김상익, 서명숙, 문정우, 이문재 선배에 이르기까지, 내가 겪은 시사저널 선배들은 입을 맞춘 듯 '팩트주의'를 강조했다. 나 역시 후배들에게 해 줄 말로 사실의 힘을 첫손에 꼽지 않을 수 없다. 나는 이른바 글발 있는 진맛이 나는 글에 자주 감탄하는 축에 속한다. 하지만 나를 정말 소름끼치게 하는 기사는 따로 있다. 팩트로 점철된 기사다. 기자라면 누구나 경험이 있을 터이지만, 사실, 사실이 받쳐주는 기사는 어떻게 써야 할지 그리 끙끙거릴 필요도 없다. 그 자체가 엄청난 위력을 발휘하니까 말이다. 강제로 주어졌지만, 뒤를 돌아볼 계기가 생기면서 나는 청춘을 바쳤던 시사저널이 그럴 가치가 있는 매체라는 사실을 재확인했다. 동시에 역설적이지만, 공포도 느꼈다. 그 동안 내가 제대로 기사를 써 왔나 하는 의구심이 들었기 때문이다. 반드시 부활할 시사저널에서 나는 만회의 기회를 갖고 싶다. 사실의 힘을 만끽할 기사를 독자에게 많이많이 선보이고 싶은 것이다.

고춧가루 전문, 시사저널 정치부

이숙이 | 시사저널 기자

새정치국민회의 김대중 후보가 전국을 돌며 대선 워밍업을 하고 다니던 1997년 어느 날의 일이다. 경남 창원이었던가. 취재 일정을 마치고 막 잠자리에 들려는데, 누군가 호텔방 문을 두드렸다.

"저, 총재님께서 여비에 보태시라고…, 여기저기 따라다니려면 차비가 만만치 않을 거라구요."

이른바 '촌지'였다. 정치부에 와서 처음 맞닥뜨린 촌지가 야당의 유력 대선 주자가 보낸 것이라니.

"아! 아니예요. 회사에서 출장비 충분히 줍니다. 신경 써 주셔서 감사하다고 전해 주세요."

자정이 다 되어 가는 시각. 호텔방 문을 사이에 두고 젊은 남녀가 된다, 안 된다 실랑이를 벌이는 '야릇한 모습'이 한동안 연출되었다. 겨우 문을 닫고 돌아서려는데, 방문 밑으로 봉투를 밀어 넣으며 총재 비서가 하는 말.

"이거 가지고 가면 저 총재님께 꾸중 듣습니다."

1시간 전 일이 떠올랐다.

밤늦게 텔레비전 토론이 끝났는데 DJ가 수행 의원들과 현장에 있던 기자들에게 맥주 한 잔 하자고 즉석 제안했다. 체력 안배를 위해 일정이 끝나면 곧장 숙소로 들어가곤 하던 평소와는 다른 모습이었다.

이숙이 1966년 전주에서 태어났다. 세살 때 붙여진 별명이 '오거리(전주 중심가를 지칭한다) 깡패'인 걸 보면, 그 때부터 세상사에 미주알고주알 참견한 모양이다. 연세대에서 신문방송학 학사, 언론홍보학 석사를 했다. 1989년 방송위원회에 공채 4기로 들어가 나름 학교 때 배운 걸 써먹어 보려 했으나, 한 선배의 꾐에 빠져, 그리고 '김훈' 밑에서 일을 해 볼 수 있다는 치명적 유혹에 못 이겨 1991년 시사저널 자매지 'TV저널' 창간 멤버로 합류했다. 1996년 1월 1일 정치팀으로 발령받은 이래 대선 2번, 총선 3번, 지방선거 3번을 치렀다. 미국 콜럼비아대로 언론인 연수를 다녀온 이듬해(2001년) '여권의 언론대책문건' 보도로 '이달의 기자상'을 받았다. 정치판을 오래 전전한 여기자가 흔치 않다는 이유로, 방송에서 가끔 목소리를 들을 수 있다.

DJ는 공천권과 자금력을 틀어쥔 당 총재도 겸하고 있었기 때문에, 그가 가는 곳이면 비서들은 물론 당 소속 의원들이 최소한 십여 명은 따라다니곤 했다. 그 날도 정희경 부총재를 비롯해 십여 명의 의원이 토론장에 배석했다. 하지만 취재 기자는 연합뉴스(그 때는 연합통신이었다) 기자와 나 둘 뿐이었다. 출장을 내려온 기자는 많았지만, 그 시간이면 이미 기사 마감이 끝났기 때문에 현장 취재는 풀pool 기자격인 연합뉴스 기자에게 맡기고 삼삼오오 국회의원들과 술잔을 기울이거나, 기획 기사들을 쓰러 간 터였다.

"기자는 현장에 있어야 합니다. 열심히 일하는 모습이 보기 좋아요."

고참 정치부 기자들도 말 한 번 섞어 보기 힘들다는 DJ가 정치부 출입 1년 남짓 됐을까 한 내게 옆자리를 권하더니 격려의 멘트까지 날렸다. 얼마 후 대선 캐치프레이즈가 된 '알부남(알고 보면 부드러운 남자)'을 미리 연습이라도 하듯, 마른안주를 집어 주는 친절도 잊지 않았다. 수행 의원들의 눈이 둥그래졌다.

나중에 들은 얘기지만 DJ는 주간지 기자가 자기 가는 데마다 따라다니며 취재하는 모습을 일찌감치 눈여겨보았다고 한다. "사회부는 물론이고, 분석 기사가 주를 이루는 정치부 기자도 최대한 '현장'을 지켜야 한다"는 얘기를 선배들에게서 귀에 대못이 박히도록 들었던 터라 쉬는 날도 반납하고 대선 후보 스케줄을 따라 전국을 누볐는데, 그것이 '부지런한 정치인, 부지런한 기자' 좋아하는 DJ의 눈에도 유별나 보였던가 보다.

'대략 난감' 한 상황이었다. 그 비서에게 봉투를 다시 돌려주기도 뭐했고, 그렇다고 DJ에게 직접 돌려주는 건 엄두가 안 났다. 까마득한 막내딸뻘 아닌가. 선배들의 무용담에 자주 등장하던 '우편환으로 돌려보내는 방법' 까지 고려했던 나는 서울로 올라오자마자 교보문고로 달려갔다. 그리고는 M만년필 세트를 사서 그 비서에게 보냈다. "중요한 일로 서명할 때 쓰시면 좋겠다"는 덕담을 적은 엽서도 넣었다. 며칠 후 한 행사장에서 만난 DJ가 얼굴 가득 미소를 머금고 유달리 손에 힘을 주어 악수를 하는 것으로 나는 그 만년필이 제대로 전달되었음을 확인했다.

그 후로 나는 DJ 진영과 동교동 인사들을 취재하는 것이 훨씬 수월해졌다. '총재가 칭찬한 기자' 라는 소문 덕을 톡톡히 본 것이다.

DJ 정부의 심장을 쏘다

하지만 호감은 호감일 뿐 취재 전선은 냉혹했다.

2001년 1월 11일. 청와대에서 대통령 신년 기자 회견을 듣고 있던 나는 순간 '필' 이 확 꽂히는 대목을 발견했다.

"국민 사이에 언론 개혁 여론이 상당히 높은 만큼 언론계, 학계, 시민 단체가 합심해서 투명하고 공정한 언론 개혁 대책을 세워야 할 것이다."

집권 초부터 언론 개혁은 '자율' 에 맡기겠다던 DJ 아니었던가. 그가 집권 3년차를 시작하는 신년 연설에서 은근슬쩍 '타율 개혁' 을 언급한 것이다. 그보다 더 무게감 있는 이슈가 연설 초반에 제기된 데다 언론 개혁 얘기는 한두 줄 언급하는 데 그쳐 다른 기자들은 그냥 지나치는 듯했다. 하지만 DJ가 누군가? 후보 때부터 지켜본 그는 사석에서의 말 한 마디도 앞뒤 재 보고 던질 만큼 신중한 스타일이었다.

곧바로 탐문에 들어갔다. DJ 정부의 언론 정책에 관여할 만한 청와대와 정부, 국회의 핵심 인사들을 다 훑었다. 이미 '언론과의 전쟁' 을 한 판 벌일 준비가 끝나 있었다.

"그렇다면 뭔가 계기가 있었을 텐데⋯."

헤집고 다닌 지 2주일 만에 이른바 여권의 언론 대책 문건 3종 세트를 손에 넣었다. '조중동의 비판 카르텔을 깨라,' '위스키&캐시(술과 돈)로 언론을 다루는 방식은 실패했다' 는 등의 예민한 내용을 담은 이 문건에는 DJ 정부의 언론에 대한 인식, 주요 언론의 논조에 대한 분석, 그리고 향후 언론 정책은 '정공법으로 가야 한다' 는 방향까지 담겨 있었다.

마감날 아침, 며칠째 설득하고 꼬드기던 여권의 한 핵심 인사로부터 이 자료를 건네받은 나는 내용을 확인한 후 잠시 고민에 빠졌다. 이 내용이 보도되면 DJ 정부는 무척 곤혹스러워질 게 뻔했다. 정권 편을 들겠다는 차원이 아니었다. '언론 개혁' 의 필요성에 공감하고 있던 터라 이 문건이 공개될 경우 야기될 '역풍' 이 우려되었다. 안 그래도 당시 막 시작된 언론사 세무 조사에 대해 반격거리를 찾고 있던 보수 언론에게는 이 문건이 엄청난 호재가 될 게 뻔했다. 나에게 문건을 건네준 인사가 겪게 될 정신적, 물리적 고통도 염려스러웠다.

"눈 딱 감아 버릴까?"

데스크에 보고하지 않으면 될 일이었다. 하지만 여의도에서 회사로 들어가는 사이 이미 마음은 정리되었다. 기사의 후폭풍은 취재 기자가 미리 걱정할 사안이 아니라고 배웠다. 설령 게이트 키핑을 한다 해도 그건 데스크와의 회의를 거쳐 편집국 차원에서 결정하는 것이 '시사저널'의 오랜 법도였다.

문정우 정치부장, 서명숙 편집장으로 이어지는 데스크단은 회의에 회의를 거쳐 결국 공개를 결정했다. '정권과의 싸움,' '언론 개혁에 찬물 끼얹기' 등의 부담이 있었음에도 불구하고, 늘 그랬듯이 시사저널 편집국의 최종 판단은 '보도할 만한 가치가 있느냐'에 좌우되었다.

아니나다를까. 기사가 나간 후 정치권과 언론계는 호떡집에 불이 난 듯했다. 한나라당은 "집권 여당의 언론 장악 시나리오가 모습을 드러냈다"며 언론 장악 저지 특별위원회(위원장 박관용)까지 설치했고, 언론사 세무 조사를 당한 보수 언론들은 일제히 "국민의 정부가 비판 언론에 재갈을 물리려 한다"고 비판의 목소리를 높였다. 당황한 여권은 언론 문건 자체를 출처 불명의 괴문서라고 깎아내리며 시사저널과 나를 고소 고발하겠다고 으름장을 놓았다. 평소 허물없이 지내던 여권 핵심 인사들에게서 "이기자가 이럴 수 있느냐"는 원망도 빗발쳤다. 속이 쓰렸다. 무엇보다 평소에는 시사저널이 아무리 큰 특종을 해도 인용 보도에 인색하기 짝이 없는 이른바 메이저 언론들이 이 문건을 앞다투어 인용 보도하는 것이 얄미웠다. 하지만 대다수 언론이 자기 입맛대로 활용하리라는 것은 각오하고 시작한 일이었다.

시사저널 보도가 '팩트'라는 것은 여권에서도 이미 파악한 상태였다. 그렇기 때문에 엄포만 무성했지 실제 고소 고발로 이어지지는 않았다. 내 취재원도 끝까지 드러나지 않았다. 청와대와 여당 지도부가 나서서 색출 작업을 벌였지만, 언론 문제와 관련해 내가 접촉했던 인사가 워낙 많았던 터라 최종적으로 문건을 건넨 인사를 콕 집어 밝혀내지는 못한 것이다.

이처럼 여권을 발칵 뒤집어 놓고도 나는 그 다음 날부터 바로 취재에 별 어려움 없이 청와대와 여당을 드나들었다. "시사저널은 최소한 없는 얘기를 쓰지는 않는다"는 공감대가 정치권에 어느 정도 형성된 덕이었다. 하지만 이 보도가 DJ 정부에는 치명타로 작용했다. 보수 언론들이 사생결단하듯 DJ 정부를 공격하고 나서면서 '홍3 트리오' 파문을 비롯해, DJ 정부의 치부가 일찌감치 수면 위로 떠오른 것이다. 특히 언론사 세무 조사 과정에서 사주의 부인이 자살한 동아일보는 DJ 정부가 끝날 때까지 저주를 퍼부어댔다.

'바보' 노무현과의 인연

2002년 3월 16일은 민주당 대선 후보들의 광주 경선이 열린 날이다. 5년 사이에 시사저널 정치부 내의 내 위치는 말단에서 최고참으로 격상했다. 그러나 시사저널에서는 정치부 최고참도 '현장 지키기'에서 예외가 없었다. 제주, 울산에 이어 세 번째 경선장이었던 이 날 광주에서 나는 줄곧 노무현 후보 주변을 맴돌았다.

노무현 후보는 어찌 보면 시사저널이 발굴하다시피 한 대선주자였다. 2000년 노후보가 부산시장 선거에 출마했다가 또 떨어졌을 때 시사저널은 '한국 정치의 X파일 노무현'이라는 제목으로 커버 스토리를 썼다. 당선자가 아닌 낙선자에게 포커스를 맞춘 기사는 흔치 않았다. 그로부터 2년 후 민주당 경선과 대통령 선거의 판세를 뒤흔든 '노사모(노무현을 사랑하는 사람들의 모임)'의 태동 사실을 가장 먼저 알린 것도 바로 이 기사를 통해서였다. 노후보는 당시 시사저널과의 낙선 인터뷰에서 2002년 대선에 출마하겠다고 일찌감치 출사표를 던졌다.

그러나 광주 경선장에서 노후보는 내내 혼자였다. 워낙 '이인제 대

2002년 대선 당시 후보 단일화에 합의한 뒤 처음 버스 투어 유세에 오른 노무현 후보와 정몽준 후보. 이숙이 기자가 두 후보의 대조적인 표정을 스케치 하고 있다.

세론'이 강력했던 터라 당직자와 언론은 대부분 이후보 주변에 몰렸다. 호남에 기반을 둔 '리틀 DJ' 한화갑 후보가 이 지역에서는 1위를 할 가능성이 높다는 여론 전문가들의 관측에 따라 한후보 주변에도 적잖은 사람이 꼬였다.

그럼에도 불구하고 내가 노후보 곁을 졸졸 따라다닌 것은 며칠 전부터 이 지역 국회의원들의 낌새가 이상했기 때문이다. 국회의원은 해당 지역 대의원들에게 미치는 영향력이 막강하기 때문에 이들의 표심이 어디로 가느냐가 전체 판세를 좌우한다. 그런데 사전에 접촉한 여러 의원들 입에서 '이인제 불가론' 과 함께 "광주가 일을 낼 것"이란 표현이 툭툭 튀어나오고 있었다. 더욱이 시사저널은 한국 언론사 가운데 최초로 '대의원 여론 조사' 를 실시해 경선의 흐름을 미리 짚어내는 시도를 하고 있었다.

후보자 연설이 끝나고 투표가 진행되는 동안 노후보와 나는 후보자 대기실에 앉아 장시간 얘기를 나눴다. 노후보는 그 때 이미 개헌이며 언론 개혁에 대한 밑그림을 그려 가고 있었다. 노후보가 무좀에 시달린다는 사실도 그 때 처음 알았다. 그는 이야기 도중 구두를 벗더니 발가락 양말을 직접 보여 주었다. 권위 파괴를 그 때부터 온몸으로 보여준 셈이다.

1시간 후 그는 '왕따' 에서 '스타' 로 변신했다. 이른바 '광주 이변' 의 주인공이 되어 그의 주변에 사람들이 북적대기 시작한 것이다. 그날 이후 예전처럼 노후보를 느긋하게 만나기는 쉽지 않았다. 하지만 이미 축적해 놓은 '노무현 파일' 덕에 주간지라는 한계에도 불구하고 매번 발빠른 보도를 할 수 있었다. "드러난 현상만 좇지 말고 큰 물줄기가 어디로 가는지 예측해 그 길목에 서 있으라"는 선배 기자들의 주문이 위력을 발휘한 것이다.

정몽준 후보와 단일화를 이룬 직후 노후보와 오랜만에 단독 인터뷰를 할 기회가 생겼다. 참모진을 조르고 졸라 대전으로 가는 후보 버스에 동승하는 기회를 잡은 것이다. 이날 노후보는 '대통령·총리 분권제' 에 대한 구상을 밝히는 등, 두고두고 써먹을 만한 여러 이슈들을 던져 주었다. 역시나 '현장 박치기' 만큼 기사 작성과 상황 판단에 도움이 되는 취재 수단은 없었다.

노대통령 취임식에 고춧가루 뿌리기

그렇게 인연을 맺은 노무현 후보였건만, 당선이 된 후 가장 먼저 뼈아픈 기사를 안겨 준 매체도 바로 시사저널이었다.

노무현 당선자가 취임도 하기 전인 2003년 2월 중순경. 대선 내내 정치팀에서 일하다 대선 직후 사회팀으로 옮겨간 주진우 기자가 지나가듯 한 마디를 던졌다.

"선배, 노건평 씨 주변에 사람이 엄청 꼬인다는데요. 국세청장 인사에 개입한다는 소문까지 돌고요."

이른바 '노건평 괴담'이었다. 노건평 씨라면 대통령의 친형 아닌가. 만약 그 소문이 사실이라면 친인척 관리를 엄격하게 하겠다고 큰소리쳤던 노대통령의 주장은 허언虛言이 되는 셈이었다.

쇠뿔도 단김에 빼랬다고, 사회부에서 정치팀으로 온 지 얼마 안 된 김은남 기자가 경남 김해 봉하마을로 급히 내려갔다. 갈 때만 해도 다들 큰 기대를 하지는 않았다. 의혹이 있으니 당사자를 만나 확인해 보자는, 그야말로 취재의 ABC에서 비롯한 출장이었다.

그런데 이게 웬걸. 김기자를 만난 노건평 씨가 오히려 인사 개입의 정황을 술술 풀어 놓는 게 아닌가. 물론 인사에 개입한 적이 결코 없다는 해명성 발언으로 시작했지만, 노건평 씨는 해명 틈틈이 허점을 노출했다.

"능력으로 보나, 조직 장악력으로 보나 ㄱ씨가 차기 국세청장이 되는 것이 순리에 맞다. 대통령 당선자와 같은 지역 출신이라는 것 때문에 ㄱ씨가 배제된다면 오히려 역逆 지역 차별일 수 있다. 대선 전에 동생(노무현 당선자)에게도 ㄱ씨가 매우 유능한 사람이라는 얘기를 한 일이 있다."

누가 들어도 인사 개입이었다. 이 내용을 고스란히 담은 시사저널 보도는 며칠 후 멋들어지게 취임식을 치르려던 노대통령에게 고춧가루를 확 뿌린 셈이 되었다. 민정수석에 내정되어 있던 문재인 변호사가 직접 봉하마을에 찾아가는 등 진화에 나섰지만 역부족이었다. 오히려 문수석 내정자가 사건 축소를 위해 사용한 '해프닝' 이란 표현은 상황을 더욱 악화시켰다.

그로부터 2년 뒤 주진우 기자는 이른바 '민경찬 펀드' 건을 추적 보도해 또다시 세상을 떠들썩하게 했다. 노건평 씨의 처남인 민경찬 씨가 거액 펀드를 조성했다며 큰소리를 치고 다닌 내막을 추적한 내용이었다.

친인척 문제만큼은 깨끗하다는 점을 자랑거리로 삼던 노무현 정부로서는 미치고 팔짝 뛸 노릇이었다. 시사저널 정치팀이 일관되게 견지해 온 정치권과의 '불가근 불가원 원칙' 이 노무현 정부라고 해서 예외는 아니었던 셈이다.

"노후보님, 장충동 라이방 얘기 들어 보셨나요?"

진실에 접근하기 위한 시사저널 기자들의 노력은 여러 방식으로 구현된다. 그 가운데 대표적인 것은 상대가 싫어할 만한 질문도 시침 뚝 떼고 면전에서 던지는 것이다.

"아무개 기자를 향해 '창자를 뽑아 버리겠다' 고 했다던데, 사실인가요?" (서명숙 선배가 이회창 후보와의 인터뷰에서 던진 말. 그 말을 듣자마자 이후보의 얼굴이 심하게 일그러졌고, 결국 그 뒤로 인터뷰 분위기는 급속도로 냉각되었다.)

"'장충동 라이방' 이라는 얘기 들어 보셨나요? 변호사 시절 장충동에서 몰래 데이트를 즐기기 위해 선글라스를 끼고 나타나곤 해서 붙여진 별명이라던데요." (이문재 선배가 노무현 후보와의 인터뷰에서. 노후보는 희한하다는 듯 이선배를 쳐다보더니, "제 얼굴이 커서 선글라스를 써도 다 안 가려질 걸요" 하고 되받았다.)

"이렇게 일찍 앞서나가면 결국 제2의 이회창처럼 되는 것 아닌가요?" (이명박 후보의 지지율 1위를 계기로 청한 인터뷰에서 내가 던진 첫 질문. 순간 페이스를 잃은 이후보가 "나는 이회창과 다르다. 노무현과 이회창 중에 사실 노무현을 더 좋아한다"는 뉘앙스의 답변을 해서 파문이 일었다.)

하기야 서명숙 선배는 DJ가 야당 총재 시절, 기자 몇 사람을 앞에 놓고 일장 연설을 늘어놓자 견디다 못해 졸기까지 했다. 온몸으로 지루함을 표현하는 서선배를 보고 DJ가 "서기자, 거 졸지 마세요" 하고 지적했다는 얘기는 정치권의 오랜 전설이다.

'왕뚜껑 시어머니' 가 무서워…'

'현장 중심,' '팩트 중심,' '불가근 불가원의 원칙 지키기' 등 시사저널 정치 기자로 살아가는 법을 터득하기까지 나는 '왕뚜껑 시어머니(서명숙 선배)' 와 '부추기는 시누이(문정우 선배)' 밑에서 그야말로 '살 내리는' 시간들을 견뎌 내야 했다.

1996년 1월 1일. 정치부로 처음 발령받았을 때 내 몸무게는 47, 48킬로그램을 유지하고 있었다. 하지만 그 몸무게는 반 년도 채 되지 않아 43킬로그램까지 떨어졌다. 시도 때도 없이 '볶아 대는' 서선배가 1차 원인이었다.

서선배는 당시 김원기, 이기택, 노무현 등이 주축이던 '꼬마 민주당' 을 내게 맡으라고 하고서는, 자기 눈에 내가 안 보이기만 하면 시도 때도 없이 전화를 걸어 왔다.

"15대 총선에 나갈 사람이 누구누구라고 하더냐?" "오늘 지도부 분위기는 어떻더냐?" "혹시 국민회의로 옮겨 갈 조짐이 보이는 인사는 없느냐?" 등등.

당무 회의니, 당헌 당규니, 정치권 용어를 익히기만도 벅찬 '초짜'에게 끊임없이 고도의 질문을 해 대니 좀체 한눈 팔 겨를이 없었다. 새벽에 시작되는 지도부 회의에서부터 밤늦게 끝나는 술자리까지 주야장천 쫓아다니며 보고거리를 찾는 수밖에.

서선배는 심지어 나의 복장과 퇴근 후 스케줄까지 간섭하고 나섰다. 별로 크지 않은 키 탓에 치렁치렁해 보이는 긴 치마 대신 미니스커트를 즐겨 입던 나는 정치부에 온 지 얼마 되지 않아 회사 화장실로 불려갔다.

"여기자는 특히 옷매무새에 신경을 써야 한다. 가뜩이나 정치판은 뒷말이 많은 곳인 만큼 민소매나 미니스커트는 입지 마라."

그나마 이것은 순화된 표현이다. 서선배는 모욕감을 느낄 정도로 강한 표현을 써 가며 내 눈물을 쏙 빼놓았다. 무심코 화장실에 온 다른 여기자가 "좀 심하다. 서선배가 미모에서 딸린다고 질투하는 것 아냐?" 하고 농을 던지며 위로를 해 줄 정도였다.

요즘 신세대 같으면 '사생활 침해'라며 바로 반격했을는지도 모를 일이다. 정치부에 온 후로 나름 정장을 차려입고 다니던 나로서는 억울한 일이었다. 하지만 그 때만 해도 선배의 지시는 공과 사를 넘어 다 법이었다. 그 후로 나는 아예 치마를 거들떠보지도 않았다.

저녁에 술자리라도 갈라치면 누구와 어디서 무엇을 먹는지까지 일일이 챙겼다. 때때로 보고를 거부하고픈 반감도 들었지만, 묵묵히 따랐다. 나중에 깨달은 거지만, 서선배는 후배가 여기자 드문 정치판에서 괜한 일로 구설에 오르지 않고 하루빨리 자기 영역을 구축했으면

하는 바람에서 악역을 자처했던 것이다.

지나친 간섭도 부담이었지만, 그보다 더 피를 말리는 건 서선배의 데스킹 결과를 기다리는 일이었다. 원고를 다 본 후 '이숙이 씨' 하는 목소리가 어떤 톤이냐에 따라 그 기사에 대한 서선배의 만족도가 갈렸다. 부드럽게 부르면 기사가 맘에 든다는 의미고, 짜증이 들어가 있으면 그 날은 된통 당하는 날이었다. 그만큼 서선배는 감정 표현이 직설적이었다. 오죽하면 시사저널 정치부 기자들은 출근하자마자 서선배 표정부터 살피곤 했을까. 그런 악명 탓에 서선배 밑에서 정치부 생활을 거친 기자들은 한결같이 비쩍비쩍 마르거나 줄담배가 심해지는 노이로제 증세를 겪었다. 덕분에 시사저널 정치부 출신이라고 하면 어디 가도 평가를 받을 만큼 단련을 받았지만.

나를 주눅들게 한 '공포의 리라이팅'

오윤현 | 시사저널 기자

세상에 실수하지 않는 사람은 없다. 그렇지만 내가 쓴 글을 남에게 보여 주는 일을 시작하면서 나는 '가능하면 글 한 자라도 틀리지 않겠다'고 마음먹었다. 그러나 남의 말을 글로 옮겨야 하는 처지에서, 톨스토이처럼 늘 감동적이고 완벽한 원고를 만들어 낼 수만은 없었다. 그렇다. 돌이켜보면 내 직장 생활은 크고 작은 실수의 연속이었다.

첫 실수는 전 직장(월간 '샘터')에서 있었다. 1988년 봄, 기자 생활을 시작한 지 백 일도 안 되어 강화도로 석공 윤석춘(준) 씨를 취재하러 떠났다. 그 곳 보문사에서 윤씨의 일거수 일투족을 살피며, 그가 하는 말을 낱낱이 받아 적었다. 그리고 돌아와 '윤석춘 씨가 어쩌구 저쩌구…' 하는 20매짜리 원고를 만들어 기사화했다. 전율할 만한 사고는 그 다음에 발생했다. 책이 나온 뒤 윤씨가 전화를 걸어 "제 이름이 틀리게 나왔는데요"라고 말한 것이다. 뭐라, 이름이 틀렸다고? 분명 전화로 '윤석춘 선생님'을 찾고, 취재하는 동안 '윤석춘'이란 이름을 몇 번이나 들먹였는데 이름이 틀리다니….

호흡을 가다듬으며 "존함이 어떻게 되시는데요?" 하고 여쭈었더니 "내 이름은 석춘이가 아니라 석준이오" 하셨다. 이런이런. 얼굴이 화끈 달아오르며 온몸의 맥이 쭉 빠졌다. 전화를 끊고 나서 하나하나 복기해 보니 실수의 원인이 드러났다. 아뿔싸! 선배가 전화로 윤씨를 소개하며 윤석준 씨라고 했는데, 내 귀가 그만 윤석춘 씨로 송신했던 것이다. 지금이야 인터넷 덕에 취재 전에 취재원에 대한 정보를 모두 파악하지만 당시에는 달랐다. 컴퓨터도 드문 시절이었다. 그 바람에 기자로서는 가장 치명적이라 할 수 있는 '이름 틀리기' 실수를 범한 것이다.

실수는 거기에서 끝나지 않는다. 시사저널로 이직한 뒤에도 계속된다. 1994년 여름, '샘터'에 몸담고 있던 나는 시사저널 편집부에서 일하고 있던 이병철 차장으로부터 전화를 받는다. 그는 같은 사보社報에 고정 기사를 게재하다가 알게 되었는데, 단 한 번 만난 나를 좋게 보았던지 반가운 소식을 전했다. "오윤현 씨, 이번에 시사저널에서 편집 기자를 뽑는데, 원서 내 볼래요?" 마침 한 직장에서 6년 넘게 근무하며 일탈을 꿈꿔 오던 터라, 나는 대뜸 '알겠습니다' 라고 답했다.

이직은 일사천리로 이루어졌다. 회장과 사장, 세 명의 임원이 함께 보는 '집단 면접' 을 본 뒤에 출근 통보를 받았고, 나는 들뜬 마음으로 시사저널 편집부(기사를 다듬고 제목을 다는 부서)로 출근했다. 함께 일할 사람들과 인사를 건넨 뒤 내 자리에 앉고 보니, 그제야 두려움이 먹구름처럼 몰려왔다. 솔직히 난 그 때까지 다른 사람이 쓴 기사의 제목을 달아 본 경험이 전무했다. 6년여 동안 오로지 취재와 기사 작성만 해 왔던 것이다.

선배들은 그 사실을 알고 있었던 것일까. 다행히 첫 일감으로 내게 한 쪽짜리 기사 두 꼭지가 배당되었다. 그러나 어쩌랴. 그것마저 내게는 버거운 일이었다. 기사를 읽다 보니 머릿속이 복잡하게 엉키며 눈앞이 캄캄했다. 선배들이 이십 분이면 해낼 일을 한 시간 넘게 끙끙거리며 겨우 제목 한 줄을 뽑아 냈다. 그랬더니 김상익 선배가 앞부분을 뭉텅 들어 내고, 뒷부분을 싹둑 잘라 내어 전혀 다른 제목으로 바꿔 놓았다. 선배가 수정한 제목은 한껏 날카로웠고 훨씬 더 맵시가 있었다. 부끄럽고, 자존심이 상했고, 마음이 어지러웠다.

오윤현 강원도 양구에서 사과와 젖소를 키우다가 1987년 11월 우연히 월간지 기자가 되었다. 그 곳에서 동화 작가 정채봉을 만나 글에 눈뜨고, 동화를 평생의 업으로 삼게 되었다. 1994년 7월, 김일성이 사망하던 그 순간 시사저널에 발을 들여놓으며 거친 세상살이를 몸으로 체험한다. 편집팀, 문화팀, 경제팀, 실용과학팀에서 일했다. 지금은 편집팀에 있으면서 의학 과학 기사도 가끔 써 대고 있다. '게으른 얼치기 작가' 소리를 들으며 그 동안 그림책과 동화책도 몇 권 펴냈다.

그 다음 주에도, 그 다다음 주에도 비슷한 실수를 반복하였고, 김상익 선배의 '공포의 리라이팅'은 점점 더 신랄해져 갔다. 나는 점점 더 의기소침해졌고, 따돌림당하는 아이처럼 위축되었다. 엎친 데 덮친 격이라고 내가 편집한 지면에서는 왜 그렇게 자주 오탈자가 툭툭 튀어나오던지…. 나중에는 김선배가 내 이름을 부르기만 해도 혼비백산하여 얼굴이 하얗게 변하곤 하였다.

고마운 것은 편집부 선배들이었다. 그들은 나의 실수를 못 본 척 눈감아 주었고, 때로는 옆자리에서 보고 있다가 주제와 엇나간 제목을 바로잡아 주기도 하였다. 그리고 술자리에서 밥자리에서 '시사저널의 편집론'을 조근조근 들려주었다.

"편집 기자는 언어의 마술사야. 같은 기사라도 제목을 어떻게 다느냐에 따라 기사가 달라 보이지."

"기사가 창槍이라면, 우리는 그 창끝에 예리하고 날카로운 날을 달아 주는 거야."

"편집은 기사를 더 재미있고, 유익하게 보이도록 포장하는 일이지."

"시집을 많이 봐. 제목 뽑는 데 도움이 될 거야!"

그 뒤 나는 기사의 맥락을 파악하는 방법을 터득했고, 영화 제목이나 유행어를 차용하는 방법도 익히게 되었다. 때로는 김상익 선배가 마구 수정해 놓은 편집지를 눈앞에 붙여 두고 와신상담도 하였다. 그렇다고 생선 비린내처럼 몸에 밴 실수가 쉽게 사라질 리 없었다. 편집은 제목과 부제목의 어휘가 겹치면 '감점 요소'인데, 이상하게 내가 맡은 지면에서는 그런 일이 비일비재했다. 또 '숫자와 이름은 틀려 있다'라는 편집부의 '금언'을 머릿속에 담고 다니는데도, 내가 편집한 지면에서는 늘 이름과 숫자가 틀려 있곤 했다. '과대 포장'과 '뻥튀기'도 드물지 않았다.

반면 선배들은 책이 아니라 마치 우주선을 만드는 것처럼 철두철미했다. 계산을 해 봐야 하는 숫자가 나오면 일일이 계산기를 두드려 확인했고, 팩트에 조금이라도 의심이 가면 취재 기자에게 전화를 걸어 확인 또 확인했다. 기사가 맹탕이면 취재 기자를 불러 구성과 부족한 부분을 논의한 뒤, 전혀 새로운 기사를 만들어 내기도 했다. 나는 그들의 기술을 따라잡기 위해 '개 같은 내 인생,' '세상은 넓고 할 일은 많다'처럼 기사 제목으로 응용할 수 있는 영화나 책 제목 수백 개를 외우기도 했다. 그 덕일까. 세련된 편집에 눈을 떠 갔고, 실수도 서서히 줄기 시작했다.

그러던 어느 날, 난데없이 문화부 발령이 났다. 이제 겨우 편집에 눈 뜨기 시작했는데 문화부라니? 전 직장에서 인물 기사만 써 왔던 터라, 나는 잔뜩 겁부터 집어먹었다(그만큼 시사저널 기자들의 짱짱한 실력에 주눅들어 있었다). 아니나다를까. '안성기와 유인촌도 모르고' 영화와 연극 기사를 쓰다 보니 또다시 실수 연발이었다. 건더기(내용)는 별로 없었고, 문장은 축축 늘어졌다. 게다가 '그리고, 그런데' 같은 접속사와 '…것이다'처럼 눈에 거슬리는 종결어미는 왜 그렇게 많던지.

그 같은 과오를 문장이 꼼꼼하기로 이름난 데스크(이문재)가 가만 놓아 둘 리 없었다. 그는 내가 노심초사해서 원고를 만들어 내면, 연필 한 자루를 쥔 채 무표정한 얼굴로 그것을 읽어 내려갔다. 그리고 틀린 시험 문제를 풀어 주듯, 어색한 부분을 꼼꼼히 수정했다. 멀리서 그의 리라이팅을 보는 심정이라니. 그가 내 기사를 보는 시간이 길어지면 길어질수록 내 심장은 더 크게 쿵쾅거렸고, 내 자학은 더 깊숙이 내 영혼을 공격했다. 긴 시간이 흐르고 마침내 그의 굵직한 목소리가 '오윤현'을 부르면 나는 어디론가 멀리 도망치고 싶었다. 그가 내민, 내 실수를 교정한 새카만 원고를 보면 가슴이 답답해지면서 머릿속이 하얗게 변했다.

이문재 선배는 후배들의 원고를 앞에 두면 술자리에서와 달리 늘 근엄했다. 그리고 뜬금없이 "이 기사를 한 마디로 말해 봐"라고 지시한 뒤, 잠시 머뭇대기라도 하면 특유의 어조로 공박했다. 그런데도 그가 밉지 않았던 이유는 내 실수에 대한 그의 지적이 거의 모두 옳았기 때문이다. 그렇다고 그의 지적을 항상 고분고분하게 받아들였던 것은 아니다. 언젠가 '여름 휴가 때 볼 만한 만화'를 소개하는 기사를 썼는데, 기사 앞에 들어가는 소개글이 문제가 되었다. 내깐에는 제법 요령 있게 꾸며서 기사의 취지를 소개했는데, 그가 보기에는 30, 40퍼센트쯤 부족했던 모양이다. 한참 동안 내 기사를 들여다보던 그가 내 이름을 불렀다. 그리고 데스킹한 원고를 내밀었다. 원고는 앞 부분부터 연필로 '덧칠'되어 있었다. 수정해 놓은 부분을 보니 나아진 곳도 있었지만, 그대로 두어도 무방할 것 같은 부분도 없지 않았다. 특히 반쯤 고쳐 놓은 소개글이 아팠다.

원고를 들고 이선배에게로 갔다. 그리고 끓어오르는 심사를 억누르며, 눈을 동그랗게 뜬 채 말했다(표정도 약간 일그러졌으리라).

"선배, 이 기사 선배 이름으로 내시죠!"

후배의 당돌한 말에 선배는 조금 놀라는 눈치였다. 그렇지만 이내 내 말 뜻을 눈치채고 가볍게 응대했다.

"무슨 말이냐?"

"소개글을 너무 많이 고쳐서, 제 기사라고 하기가 뭣하네요."

빈정대는 내 말에 그는 오히려 굳었던 표정을 풀었다. 그리고 탁구공을 받아내듯 "됐어"라고 가볍게 응수했다. 무슨 반박이 더 필요할까. 어느 순간 '논조를 바꾼 것도 아니고, 팩트를 바꿔 놓은 것도 아닌데 뭘' 하는 생각과 함께 피식 웃음이 새어 나왔다. 그걸로 끝이었다. 그런데 그의 '꼼꼼한 덧칠'에 속이 상한 이가 나뿐만은 아니었던 모양이다. 술자리에서 그의 예민한 리라이팅을 비판하는 뒷담화를 간간이 들었으니 말이다. 그러나 돌이켜보면, 그는 나와 동료 기자들의 문장을 더 세련되고 안정되게 만들어 준 일등 도우미가 아니었나 싶다.

언젠가 그가 사내 게시판에 올린 글을 보면 더욱 그런 생각이 든다. 당시 그는 모든 기자들의 원고를 보는 취재 데스크였는데, 눈에 차는 원고가 그리 많지 않았던지, 특유의 어조로 아래와 같은 지시 사항을 올려놓았다.

> 오래 묵혔다가 하는 잔소리. 아래 기준은 전적으로 이문재의 주관에 따른 것이므로 국어학이나 저널리즘의 일반적 척도를 들이대지 않았으면 함.
>
> 1) 질문형 문장을 자주 쓰지 말자: 질문은 글 쓰는 사람 스스로 해야 한다. 어떤 기사는 문단이 바뀔 때마다 질문형으로 시작하는데, 고급스럽지 못하다. 질문형 문장을 절제하라.
> 2) 가능하면 접속사를 쓰지 말자: 대표적인 것이 '따라서.' '따라서'도 '이와 관련'과 같은 맥락.

3) 은/는, 이/가의 차이가 무엇인지 궁구해 보자: 지면이 허락되지 않아 설명을 미루지만, 은/는과 이/가는 세계관적 차이가 있는 조사다. 보라. 나는 학교에 간다와 내가 학교에 간다는 얼마나 다른가.

4) '그런데' 와 '그러나' 를 구분할 수 있다면: '그런데' 와 '그러나' 는 경계가 애매하다. 섬세하게 구사해야 한다.

5) '… 는 얘기다' 라는 종결형: 구어체와 유행어, 신조어를 적극 수용하라는 것은 저널리즘의 기본. 그러나 상습적으로 쓰면 기사가 가벼워 보인다.

6) '… 라는 것이 A의 주장(얘기)이다' : 이럴 때 나는 'A는 … 라고 주장했다' 라고 쓴다.

(중략)

11) '… 에 대한' 이라는 것 역시: 의식하지 않고 자주 구사하는데, 이 표현도 줄여 보자.

12) '실제로,' '현재,' '당시' 따위의 부사: 신경을 쓰면 얼마든지 안 쓰거나 노출 빈도를 줄일 수 있다.

13) 간접화법: '… 에 따르면' 이라고 전제했는데도 그 문장의 종결어미가 '… 라고 한다' 라거나 '… 는 것이다' 인 경우가 있다. 이문재에 따르면, 이문재는 바보라고 한다→이문재에 따르면, 이문재는 바보다.

14) 라고 '말했다' : 말했다. 덧붙였다. 주장했다. 힘주어 말했다. 강조했다 …. 참 난감한 표현인데 나는 어느 날부터 '말했다' 로 통일했다.

15) … 적인: '… 적인' 도 없을수록 좋다. 전문적인 연구 기관→전문 연구 기관.

16) … 하다: 이 불균형한 조동사 역시 자주 노출하지 말자. 밥을 했다→밥을 지었다. 기도를 했다→기도를 올렸다.

17) 아, 빼먹을 뻔한 '것' : 이 '것' 을 요리할 수 있다면, 대가가 되었다는 '것' 이다. 것과 씨름해야, 것을 거의 박멸해야 한다.

(하략)

어떤가. 치밀하고, 정확하고, 지적이지 않은가. 그리고 시사저널 기자들이 정확하고 단정한 문장을 만들어 내기 위해 얼마나 고생을 했는지 짐작이 가리라. 문장에 대한 칼 같은 기본 원칙이 있었기에 시사저널의 글들이 때로는 강물처럼, 때로는 시냇물처럼 흐르는 것이다.

기사를 쓰고 편집한 지 19년. 이제 웬만하면 실수의 두려움에서 벗어날 때도 되었건만, 나의 실수는 잊을 만하면 벼룩처럼 톡 튀어나와 나를 괴롭힌다. 실수를 줄이기 위해 어려운 전문 용어가 들어가는 기사를 미리 전문가에게 보여 주는 '예방 작업'을 해도 소용이 없다. 이제부터라도 실수 없는 기자로서 실수 없는 기사를 쓰고 싶지만, 아쉽게도 그 지면은 지금 내 손이 닿지 않는 곳에 가 있다.

'몸뻬 바지'를 입고 스스로 표지가 되다

양한모 | 시사저널 기자

커버 스토리 '누가 한국을 움직이는가'로 창간호를 만들 때만 해도 미술 편집은 아직도 사진식자에 의존했다. 여론 조사 특성상 지면에 표가 많이 들어가는 관계로 미술 기자 전원이 표 그리기 작업을 했는데도 밤을 꼬박 새워 아침 해가 떠오를 때가 되어서야 가까스로 디자인 작업을 끝낼 수 있었다.

요즘의 일러스트레이터는 컴퓨터로 쉽고 편하게 표를 만들 수 있지만 그 때는 네 가지 색상을 투명한 제도 용지 위에 겹친 다음 '로트링'이라는 제도용 펜으로 직접 도표를 그려 가며 작업을 해야 했다. 그런데 정치, 사회, 경제, 문화 등 주요 분야별로 도표가 한두 개도 아니고 결국 이삼 일 철야는 기본이었다. 도표 작업을 전담하던 유옥경 기자의 고생이 제일 컸다.

창간 작업이 쉬울 리 없었지만, 특히 도표 작업은 아직도 미술 기자들을 긴장시키고 괴롭힌다. 경위서에 대한 경위서를 써야 할 정도로 미술부가 썼던 경위서 숫자는 타 부서와 비교해 기록적이었다. 거개가 도표 작업에서 발생한 오자와 탈자 때문에 써야 했던 경위서들이었다.

004호

도표 못지 않게 고통스러웠던 작업이 표지 작업이었다. 표지 작업은 특히 마감 시간에 임박해 진행되는 만큼 제작 시간이 절대적으로 부족했다. 게다가 모델을 섭외하고 재료를 준비하는 과정 하나하나가 모두 쉽지 않은 일이어서 할 때마다 피를 말렸다. 지난 18년간의 표지를 검색하다 보니 만족한 부분보다 부족한 점이 더 많이 느껴진다.

005호

뒤늦게 몸을 던져 모델 섭외에 응해 준 동료 기자 그리고 직원들께 감사드린다 .

015호

표지에 DJ 컬러 사진 실었다가 곤욕

'한국형 부패 해부' (제5호)라는 제목의 표지용 이미지를 촬영할 때 일이다. 두 사람의 손 모델이 편집국 내에서 징발됐다. 그런데 이들이 연출해야 할 자세가 손목에 몹시 부담이 되는 자세였던지라 두 사람 모두가 너무 고통스러운 표정이었다. 이렇

게 촬영하기를 한 시간쯤. 그런데 촬영이 끝나 갈 때 비명이 들렸다
"어, 빈 통이네."

사진 기자의 손에 들린 카메라에 필름이 들어 있지 않았던 것이다. 사진 기자가 다시 필름을 장전한 뒤 또다시 한 시간의 고통을 감내해야 했던 동료들의 표정이 지금도 눈에 선하다.

양한모 1960년 경기도 양평 용문산 밑 작은 농가에서 출생, 장난감을 직접 그리고 만들어 가지고 놀던 실력을 바탕으로 대학에서 시각전달디자인을 전공했다. 시사저널 창간 멤버로 입사하여 편집디자이너, 일러스트레이터, 재봉사, 조각가, 목수, 미장공, 재봉사, 인형사 등의 일을 했다. 현재는 표지 이미지용 대선 주자 및 주요인사들의 구체관절인형을 만들고 있다.

제64호 시사저널 표지 모델은 영화 배우 김지미 씨였다. 시사저널 최초의 연예인 표지 모델이 된 김지미 씨는 무당과 전혀 관련이 없는데도 무당 분장을 하고, 모델료도 없이 흔쾌히 섭외에 응해 주었다.

얼굴 곱상한 여직원 선착순 징발

'졸업=실업' (제580호)이라는 제목의 표지 사진 주인공은 광고부 직원이었다. 지금은 그만둔 이 직원은 시사저널 최고의 전속 모델로 최다 출연 기록을 갖고 있기도 하다.

시사저널 사진 기자들은 사진을 찍을 뿐 아니라 스스로 피사체가 되는 1인 2역을 했다. 때로는 자신의 귀한 아이를 업고 고단한 삶을 살아가는 이혼 가장(제708호)이 되어야 했고, 때로는 납치범(제714호)이 되기도 했다.

얼굴이 곱상한 여직원은 선착순으로 징발되었다. 광고부 안아무개 씨가 한동안 전속 모델 노릇을 하는가 싶더니, 요즘에는 그 뒤를 이어 장아무개 씨(제791호)가 맹활약 중이다. 망설임 없이 얼굴을 빌려 준 전·현직 전속 모델에게도 심심한 감사의 말씀을 지면으로나마 전한다.

14대 국회 때 실시한 의정 활동 평가에서 1위를 차지한 이해찬 의원(제267호)의 얼굴이 실렸던 표지도 기억에 남는다. 당시 아트 디렉터였던 유희자 부장이 코디네이터 겸 분장사로 활약했다. 그 때 표지 사진을 보면 분장 실력이 또렷이 남아 있다.

제495호 표지에서는 아줌마 모델이 필요했다. 아무리 편집국 동료라 해도 모델로 나서 줄 여기자가 없을 것 같아 말도 꺼내지 못했다.

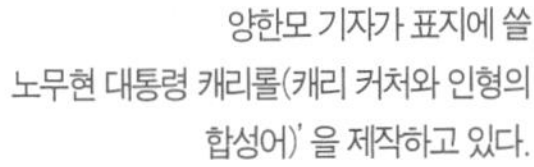

양한모 기자가 표지에 쓸 노무현 대통령 캐리롤(캐리 커처와 인형의 합성어)' 을 제작하고 있다.

이런 때는 직접 몸으로 때우는 수밖에. 시장에 나가서 속칭 '몸뻬 바지' 와 욕실용 고무신을 사 신고 가슴에는 화장지를 구겨 넣어 여장을 했다. 촬영을 마친 뒤 소품을 들고 집으로 갔는데, 웬 고무신이며 몸뻬 바지를 사 왔느냐는 집사람의 물음에 "회사에서 쓸 일이 있어서 샀어" 하고 얼버무렸다. 나중에 책이 나오자 집사람이 "이 사람이 누구야? 이 사람 자기지! 딱 자기 폼이네" 하고 치고 나오는 바람에 곤욕을 치르기도 했다. 결국 사건의 전모가 들통난 뒤 쏟아지는 잔소리에 제대로 혼줄이 났다.

시사저널 표지에 DJ 얼굴 사진이 처음 실린 것은 제15호였다. 컬러

049 050호

064호

079호

로 표지 전면을 채운 DJ 사진을 본 독자들의 반응은 대단했다. “버짐이요, 현상 잘못이요? 어떻게 이런 사진을 표지에 쓸 수 있단 말이요?” 따위의 각종 항의성 질문이 쏟아졌다. 당시만 해도 독자들은 그만한 품질의 고화질 사진을 접할 일이 별로 없었다. 따라서 선명한 사진을 통해 본 DJ의 땀구멍이 충격이 될 만했다.

사진뿐만 아니었다. 일러스트레이션이 본격적으로 표지 이미지(제4호)로 사용되기 시작했는데, 그 반응 또한 뜨거웠다. 도안·삽화가 아닌 본격적인 일러스트레이션이 시사저널 표지에 등장했던 것이다. 마감 시간이 노루 꼬리만큼이나 짧았음에도 불구하고 공들여 좋은 그림을 그려 준 프리랜서 작가들에게도 이 기회를 빌어 감사드린다. 이우정 님과 이우일 님에게 특히 감사드린다.

물풀 뚜껑으로 만든 '핵탄두'

쌀의 유통 과정 문제를 다룬 표지(제49·제50호)에서는 쌀을 재료로 '쌀'이라는 글자를 만들어 사용했다.

소련 공산당의 붕괴를 다룬 표지(제98호)는 공산당의 상징인 망치와 낫을 흙으로 만든 다음 이를 허물어뜨리는 방식으로 완성했다. 입체 조형 일러스트레이션의 가능성을 확인한 작품이었다.

'북핵 개발과 미국의 선택'이라는 제목(제111호)의 표지 사진은 핵폭탄을 가지려는 손과 빼앗으려는 손을 형상화한 것이다. 이를 위해 편집국 내에서 징집한 손 모델의 손과 팔목에 성조기와 인공기를 직접 그려 넣었다. 핵폭탄 모양의 빨간 핵탄두는 문방구에서 구입한 물풀의 뚜껑이었다.

대권 후보로 지명되기 전 김영삼 당시 민자당 대표가 샌드백을 두드리는 모습(제117호)은 봉제인형으로 만들었다.

LA 흑인 폭동을 계기로 미국의 흑백 갈등(제133호)을 다룰 때는 갈등을 실감나게 묘사하기 위해 성조기를 그리고 손으로 찢는 장면을 연출했다. 흑인 손 모델의 섭외가 쉽지 않아 손에 검은 물감을 발랐다.

제154호 표지는 폭발하는 지구 형태의 폭탄을 점토로 만들어 세계 경제의 위기감을 표현했다. 실제 폭탄의 도화선은 파티

098호

111호

113호

117호

118호

137호

용 폭죽으로 대신했다.

돌이켜 보니, 식탁을 연상시키는 표지(제837호)도 있었다. 수입 농산물에서 느끼는 불안감을 시각적으로 표현하기 위해 슈퍼에서 온갖 야채를 구입했는데, 사다 보니 잔칫날 장을 보는 기분이었다. 이 표지는 수입 농산물이 국산 농산물과 특별히 달라 보이지 않아 아쉬웠다.

요즘에야 북한 선수단이 인공기를 앞세우고 서울과 평양을 오가지만, 제79호 시사저널 표지를 만들던 1991년만 해도 상황은 그리 녹록치 않았다. 당시 시사지로서는 최초로 김정일 국방위원장 얼굴 그림을 표지에 실으면서 인공기까지 공개했는데, 이를 실으면서 정보 기관의 반응을 걱정해야 했다.

뼛속까지 시렸던 수갑에 대한 기억

실제로 우려할 만한 일이 벌어지기도 했다. 국정원의 로고 심벌을 구겨 형상화한 시사저널 제631호가 발행된 후 국정원 쪽에서 불만의 소리가 들려왔다. 그런데 국정원의 로고 심벌을 구겼다고 국정원 관계자 모두가 체면을 구긴 것일까. 지금도 풀리지 않는 미스터리이다.

'대통령의 귀 열려 있는가' 라는 제목의 표지(제84호)에서는 색종이로 만든 노태우 당시 대통령의 귀에 헤드폰 잭을 꽂은 모습을 표현하고, 무언가 민의를 전하려는 대중들의 모습까지도 종이 릴리프로 만들었는데 반응이 좋아서 몇몇 독자들의 팬레터를 받기도 했다. 아무리 일러스트레이션이라고 해도 감히 대통령의 귓구멍에 뭔가를 콱 박아 넣었으니, 당시로서는 신변안전을 걱정하고도 남을 만한 사건임이 분명했다.

1992년에는 양당 체제(민자당과 민주당)로 짜여진 정치판을 강하게 압박하던 고 정주영 현대 명예회장과 김동길 씨의 얼굴을 도박판을 상징하는 카드에 합성하였다(제118호). 정치판을 도박판으로 직접 묘사한 것이라, 두 분뿐만이 아니라 정치하는 모든 분들의 심기가 꽤나 불편하셨을 듯하다.

노태우 당시 대통령의 레임덕을 경고한 표지(제137호)에서는 다리에 깁스한 오리

134호

154호

159호

267호

등에 노태우 당시 대통령을 태웠다. 이 역시도 임기 말 민감한 때라 노대통령 심기가 몹시 불편했으리라.

1992년 대선 주자 초청 패널 토론을 다룬 표지에서는 캐리커처 일러스트레이션으로, 화장하는 김대중(제138호)과 주판알을 튕기며 고민하는 정주영(제139호)을 묘사했다.

319호

표지 그림을 위해서라면 수갑 차기도 마다하지 않았다. 마광수 교수의 구속을 다룬 표지(제159호) 이미지를 만들기 위해 필자는 직접 수갑을 차야 했다. 손목을 꽉 조이는 차가운 금속의 감촉에 정말이지 뼛속까지 시렸던 기억이 난다.

전두환 전 대통령을 제일 먼저 구속한 것은 김영삼 정부가 아니고 바로 시사저널이다. 구속 영장이 발부되기도 전에 그를 표지(제319호) 사진 속 철창에 가둔 것이다.

473호

당시 시사저널이 가판에 깔리자 전 전 대통령 보좌진들로부터 서슬 퍼런 항의가 이어졌다. 실제로 전두환 전 대통령 측이 마음만 먹으면 초상권 침해 및 명예 훼손으로 시사저널을 걸고 넘어갈 수도 있는 상황이었다. 그 때문에 잡지가 발행되기 직전 편집국장과 담당 데스크의 걱정이 이만저만 아니었다. 그런 가운데 당시 전 전 대통령에게 분노하던 사회 분위기와 국민 정서를 '빽' 삼아 지면상의 구속 집행을 단행한 것이었는데, 다행히 항의가 있던 다음날 실제 구속이 집행되어 편집국 성원 모두가 가슴을 쓸어내렸다.

495호

580호

631호

미국의 시사 주간지에 '복수'를 하다

신선한 표지를 위해 다양한 시도를 벌이는 가운데 폭발적인 호응을 얻은 것 가운데 하나가 캐릭터 인형이다. 제473호 표지에 등장한 고 정주영 현대 명예회장 인형은 점토나 석고가 아닌 색종이로 만든 최초의 캐릭터 인형이었다. 나는 당시 현대아산을 통해 대북 협력 사업을 강하게 추진하던 정주영 명예회장의 캐릭터를, 그의 트레이드 마크였던 중절모를 쓰고 현대 로고가 새겨진 화투를 들고 있는 모습으로 형상화했다.

708호

714호

789호

인형은 그림과 달라서 표정만 조금 손질하고 제스처를 교정하면 언제라도 재활용할 수 있는, 일종의 전속 모델이다. 앞으로 대선 기간에 대비하여 만들어 놓은 대선 주자들의 인형이 큰 활약을 할 것이다.

외환 위기 때를 생각하면 미국의 한 유력 시사 주간지가 떠오른다. 당시 이 잡지는 한국이 처한 위기를 형상화한답시고, 경회루가 물 속에 가라앉은 이미지를 선보였다. 아이디어는 좋았으나, 디자이너이기 전에 대한민국 국민으로서 기분이 몹시 언짢았다. 그 뒤로 적절한 이슈가 생기면 '복수를 해 주마' 하고 벼르고 있었는데 절호의 기회가 두 번이나 찾아왔다. 한 번은 미국의 독립을 상징하는 주요 건물이 무너지는 장면으로, 또 한 번은 달러(제789호)가 무너지는 모습으로 표현할 수 있었다.

900권 가까이 되는 표지를 되짚어 보니 독자들에게 죄송한 마음에 얼굴이 화끈거린다. 보잘것없는 표지가 더 많은 것 같다. 조금 더 노력했어야 했는데 후회가 된다.

표지를 만들고 싶어도 만들 수 없는 지금 후회한들 무슨 소용이 있을까마는, 다시 표지를 만든다면 더 많은 인내와 노력으로 전과는 확실히 차별되는 표지를 만들어야겠다.

그 동안 긴박한 제작 시간에도 불구하고 도움을 준 동료 기자와 직원들께 다시 한 번 감사드린다. 특히 가족보다 더 많은 시간을 같이하며 묵묵히 맡은 일을 깔끔히 처리해 준 미술부 유옥경 기자, 이정현 기자에게 마음 깊은 데서 우러나는 고마움을 전한다.

791호

837호

수습 기자의 행복한 시간

고제규 | 시사저널 기자

한 편의 기사가 독자에게 전달되기까지 기자들은 피가 마른다. 마감을 '악마의 빚 독촉'에 빗댄 서명숙 선배의 말처럼, 기획하고 취재하고 기사를 작성하는 단계마다 혼신을 다한다. 기사는 한 사람을 살리기도, 반대로 죽이기도 하기 때문이다. 그래서 펜을 휘두르는 기자는 그냥 만들어져서는 안 된다.

언론사마다 수습 기자를 짧게는 3개월, 길게는 6개월씩 교육시킨다. 이 기간에 백지나 다름없는 수습 기자는 그 언론사의 전통과 문화를 몸과 마음으로 익힌다.

시사저널은 6개월의 수습 기간을 두고 있다. 내 수습 기자 시절 사수는 이문재 선배였다. 이선배는 시사저널의 문화를 한마디로 정의했다.

'기자가 곧 매체다.'

기자 개인이 시사저널 안의 또다른 매체라는 의미인데 처음에는 무슨 말인지 몰랐다. 나는 내 자신이 매체가 되어 가는 수습 교육 과정에서 그 의미를 깨달았다.

2000년 5월 25일, 문정우 취재부장이 나를 불렀다.

"이 기사 읽어 봐. 이해가 되냐?"

신문에 난 부모 살인 기사였다. 등록금을 주지 않자 부모를 토막 살해했다는 기사였다. 나는 그 기사를 읽고 또 읽었다. 다른 신문 기사도 찾아 읽었다. 그런데 일간지 기사에는 살인한 사실은 있는데, 사실을 만든 사실, 그러니까 기자가 찾아야 할 '팩트'는 없었다.

"이해가 안 되는데요."

기자협회보 출신인 문선배는 기자들의 취재 허점을 족집게처럼 잘 찾아 낸다. 그런 직감이 들었는지 문선배는 "등록금 안 준다고 부모를 죽인다? 이해가 안 되지? 그럼 당장 가서 확인해 봐" 하며 취재 지시를 내렸다.

토익 점수보다 위대한 '글발'

그 때 나는 기자 생활 53일밖에 안 된 수습 기자였다. 2000년 4월 공채 시험에 합격했다. 잠시 샛길로 빠지자면 공채 시험부터 시사저널은 파격이었다. 공채 시험에서 영어 성적표를 요구하지 않았다. 토익, 토플 성적표 자체를 요구하지 않은 곳은 그 때나 지금이나 시사저널이 유일하다. 자기 소개서(1차)와 현장 취재 기사(2차), 면접(3차)이 시험 과목의 전부였다(후배 기자들은 여기에 시사 상식 시험이 추가되었다). 당연히 학력도 따지지 않았다.

시사저널 기자들은 글을 잘 쓴다는 소문처럼 자기 소개서와 현장 취재 기사 등 '글발'이 당락을 좌우했다. 그렇다고 내가 글을 잘 썼다는 말은 아니다. 선배들은 독특하고 신선한 시각을 높이 쳤다. '엄한 아버지 자상한 어머니'로 시작하는 뻔한 자기 소개서는 학력 불문하고 쓰레기통으로 직행하는 곳이 시사저널이다.

나는 입사 당시 히트했던 영화 '박하사탕'의 플래시백을 차용해 자기 소개서를 썼다. 2차 시험인 현장 취재는 용산 전자 상가와 관련된 주제를 하나 자유롭게 잡아 취재하고 기사를 쓰라는 것이었는데, 나는 '다윗과 골리앗의 싸움'이라는 제목으로 마이크로소프트사의 함정 단속을 다루었다.

고제규 1972년 빛고을(광주)에서 태어났다. 대학에서 신문방송학을 전공했고, 공부에 뜻을 두어 대학원에 진학했다. 석사 논문 후기에 '공부해서 남 주겠다'라고 썼지만 남 줄 실력이 못되는 것을 일찌감치 깨닫고 공부를 작파했다. 2000년 4월 시사저널 공채 시험에 합격했다. 수습기자부터 2005년까지 사회부 붙박이였다. 주로 인권·노동·법조 분야를 취재했다. 정치팀에 있는 지금은 컴퓨터를 이용한 탐사 보도(CAR; Computer Assisted Reporting)에 관심이 많다.

어쨌거나 시사저널이 인정하는 글 실력은 '글 장난'과는 달랐다. 수습 기자 때 편집 고문이었던 '안깡(안병찬 고문의 별명)'의 표현을 빌리면 '땀 냄새, 발 냄새가 풀풀 풍기는 기사'가 좋은 글이었다. 문선배의 지시를 받아 사건이 일어난 과천으로 향하면서 머릿속으로 '안깡'의 주문이 떠올랐다. 찾아야 할 현장을 취재 수첩에 정리했다. 먼저 피의자가 있는 과천경찰서로 향했다.

하루 먼저 취재에 나선 일간지, 방송 기자들로 경찰서는 북새통이었다.

"왜 죽였어?"

"너 영화 많이 본다며?"

"지금 심정이 어때?"

쏟아지는 질문에 스물네 살의 이은석은 정신이 나간 듯했다. 그는 고개를 숙인 채 "잘못했다"고만 중얼거렸다. 질문을 던지는 취재 기자들은 답을 듣지 않았다. 기자들은 이미 결론을 내린 상태였다. 경찰에게 확인 취재를 했다.

"휴학생이던데, 등록금 안 줘서 죽였다면서요? 재 정신 상태가 이상한 거죠?"

범죄 행위에만 관심이 있는 경찰도 왜 죽였는지는 관심 밖이었다. 마감 시간이 다가오자 기자들은 썰물처럼 경찰서를 빠져 나갔다. 다음 날 신문에는 짐승보다 못한 짓을 저지른 패륜아로 이은석의 후속 기사가 나갔다.

대학원까지 포함해 신문방송학을 6년이나 공부한 나는 취재 현장에서 저널리즘 이론이 무너지는 것을 목격했다. 저널리즘 이론의 하나인 '게이트 키퍼'(문지기) 이론에 따르면, 뉴스를 선택하는 1차 문지기는 기자, 2차 문지기는 데스크편집장인데 내가 목격한 뉴스 선택의 1차 문지기는 기자가 아닌 경찰이었다. 경찰이 가공한 사실이 전부인 양 보도되었다.

살인범의 단골 비디오 대여점을 찾아서

나는 경찰서를 빠져 나왔다. 일간지 기자로 보면 미친 짓이나 다름없었다. 하지만 나는 시사저널 수습 교육에서 배운 대로 따랐다. 수습 교육 기간에 선배들에게서 귀가 따갑게 들었던 것은 팩트 중심주의였다. 탐사 보도가 기본인 주간지 기자라면 사실을 만든 사실을 찾으라는 것이었다. 이런 교육을 받은 탓에 취재하기 쉬운, 눈에 보이는 사실만 남은 경찰서를 지킬 이유가 없었다. 경찰서는 현장이 아니었다. 사건을 처음부터 다시 취재해 보기로 했다.

경찰서에서 조서를 훑어보고 주민등록번호와 출신 고등학교·대학교를 메모한 뒤 살인이 일어난 이은석의 집으로 향했다. 이웃 주민들은 충격 때문인지 입을 다물었다. 머릿속에 이은석이 영화를 자주 본다는 말이 떠올랐다. 발로 뛰었다. 주변의 비디오 대여점을 모두 뒤졌다. 단골 가게가 있을 것이라는 짐작이 맞아떨어졌다. 이은석이 10년 넘게 드나들던 비디오 가게를 찾았다. 이 가게에서 빌려 본 육백여 편의 영화 목록을 확보했다. 이은석의 고등학교 담임 교사, 대학 동기를 만나 모을 수 있는 퍼즐을 다 모아 보았다. 아이큐부터 고등학교와 대학교 성적표까지 확인했다. 그의 고3 시절 담임 교사나 친구들은 그를 한결같이 모범생으로 기억했다. 사실을 확인하면 할수록 사실을 만든 사실은 미궁에 빠졌다.

다시 경찰서로 향했다. 이은석을 따로 만나기 위해서였다. 밤 8시가 넘었다. 점심도 저녁도 굶었지만 배가 고프지 않았다. 팩트에 대한 굶주림이 더 컸다. 경찰서로 들어가는 길에 '사수' 이문재 선배의 말이 떠올랐다. 이선배는 수습 기간 내내 두 가지를 강조했다. 첫 문장의 중요성과 겸손한 취재 방식이다. 그 때만 해도 경찰 서장실은 두 손으로 열지 않고, 발로 차고 들어간다는 말이 언론계에서 통하던 때였다. 그런데 시사저널은 달랐다. 이선배는 기자는 질문할 자유만 있지 어떤 특권도 없다고 강조했다. 노숙자든 대통령이든 누구에게든 질문할 자유가 기자들의 특권의 전부이지, 다른 특권은 기대하지 말라고 했다. 질문도 어깨에 힘 빼고 겸손하게 하라고 했다. 다른 언론사에 입사한 친구들은 선배들에게서 경찰들과 한 번씩 대거리한 것을 무용담처럼 들었다는데, 시사저널에서는 버려야 할 못된 습관으로 가르쳤다.

이선배의 충고가 떠올라, 경찰서로 들어가는 길에 박카스 한 박스를 샀다. 강력반에 들어서니 다른 기자들은 한 명도 없었다. 야근하는 경찰들에게 고생한다며 박카스를 한 병씩 돌렸다. 박카스 효력은 바로 나타났다. 경찰들은 눈이 휘둥그레졌다. 한결같이 '기자에게 뭘 받아 보는 건 처음이다' 는 반응을 보였다.

수습 기자가 한밤중에 경찰서 찾아오고, 게다가 박카스 한 병씩 돌린 것이 기특했던지 담당 경찰은 이은석과의 특별 면회를 허용했다. 그를 조사실로 데려왔다. 나는 그에게 왜 부모를 죽였는지 따위의 뻔한 질문은 하지 않았다. 편하게 말을 주고받았다. 그 때 알고 싶은 것은 단 한 가지였다. 그의 PC통신 아이디였다. 그 때는 인터넷보다 PC

통신이 활발하던 때라, 비디오 가게에서 영화를 육백 편이나 빌려 보는 영화 마니아라면 영화 동호회에서 활동할 것이라고 짐작했다. 이은석은 아이디를 말해 주었다.

담당 경찰은 이은석의 형까지 내게 알려 주었다. 그 때까지 이은석의 형은 모든 언론 취재를 거부하고 있었다. 이기석(가명) 씨 취재는 많은 궁금증을 풀어 주었다. 형은 정상적이지 못했던 가정의 한 단면을 이렇게 말했다.

"초등학교 2학년 때 친구 집에 놀러갔다가 친구 부모님이 한방을 쓰는 것을 보고 놀랐다. 그 때까지 부모가 각방을 사용하는 것을 당연하게 알았다."

그는 "동생은 가해자이면서, 피해자다"라고 말했다.

수습 기자가 커버 스토리를 쓰다

새벽에 집으로 와서 PC통신 영화 동호회를 뒤졌다. 일백여 편에 가까운 이은석의 글을 찾았다. 영화평이라기 보다는 일기나 다름없었다. 그 때까지 어느 언론도 찾지 못한, 이은석의 심리가 고스란히 담긴 글이었다. 다음 날부터 과천경찰서를 매일 드나들었고, 이은석의 심리 검사를 담당한 서울대 의사를 만났다. 일기 형식의 영화평을 보여 주고 그의 자문을 구했다.

사흘 밤낮에 걸쳐 모든 취재가 끝났다. 새파란 수습 기자에게 마감 지시가 떨어졌다. 당시 김상익 편집장은, 일간지로 치면 톱 기사인 커버 스토리를 수습 기자에게 맡기며 한 가지만 주문했다.

"이 세상에서 일어난 모든 일은 3형식 문장으로 담을 수 있다. 주어, 목적어, 서술어만 있으면 충분하다."

주관이 들어가기 쉬운 형용사나 부사는 피하라는, 또다시 시사저널의 팩트 중심주의를 주문한 것이다.

기사를 작성하기 위해 컴퓨터 앞에 앉자 이번에는 '사수' 이문재 선배의 충고가 떠올랐다. 이선배는 취재를 하지 않는 시간에는 무조건 첫 문장을 생각하라고 했다. 첫 문장이 완성되면 기사의 절반은 쓴 것이나 다름없다고 했다. 긴 글을 요구하는 잡지 기사에서 확실히 첫 문장은 전체 기사의 주춧돌이나 마찬가지였다.

머리카락을 쥐어뜯어 가며 첫 문장의 난관을 뚫었다. 발 냄새 땀 냄새가 풀풀 풍기게 꾹꾹 눌러 썼다. 열을 취재했다면 꾹꾹 눌러 다섯으로 압축해 기사를 써 나갔다. 주관이 개입되기 쉬운 형용사나 부사는 배제했다. 무미건조한 팩트의 나열로 비칠 수 있지만, 판단은 독자에게 맡기기로 했다.

완성된 원고를 문정우 취재부장에게 넘겼다. 문선배의 손을 떠난 원고는 김상익 편집장에게 넘어갔다. 김선배는 다시 팩트를 점검했다. 그 다음 원고는 시사저널 '문장의 힘'이었던 이병철 교열위원(지난해 정년 퇴임했다)의 손을 거쳤다. 이선배는 시사저널의 '녹색 펜 교사'였다. 그가 수정한 원고를 다시 받아 보며 올곧은 문장을 익히는 것이 시사저널에서는 빼놓을 수 없는 수습 과정이었다. 사진이 얹힌 가편집본을 보고 편집 기자들이 또 한 번 수정했다. 다시 편집장이 기사와 사진과 제목을 확인했다. 그 때나 지금이나 시사저널의 정확한 기사는 이렇게 열 차례 이상 여러 사람의 손을 거쳐 완성된다.

그렇게 완성된 이은석 기사는 커버 스토리로 소개되었다. 하지만 개인적으로 끝이 아니었다. 부모를 잃었지만, 동생마저 그냥 보낼 수 없다는 형을 위해 나는 변호사 선임을 도와 주었다. 다행히 내 기사를 보고 방송사 심층 취재가 이어졌다. 연세대 이훈구 교수(심리학)는 이은석 사건을 연구 대상으로 삼아 이듬해 책까지 출판했다. 「미안하다고 말하기가 그렇게 어려웠나요」라는 책에서, 이교수는 그의 범행이 부모의 학대에 의해 발생한 것이라며 무죄라고까지 주장했다. 그 사이 재판이 진행되었고, 이은석은 1심에서 사형 선고를 받았다. 그러나 김수환 추기경을 비롯한 엘제 수녀 등 천주교의 구명 운동 끝에 그는 예상을 깨고 2심에서 무기 징역으로 감형되었다. 대법원에서도 무기 징역으로 확정 판결을 받았다.

고제규 기자가 수습 기자 두 달여 만에 쓴 커버 스토리. 이 기사 주인공이었던 이은석은 기사가 나간 뒤 천주교를 중심으로 구명 운동이 이어지면서 최종심에서 사형 대신 무기징역을 선고 받았다.

누가 시사저널의 기자 정신을 물으면, 나는 항상 이은석 사건을 떠올린다. 기자가 곧 매체인 시사저널 기자가 되어 가는 과정에서 겪은 이 사건에서 스스로 답을 찾는다. 그것은 바로 시사저널 기자들은 이해하지 못하면 기사를 쓰지 않는다는 원칙이다. 이해할 때까지 파고 든다. 시사저널을 진보적이라고 평하는데, 내가 보기에는 합리적인 매체라는 게 더 정확하다. 그 동안 팩트에 대한 확고한 철학을 가진 언론이 드물어서 시사저널이 상대적으로 진보적으로 보였을 뿐이다. 의심하고, 확인하고, 팩트만 쓰는 '팩트 중심주의'는 수습 기자 때부터 익힌 시사저널의 기자 정신이다.

덧붙이는 말: 한 편의 기사가 만들어지기까지 숨은 주인공들이 있다. 미술부 사진부 기자들은 말할 것도 없고, 늘 기사보다 빼어난 제목을 달아 주는 이등세 편집위원, 사진 자료를 찾는 이진수 선배, 교열을 맡은 김완숙 교열위원, 교열된 원고를 수정하는 윤소영 씨, 컴퓨터 조판을 맡은 '조판국장' 조상명 씨와 고선경 씨, 취재비 관리뿐 아니라 엑셀데이터를 활용한 기사를 쓸 때마다 도움을 마다하지 않는 장영란 씨 등은 시사저널의 숨은 주역들이다.

우리는 시사저널 기자이니까

차형석 | 시사저널 기자

내가 시사저널 기자가 된 것은 우연에 가깝다. 대학 시절, 나는 신문방송학 수업을 들은 적이 한 번도 없을 정도로 '기자 수업'에 대해 무관심했다. 기자들 대부분이 가장 중요하게 여기는 '특종'에 대해서도 (묻혀져 있던 사실을 찾아 낸 발굴 보도가 아니라면) '남보다 한 발 먼저 기사를 내보내는 것이 뭐 그리 중요한가' 하고 생각할 정도로 무감각했다. 예를 들어 '인사 특종' 같은 경우, 내일이면 다 알려질 사실을 몇 시간 먼저 알리는 것이 왜 그렇게 중요하지? 나는 이렇게 '나이브하게' 생각했다. 책을 읽는 것을 좋아했고, 책을 만드는 것을 좋아했던 터. 그래서 졸업하자마자 '재미있을 것 같은' 출판사에 들어가 일을 했다.

언론사 시험을 보기로 마음먹은 것은 출판사에서 2년 6개월 정도 근무했을 무렵이었다. 프랑크푸르트 도서전에 혼자 출장을 가게 되었는데, 세상이 무척 넓어 보였다. 첫 번째 외국행이었다. 출판사에서 일하는 것이 답답하게 느껴졌다. 게다가 이렇게 있다가는 '장가라도 갈 수 있을까' 싶을 정도로 월급이 적었다. 고민 끝에 사표를 냈다. 그리고 관광 비자로 캐나다에 들어가 5개월 반 동안 지냈다(월급이 적었던 관계로 학생 비자를 받을 수 없었다). 돌아와 첫 번째로 시험을 본 곳이 시사저널이었고, 합격했다. 운이 좋았다.

차형석 1973년생. 소심한 성격의 소유자. 별명은 차돌. 한길사와 더난출판에서 출판 편집자로 2년 6개월 동안 일했다. 2001년 '시사저널' 공채 시험을 통해 기자가 되다. 가는 직장마다 막내로 일했다. 7년째 막내 생활을 하는 '저주받은 기자'다. 사회부, 경제부, 정치부를 거쳐 현재 문화부 기자로 일하고 있다. 록 음악, 만화책을 탐닉하며 술과 담배에 쩔어 살고 있다. 시사저널 기자들 술자리 뒤풀이 사회를 주로 보다가 파업 때 거리문화제, 기자 회견 사회를 맡게 되면서 마이크에 맛들여 전문 사회자로 전업해 볼까 고민하고 있다.

2001년 시사저널 공채 시험은 사뭇 독특했다. 1차는 서류 전형이었다. 시사저널이 요구했던 서류는 졸업 증명서와 자기 소개서가 전부였다. 그 흔한 토익 성적표도 요구하지 않았다. 대부분 언론사가 토익 점수를 요구할 때였고, 그렇기 때문에 단기간에 영어 성적을 높이기 위해 캐나다에 갔다 온 것이었는데 말이다. 수백 명 가운데 자기 소개서로 수십 명을 추려냈다. 2차는 상식 시험이었다. 여섯 문제에 대해 약술하는 형태였다. '위스키 앤 캐쉬,' '컴필레이션 앨범' 등을 묻는 질문이었다. 그 날, 취재 실기 시험을 함께 보았다. '이태원'을 네 시간 동안 취재하고 돌아와 1천자 원고지에 기사를 써서 내라는 것이었다. 시사저널 응시생 수십 명이 이태원을 누볐다. 나는 이태원에 있는 이슬람 사원에 가서 성직자들을 취재했다. 동기 신호철 기자는 '역발상' 취재를 했다. 그는 시사저널 응시생들의 이태원 취재기를 취재했다. 그 뒤 같은 회사에서 생활하면서 신호철의 아이디어에는 감탄할 때가 여러 번 있었는데, 그 때도 그랬다. 그러고 나서 면접 두 차례.

전형이 진행되면서 언론 고시생이 모이는 사이트에서 난리가 났다. 어떤 이는 자기 소개서만으로 1차 합격자를 가리는 것에 대해 문제를 제기했다. 한 해 먼저 입사한 고재열 기자가 '엄한 아버지와 자비로운 어머니'로 시작하는 '엄부 자모형' 자기 소개서를 쓴 응시생과 '언론 고시형' 수험생을 탈락시키려는 시험이었다는 글을 언론 고시 사이트에 올려 그 사이트에서 논란이 되기도 했다. 급기야 김상익 당시 편집장이 시험 절차에 대해 해명하는 글을 써서 올렸다. 나중에 입사하고 나니 당시 서명숙 정치부장이 이렇게 말했다. "어차피 언론사에 들어오려는 친구들은 영어 공부와 상식 공부는 어느 정도 했을 것이다. 무엇보다 취재하고 글 쓰는 능력을 우선으로 보았다." 다시 시사저널 신입 기자를 채용할 때가 온다면, 역시 같은 기준이 적용될 것이라고 짐작한다(7년차 막내 기자인 나로서는 신입 기자가 들어오기를 학수고대한다).

나는 시사저널의 열혈 독자가 아니었다. 입사 전에 외환 위기 직후 대기업 빅딜과 '누가 한국을 움직이는가'를 커버 스토리로 다루었던 호를 두어 번 정도 사서 본 것이 전부였다. 면접 때도 "시사저널을 열심히 보았냐"는 질문에 시사저널보다는 한겨레21을 훨씬 열심히 들여다보았다고 솔직히 답했다(이런 충성도가 낮은 응시생을 뽑아 준 선배들과 회사에 감사한다).

문학에 관심 있던 나에게 시사저널은 이문재 시인이 기자로 일하고 있는 매체였다. 입사했더니 그 이문재 시인이 수습 기자들의 '지도 사수'였다. 이문재 시인을 '이문재 선배'라고 부르려니 처음에는 얼마나 어색하고, 내심 기뻤던지.

이문재 선배는 '듣는 기자'를 강조했다. 기자는 질문하는 사람이기도 하지만 남의 말을 듣는 사람이기도 한데, 요즘 취재원의 말을 성심

성의껏 듣는 기자가 없다고. 시사저널 기자는 취재원을 감동시켜야 한다고. 사람을 빤히 쳐다보기 어려우면, 상대방 인중을 쳐다보라고까지 이야기했다. '취재원을 감동시키는 기자' 라는 말은 인상적이었다. '기자 수업' 을 한 번도 받지 않았던 나는 이 말을 실천하려고 노력했다. 저돌적인 기자와 '싸가지 없는 기자 새끼' 는 다른 말이니까.

손석희 교수(성신여대, 문화정보학부)는 시사저널 노조를 지지하는 영상 메시지에서 이렇게 말했다. "시사저널 하면 떠오르는 느낌이 담백함, 중립성, 집요한 취재다. 이런 이유 때문에 우리가 신뢰감을 가져 왔다" 라고. 아마 시사저널을 바라보는 독자 대부분 비슷한 느낌을 받는 것 같다. 객관적이고 중립적인 위치에서 최대한 감정을 절제한다는 느낌 말이다.

시사저널 기자들은 객관적 태도를 '훈련' 받는다. 사실 취재 대상을 기획하고 선정하는 작업에서부터 어느 정도 주관이 들어가기 때문에 '기사가 객관적' 이라는 것은 불가능할 수 있다. 하지만 시사저널은 객관적인 태도를 유지하려고 노력했다.

이와 관련해 수습 기자 시절에 가장 기억나는 일이 있다. 기자 초년병이었던 2001년 6월 때 일이다. 당시 민주노총 대외협력부장이 거리 시위 도중 경찰서장을 밀쳐서 경찰서장이 넘어진 일이 있었다. 방송에는 목 깁스를 한 경찰서장이 병상에 누워 있는 모습이 계속 방영되었다. 신문 기사에는 노조의 폭력성이 부각되었다. 민주노총에서는 우발적 사건을 가지고 지나치게 여론몰이를 한다는 말이 나왔다. 그 사건을 내가 취재하게 되었다. 병원으로 향했다. 병실은 경찰들로 차단되었다. 혹시라도 증상이 어떤지 간접적으로 알 수 있지 않을까, 싶어 그 병원 노조를 찾아갔다. 별다른 진전이 없었다.

취재를 마치고, 회사에 복귀해 회사 선배들과 밥을 먹었다. 그 때 안철홍 기자가 내가 어떻게 취재했는지 얘기를 듣다가 꼬치꼬치 캐묻기 시작했다. 당사자들은 다 만나 봤냐? 왜 병원 노조를 먼저 찾아갔냐? 노조를 먼저 찾아간 것은 어떤 선입견이 개입한 것 아니냐? 경찰의 입장은 들었냐? 질문 하나하나가 가슴에 박혔다(평소 안철홍 기자는 말수가 적은 사람이다). 요지는 양쪽의 주장을 다 들어야 하고, 확인하려는 태도를 가져야 한다는 것이었다. 안철홍 기자는 예전에 근무했던 '말' 지에서 있었던 일을 얘기했다. 학원 사찰에 관해 진술하는 운동권 학생들의 말을 신뢰하고 기사를 냈다가 나중에 이것이 모두 허위 사실로 밝혀진 사건이었다. 안철홍 기자는 그 때 일을 기억도 못하고 있지만, 나는 그 일을 또렷하게 기억하고 있다. 특히 이해 당사자의 주장이 분명하게 엇갈린 사건을 취재할 때는 더더욱 그 때 일을 떠올린다.

시사저널의 이런 점을 독자들이 신뢰하는 것이 아닐까. 어찌 보면 언론사가 당연히 가져야 하는 자세인데도 불구하고, 한국 언론에서는 말로만 그치는 경우가 많았기 때문에 시사저널이 독특한 위치를 차지한 것이 아닐까.

거리문화제 때 사회를 보던 최광기 씨는 '파업은 노동자들의 학교' 라고 표현했다. 파업을 하면서, 시사저널 사태가 외부에 알려지기 시작하면서, 나는 많은 것을 생각했다. 거리에서 유인물을 나누어 줄 때, 거절하는 분들도 있었다. 그 후로 거리에서 어떤 유인물을 나누어 주는 사람과 마주치면, 그것이 어떤 것이든지 심지어 광고지를 나누어 주어도 전단지를 받는다. 시사저널 싸움에 대해 몇몇 매체를 제외하고, 언론이 침묵할 때 '나 또한 기자로서 우리 사회에서 벌어지는 외로운 싸움에 얼마나 관심을 기울였나' 떠올리고 반성했다. 시사저널 기자들에게는 매우 불행한 사태이지만, 우리는 싸우면서 또한 배우고 있다. 젊은 기자들 대부분 엄청나게 밀려오는 독자의 성원을 보면서, 다시 회사로 돌아가게 되면 '앞으로 정말 기사 잘 쓰자' 고 다짐하고 있다. 제대로 된 독립 언론사 한번 만들어 보자는 기백으로. 우리는 시사저널 기자니까.

이건희 회장 '황제 스키'를 몰래 찍다

안희태 | 시사저널 사진 기자

2003년 3월 초였다. 강원도 평창에 있는 보광 휘닉스파크로 가라는 데스크의 출장 명령이 떨어졌다. "시즌도 다 끝나 가는데 웬 스키장 출장이람." 나는 구시렁거리면서 스키 장비와 스키복을 챙겼다. 물론 스키를 즐기는 출장이 아니라는 점은 미리 알고 있었다. 장비는 효과적인 취재를 위한 위장 도구일 뿐이었다. 정확한 위치 확인을 위해, 당시 경제팀 소속이던 안은주 기자에게 전화를 걸었다.

이 출장은 여러 모로 평범하지 않았다. 3월에 스키장을 찾아간다는 점부터가 생뚱맞았지만, 취재 대상이 은둔자로 불리는 한국 경제의 최고 실력자 이건희 회장이라는 점 때문에 나는 긴장하고 있었다. 안은주 기자는 삼성그룹 이건희 회장이 스키를 배우고 있다는 첩보를 입수하고 미리 그 곳에 가 있었다. 당시 이회장은 노무현 정부가 재벌 개혁 뜻을 밝혔기 때문에 언론의 주시를 받고 있었고, 따라서 잔뜩 긴장하고 있어야 마땅할 그가 여유롭게 스키 강습을 받는다는 사실은 그 자체로 특종감이 되기에 충분했다. 내가 평창에 도착하기 전날 이미 사진부 윤무영 선배는 이회장을 기다리며 눈밭에서 하루 종일 잠복했다. 윤선배와 교대하는 게 내 역할이었다. 나는 승용차의 가속 페달을 힘껏 밟았다.

안은주 기자는 밤새 이건희 회장을 만나 인터뷰 하는 꿈을 꾸었다고 말했다. 얼마나 기대가 컸으면 인터뷰하는 꿈까지 꿀까. 나는 안기자의 얼굴을 다시 한번 쳐다보았다.

안희태 1970년생. 공대를 다니다 입대했는데 아버지가 사진관을 하신다는 이유로 사진병 보직을 맡다. 그 뒤 놀고먹기에는 사진이 적당하겠다는 착각으로 군에서 수능 시험을 치르고 제대 후 사진과에 재입학. 대학 산악부 출신으로 산과 바다에 미쳐 산악인 허영호 대장과 생사고락을 같이 하다. 생활고에 못이겨 〈시사저널〉에 취직을 해서 8년간 사진부 막내로 어려운 취재는 몽땅 도맡아 처리하다. 그러나 아직 생활고는 해결되지 않았다.

끝물의 스키장은 한산했다. 이회장 경호원들로 보이는, 검은 양복 입은 사내들의 분주한 움직임만 눈에 띄었다. 나는 이회장이 숙소인 콘도에서 나오는 것을 찍기 위해 적당한 위치를 찾았다. 경호원에게 들키지 않으려고 카메라 가방은 아예 가지고 오지도 않았다. 카메라와 망원 렌즈를 배낭에 넣어 등에 걸쳤기 때문에 스키복 차림의 나는 영락없이 스키어처럼 보였을 것이다. 이제 준비 끝. 이회장이 등장할 때 셔터만 누르면 내 임무는 끝이다.

얼마나 기다렸을까. 몇 시간은 족히 흐른 것 같다. 드디어 이회장이 모습을 드러냈다. 스노 모빌을 타고 슬로프로 올라가는 이회장을 향해 나는 미친 듯이 셔터를 눌렀다. 이회장 부인 홍라희 여사의 모습도 놓치지 않았다. 그녀 역시 스노모빌을 타고 있었다.

매표소 건물로 이동했다. 그 곳에서 이회장이 스키를 배우고 있다는 전용 슬로프를 올려다보았지만 거기서는 잘 보이지 않았다. 옆쪽의 펭귄 리프트를 쳐다보았지만 아쉽게도 돌고 있지 않았다. 아마 그걸 타고 올라간다고 해도 나무에 가려 보이지 않을 듯했다. 이회장이 스키를 배우는 장소는 사방이 나무로 둘러싸인 천혜의 요새 같은 곳이었다. 입구에는 일반인들의 출입을 막기 위한 펜스가 쳐져 있었다.

어떻게 접근을 할까 고민하고 있는데 한 쌍의 남녀가 폐쇄된 스키장 옆에서 눈썰매를 타는 모습이 눈에 들어왔다. 삼성 직원인 듯했다. 안은주 기자와 나는 기회는 이 때다 싶어서 그 사람들에게 다가갔다. 안기자가 그 사람들에게 말을 붙이는 순간 나는 재빨리 슬로프 옆 숲 속으로 뛰어들었다. 숨어서 지켜보니 안기자와 그 사람들은 곧 경호원의 제지를 받고 슬로프 밑으로 내려가는 것 같았다. 하지만 아무도 나의 존재는 모르는 듯했다.

나는 카메라가 든 배낭을 짊어진 채 나무 사이의 도랑을 따라 낮은 포복으로 전진했다. 30여 미터를 기어가니 슬로프 한가운데 멋지게 차려진 천막이 보였다. 사람들도 보였다. 가지치기를 해 놓은 나무더미를 은폐물 삼아 배를 깔고 엎드렸다. 배낭에서 조심스럽게 카메라와 300밀리미터 망원 렌즈를 꺼내 조립한 후 숨을 죽이고 있었다. 차가운 눈밭에 배를 대고 엎드렸건만 등에서 땀이 줄줄 흘렀다. 가슴이 사정없이 쿵쾅거렸다.

이회장이 스키를 타는 모습이 순간 지나갔다. 이런 낭패가! 거리가 너무 멀었다. 나뭇가지들도 시야를 방해했다. 셔터를 누를 찬스를 놓쳐 버렸다. 그렇게 눈밭에 엎드려 기다리면서 이회장이 두 차례 더 지나가는 것을 보았지만 번번이 그의 얼굴을 놓쳤다. 앞서가는 스키 강사에 가렸던 것이다. 할 수 없었다. 나는 낮은 포복으로 좀더 가까이 기어갔다. 군대에서 배운 낮은 포복이 이렇게 쓸모가 있다니. 손에 든 카메라는 K-2소총이었고 나는 적군과 조우하는 마음 여린 병사 같은 심정이 되었다. 가슴은 더 심하게 방망이질을 쳤고, 손은 떨렸다.

10여 미터를 기어가자 앞이 트인 장소가 나왔다. 앞이 훤히 보이는 곳은 저쪽에서도 나를 볼 수 있으리라는 생각에 몸을 숨길 만한 굵은 나무를 찾았다. 마침 은폐용 나무가 있었다. 그 뒤에 엎드렸다. 사진을 찍을 만한 좋은 위치였다. 나는 저격수처럼 몸을 최대한 낮추고 파인더에 눈을 갖다 대었다. 파인더는 내 얼굴에서 나는 열기와 땀으로 금방 습기가 찼다. 안경을 쓰지 않고 콘택트 렌즈를 낀 것이 그나마 다행이었다. 열기가 식자 파인더는 다시 환해졌다. 전투 자세를 취했건만, 대상은 보이지 않았다. 배를 눈밭에 깐 채 살짝 몸을 앞으로 내밀자 천막 안이 보였다. 이회장이 의자에 앉아 있었다. 휴식을 취하는 모양이었다. 얼마 후 직원이 이회장 앞에서 무릎을 꿇고 스키 부츠를 신기는 모습이 보였다.

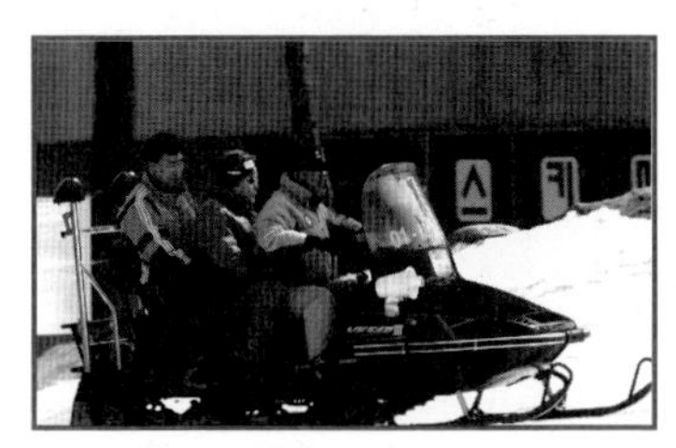

2003년 3월 14일.
이건희 삼성 회장이 휘닉스 파크에서 스키를 타기 위해 스노모빌로 이동하고 있다. 사진 가운데 경호원 틈에 끼어 앉은 이가 이건희 회장이다.

눈밭의 한기로 팔꿈치가 시려 올 무렵 다시 이회장 일행이 슬로프 한쪽 바닥에 설치된 리프트를 타고 슬로프를 올라갔다. 잠시 후, 스키를 타는 이회장 일행이 렌즈에 잡혔다. 그런데 그 모습이 기묘했다.강사로 보이는 한 사람이 이회장의 바로 앞에서 뒷걸음질로 스키를 타고 있었고, 또 한 사람은 이회장 뒤편에 바짝 붙어서 종종걸음으로 따라오고 있었다. 그 옆에서 스키를 타는 이의 손에는 비디오 카메라가 들려 있었다. 네 사람이 한 세트로 스키를 타는 셈이었다. 슬로프 하나를 통째로 사용하고, 누군가가 무릎을 꿇은 채 스키 부츠를 신겨 주고, 넘어질까 앞뒤에서 보좌해 주고…. 이건 정말 '황제 스키'였다.

사진 취재에 성공했다는 느낌이 드는 순간 카메라에서 필름을 빼내 속주머니에 잘 간직했다. 카메라에는 새 필름을 넣어 아무렇게나 몇 컷을 눌렀다. 만약 들키면 카메라에 들어 있는 필름을 내어줄 작정이었다.

나는 조심스럽게 뒤로 기어서 슬로프를 내려왔다. 어느 정도 내려왔다고 생각한 곳에서 조심스럽게 일어나 몸을 숙이고 숲 가장자리로 나왔다. 주변을 살펴보니 경호원들은 보이지 않았다. 재빨리 슬로프를 뛰어내려와 안은주 기자와 만났다. 좋은 장면을 잡은 것 같다고 신나 하는데, 경호원처럼 보이는 남자가 나타나 우리를 가로막았다. 그 남자의 무선 교신을 받고 경호원 서너 명이 더 달려왔다. 그들은 우리를 한쪽으로 몰려고 했다.

나는 경호원들을 피해 슬로프 한쪽으로 올라갔다. 이제 들킨 이상 정면에서 찍어 보리라. 이들은 내가 이미 중요한 사진을 찍었다는 사실을 모르는 것 같았다. 경호원 하나가 계속 따라붙었다. 저 멀리서 이회장 일행이 스노모빌을 타고 내려오는 것이 보였다. 내가 사진을 찍으려는 순간 경호원이 렌즈를 치며 가로막았다. 내가 항의하자 여기는 사유지이므로 회사의 허락을 받아야 촬영이 가능하다고 응수했다. 나는 "일반인에게 공개된 스키장에서 사진을 찍는 데 무슨 허락을 받아야 하느냐"라며 항의했지만 그들은 막무가내였다. 이회장이 지나가는 길목에 서 있던 안은주 기자가 이회장에 다가가 "시사저널 기자인데 인터뷰를 하고 싶다"고 소리쳤지만, 덩치 큰 경호원들에 의해 달랑 들려 옮겨졌다.

우리가 경호원들과 실랑이를 벌이는 사이에 이회장 일행은 콘도로 들어가 버렸다. 이제는 휘닉스파크 직원들까지 가세해 우리를 제지하

이건희 회장이 스키를 타는 광경은 기묘했다. 스키 강사인 듯한 한 사람이 이회장 앞에서 뒷걸음질로 스키를 타고 있었고, 또 한 사람은 이회장 뒤쪽에서 바짝 붙어 종종걸음으로 따라오고 있었다. 그 옆에 있는 사람은 그 광경을 비디오 카메라에 담았다. 네 사람이 한 조가 되어 스키를 타는 셈이었다.

는 사람들이 더욱 늘어났다. 내가 내놓고 사진을 찍으려 한 탓에 안기자가 이회장과의 인터뷰에 실패한 것이 아닌가 생각하니 조금 미안한 마음이 들기도 했다. 안기자는 남아서 취재를 더하기로 하고 나는 서울로 올라왔다.

다음 날 현상소에서 찾아온 필름을 보자마자 나는 입이 벌어졌다. 사진이 생각보다 더 잘 나왔던 것이다. 그러나 기쁨은 오래 가지 못했다. 이회장이 스키 타는 모습을 취재했다는 사실을 알게 된 삼성 측은 기사를 빼기 위해 노력했고, 그럴 수 없다고 확인한 뒤에 '물타기'에 나섰다. 시사저널이 발간되기 전날 삼성 출입 기자들을 불러 긴급 기자 간담회를 열고, 이회장이 스키 타는 '홍보 사진'을 뿌려 버린 것이다.

다음 날 한 일간 신문의 보도는 이랬다.

"이건희 삼성 회장이 스키를 즐겨 건강에 대한 염려를 불식시킬 것으로 보인다. 이회장은 IOC(국제올림픽위원회) 위원으로서 오는 2010년 동계올림픽 후보지로 거론되고 있는 강원도 지역을 사전 답사하기 위해 평창 휘닉스파크, 현대 성우리조트 등의 스키장을 둘러봤다. 이 과정에서 스키를 배운 것으로 알려졌다."

노무현 정부가 재벌을 개혁하겠다고 나선 마당에 이회장이 스키를 즐기는 모습이 언론에 나가는 것이 부담스러웠는지 삼성은 정말 기민하게 움직였다. 어차피 보도가 나갈 바에야 이를 긍정적으로 활용하기로 작정하고 언론 플레이를 펼치는 모습을 보면서 역시 삼성답다는 생각이 들었다. 삼성은 이회장의 '비밀 스키 강습 사건'을 암 치료 후 건강 과시용으로 치환하는 놀라운 수완을 발휘했다.

당시 문정우 편집장은 이 기사를 보도한 나와 안은주 기자에게 특종상을 주었다. 국가 원수급 경호 능력을 자랑한다는 삼성의 이회장 보호 작전이 없었다면 도전해 보겠다는 유혹이 그토록 강했을까. 그런 점에서 뒤늦게 그들에게 '감사 인사'를 드리는 바이다.

부록

시사저널 사태를 말한다

이 책을 기획할 즈음 시사저널은 창간 18년 만에 가장 어려운 고비를 맞고 있었다. 2006년 6월, 금창태 사장이 삼성 관련 기사를 무단으로 삭제하면서 불거진 이른바 '시사저널 사태'가 최악의 상황으로 치닫고 있었다. 사장의 행위가 편집권을 심각하게 유린했다고 판단한 기자들은 창간 이래 최초로 파업에 돌입하며 펜을 놓았고, 회사는 이에 맞서 직장 폐쇄를 감행하였다. 2007년 신년 벽두에 벌어진 일이다.

기자들이 파업을 벌인 뒤 회사는 대체 인력을 투입해 시사저널을 계속 발간하였다. 혹자는 이를 두고 '짝퉁 시사저널'이라 불렀다. 기자들이 빠진 채 발행된 시사저널은 양식 있는 이들의 반감을 불러일으켰다. 독자들은 '시사저널을 사랑하는 사람들의 모임'(약칭 시사모. www.sisalove.com)을 결성해 편집권 독립을 위해 싸우는 기자들을 지지·격려하는 한편, 짝퉁 시사저널 발간에 준엄하게 항의하였다. 지식인들은 '오마이뉴스' 릴레이 기고 등을 통해 삼성과 시사저널 경영진의 부당한 행태를 비판했다.

시사저널 사태는 언론계에서도 한국 언론사의 한 페이지를 장식할 일대 사건으로 떠올랐다. 전국언론노동조합은 시사저널 사태를 일러 "자본 권력이 정치 권력을 능가하는 '제1의 권력'으로 등장했음을 보여 주는 상징적 사건인 동시에 자본 권력에 유린당하고 짓눌려 있는 한국 언론의 현 주소를 보여 주는 압축 파일"이라고 규정하였다. 시사저널 사태를 1974년 발생한 동아투위 사태에 빗대는 이도 있다. 동아투위 사태가 정치 권력에 맞서 기자들이 떨쳐일어난 사건이었다면 시사저널 사태는 자본 권력에 맞서 기자들이 살아 있음을 보여 준 사건이라는 것이다. 2006년 10월 동아투위는 '제18회 안종필 자유언론상'을 시사저널 기자들에게 수여하였다.

시사저널 사태 일지

2006년

6월 16일
삼성 이학수 부회장의 인사 전횡 의혹을 다룬 경제면(3쪽) 기사를 금창태 사장이 인쇄 직전 단계에서 삭제.

6월 19일
이윤삼 편집국장, 뒤늦게 기사 삭제 사실을 알고 항의 표시로 사표 제출.

6월 25일
팀장 전원 서면 경고, 취재총괄팀장·편집팀장 감봉 3개월 징계 받음.

6월 29일
시사저널 노동조합 출범.

7월 5일
'한겨레21' 고경태 편집국장과 한국기자협회 정일용 회장, 민주언론시민연합 최민희 공동 대표를 금창태 사장이 명예 훼손 혐의로 검찰에 고발.

8월 14일
장영희 취재총괄팀장 무기 정직 및 출근 금지 징계 받음.

8월 23일
백승기 사진팀장 자택 대기 및 출근 금지 징계 받음(뒤에 무기 정직으로 바뀜).

9월 10일
노순동·윤무영 기자, 사장 의자 편집국으로 옮긴 뒤 정직 3개월 징계 받음.

10월 12일
'시사저널 정상화를 위한 공동대책위' 출범(2007년 2월 1일 현재, 22개 단체 가입).

10월 16일
'시사저널을 사랑하는 사람들의 모임'(약칭 시사모) 발족(공동 대표:고종석·이재현).

12월 5~7일
경영진, 비상근 편집위원 대거 위촉.

12월 15일
단체협상 최종 결렬.

2007년

1월 11일
시사저널 노조, 무기한 전면 파업 돌입.

1월 22일
금창태 사장, 직장 폐쇄.

2월 1일
고재열 기자, '시사저널 커버 스토리 이것이 기사면 파리도 새다' 기고 관련 무기 정직 징계 받음.

김훈은 말한다

내가 무너졌던 30년 전 그 자리에 후배들이 서 있다

시사저널 기자들은 두 차례(1995-1997년, 2000-2002년)에 걸쳐 시사저널 편집국장을 역임한 김훈을 지금까지도 '김국'이라는 애칭으로 부른다. 소설가이자 당대 문장가로 널리 알려진 김훈은 지금도 기자들에게 영원한 선배이자 편집국장일 따름이다. 지난 몇 달 동안 새 장편소설 집필에 몰두하느라 일산 작업장에 붙박혀 두문불출하던 김훈이 홀연 시사저널사를 찾은 것은 지난 1월 25일. 시사저널 기자들은 그 하루 전부터 회사의 일방적인 직장 폐쇄에 맞서 사옥 앞에 거리 편집국을 차리고 천막 농성을 벌이던 중이었다. 이 날 하루 종일 농성장에서 기자들과 함께 했던 김훈은 다음 날 저녁 다시 천막에 찾아와 시사저널 사태 이후 지켜 왔던 침묵을 깨고 편집권 및 재벌과 언론의 관계에 대해 의미심장한 언설들을 남겼다. 시사저널 사태를 취재 중이던 MBC 'PD수첩' 강지웅 PD가 묻고 김훈이 답한 이 날의 인터뷰를 전문全文 게재한다.

시사저널 김은남 기자가 정리하였다.

시사저널 노조가 직장 폐쇄에 항의하는 천막 농성을 벌이는 중입니다. 오늘 천막 농성장을 찾으셨는데, 후배들을 보며 어떤 생각을 하셨는지요?

오늘 시사저널의 사태는 저 개인의 삶과 관련된 것입니다. 30년 전 내가 젊은 기자였던 시절에 우리 나라 언론들이 바로 이 자리에서 무너졌습니다. 그 때는 박정희 대통령의 유신 정권 시절이었고 대부분의 언론이 이 자리에서 무너졌던 것입니다. 저도 그 때 무너진 기자 중 하나입니다. 오늘 이 사태에 대해 아무런 할 말이 없어야 마땅한 사람이죠. 그러나 그로부터 30년이 지난 지금, 내 후배들이 다시 같은 자리에서 무너진다는 것은 견딜 수 없는 일입니다. 이것은 30년의 세월을 무효화하는 것이고 인간의 진화와 발전을 부정하는 사태이기 때문에, 나는 내 후배들이 여기서 무너지지 않고 이 사태에 책임을 지고 끝없이 일어서는 모습을 보여 주기를 바라는 것입니다.

시사저널 노조가 지금 상당히 외로운 싸움을 하고 있습니다.

내가 젊은 기자 시절에 나와 내 선배들은 인간의 사회가 민주적이고 시민적인 가치에 의하여 꾸준히 발전할 수 있다는 확신을 갖지 못했습니다. 그래서 그 시대의 언론 전체는 패배하고 좌절했습니다. 그러나 30년 전에는 사실 덜 외로웠죠. 그 때는, 비록 우리가 패배는 했지만, 억압적인 공포 정치에 대항하기 위한 연대가 있었습니다. 그런데 지금은 민주화가 되고 나니까 압박에 대항하는 연대의 대오가 많이 무너져 있는 것이 사실입니다. 그렇지만 그것 때문에 더 외롭다고 말할 수는 없다고 봅니다. 사람들의, 시민들의 올바른 양식과 생각이 더 강하게 시대를 지배하고 있다고 생각하니까요. 저는 이번 사태에 대해 대단히 희망적인 견해를 갖고 있습니다. 우리가 30년 전으로 퇴보할 수는 없는 것이니까요.

짝퉁 시사저널이 발행된 것에 대해서는 어떻게 생각하십니까?

회사를 경영하는 사람은 결호를 내서는 안 되니까 그분들의 결정을 충분히 이해할 수 있습니다. 다만 이것은 결호를 내느냐 안 내느냐의 문제가 아니고, 지금 발행되는 시사저널의 수준이 높으냐 낮으냐의 문제도 아니고, 기본의 문제라는 것입니다, 기본의 문제. 이것은 30년 전의 문제이기도 합니다. 다시 말해 편집권의 문제인 것이죠.

현재 경영진 쪽에서는 편집권을 자신의 인격권이나 재산권으로 판단하고 있는 것으로 보입니다. 우리가 중국집에 가서 우동을 먹느냐, 자장면을 먹느냐를 내 마음대로 판단할 수 있다는 정도의 권리 의식을 갖고 있다는 것이죠. 그런데 편집권이란 것은 우동이냐 자장면이냐를 선택하는 문제가 아닙니다. 이것은 인격권이나 재산권이 아니라 언론이 사회적으로, 공적으로 작동될 수 있느냐 아니냐에 대한 의무의 문제입니다. 곧, 편집권은 권리라기보다는 의무로서의 권리로, 기본적으로 자유권에 속하는 사항이라 할 수

후배 기자들의 천막 농성장을 찾은 김훈.

있습니다. 표현의 자유, 출판의 자유에 속하는 사항이지 개인의 인격이나 재산에 귀속하는 사유물이 아니라는 것입니다. 이것에 대한 기본적인 인식이 부족했고, 인식의 진화가 없었기에 이런 사태가 벌어진 것이라고 봅니다.

개인이 내 맘대로 할 수 있는 편집권이란 이 세상에 없습니다. 편집권이 기자에 속한 것이냐, 편집인에 속한 것이냐 하는 식으로 접근하는 것은 논의의 수준 자체가 저급한 것입니다. 그런 식으로 논의를 할 게 아니라, 그 편집권이 작동된 방향이 정당한지 아닌지를 문제삼아야죠. 편집인에게는 편집권이 지향하는 가치와 방향성, 이것을 수호할 의무가 있을 뿐입니다. 그런데 회사 측은 이에 대한 인식이 부족했던 것 같습니다. 이를 인격권이나 재산권처럼 오해한 데서 결국 이 모든 사태가 빚어진 것이죠. 30년 전의 착각이 아직까지도 작동되고 있다는 것은 참 견딜 수 없는 일입니다.

짝퉁 시사저널을 보기는 하셨습니까?

'짝퉁' 이라기보다는 '결호 방지용' 이라 해야겠죠.

서명숙 전 편집장이 쓴 글('김훈 선배의 눈물을 보았습니다')을 보니
짝퉁 시사저널이 나온 것을 보고 눈물을 흘리셨다던데.

그런 적 없어요. 난 이미 오래 전에 눈물이 다 말라버려서 이제는 먼지밖에 안 나옵니다.

(이 때 배석한 문정우 전 편집장이 부연 설명을 했다. "짝퉁을 보고 그런 게 아니라 서명숙 전 편집장한테서 그 날 후배들 얘기를 듣

고 그러신 거예요. 후배들이 집에도 가지 않고 회사에서 산다, 너무들 열심히 일한다, 이런 얘기를 들려 드렸더니 '햐, 고놈들 참 예쁘다. 언제 가서 술이나 한 잔 사 줘야겠다' 하시다가 '그런 애들이 일을 못하게 되면 어떡하냐' 하면서 울컥하셨던 거예요.")

만약 발행·편집인을 맡고 있는 상황에서 이런 일이 터졌다면 어떻게 하셨겠습니까?

(말없이 한동안 담배를 피우다) 내가 그 자리에 있었다 하더라도 결호 방지용을 냈을 겁니다. 결호는 일단 막아야 했을 테니까요. 언론사 기자들이 실제로 파업을 작동시켜 제작을 사실상 좌절시킨 것은 한국 언론사에서 이번이 처음일 것입니다. 전에는 이런 일이 없었지요. 참 고통스러운 일이고, 말할 수 없는 비극이 벌어진 것이죠.

편집국장으로 재직하던 지난 시절에도 재벌 관련 기사로 인한, 경영진과의 편집권을 둘러싼 갈등이 있었다고 들었습니다.

내가 며칠 간 지방 출장을 간 사이에 경영진 지시로 재벌 관련 기사가 (편집 과정에서) 빠진 일이 있었습니다. 그 때는 내가 상황을 몰랐죠. 출장에서 돌아와 상황을 파악한 뒤 곧바로 기사를 다시 제자리에 돌려놓고 인쇄를 했습니다. 그건 전혀 어려운 일이 아니었습니다. 고민할 것이 없었어요. 그것이 정당한 방향이었으니까요. 다만 그 뒤에 회사와 일이 좀 있었던 것은 사실이죠.

편집국장으로 있을 때 사표를 몇 번 제출하셨다던데, 그 뒤 어떻게 되셨나요?

편집권을 둘러싼 분란으로 사표를 낸 일은 있는데 회사가 사표를 수리하지는 않았습니다. 왜 수리하지 않았는지는 모르겠어요. 아직 더 써먹을 가치가 있다고 생각했을 수도 있고, 저자를 쫓아 냈다가는 더 큰 문제가 벌어질 수도 있다고 판단했을 수도 있겠죠. 어쨌거나 그 뒤에도 나는 회사를 다닐 수가 있었습니다.

김훈은 아무 말 없이 천막
이곳 저곳을 참담한 표정으로 둘러보았다.
그러다 작심한 듯 입을 열었다.

그 때는 문제가 이렇게 사회적으로 돌출되지 않았지요?

정당한 방향을 찾아가는 것에 대해 회사 경영자들이 일정하게 이해를 했기 때문이겠죠. 그 점, 감사하게 생각해요. 지금처럼 끝까지 용납을 안 했으면 결국 문제가 터졌겠지요.

편집국장으로 계실 때 삼성 기사와 관련해 미묘한 일들이 많았나요?

(배석한 장영희 기자가 먼저 답했다. "삼성은 늘 기사를 쓰면 집요하게 태클을 걸어 왔어요. 삼성의 힘이란 당시에나 지금이나 대단해서

편집장 흔드는 것쯤은 일도 아니었지요. 그럼에도 불구하고 우리의 선배들, 편집장이나 간부들은 늘 일선 기자를 지지했고, 경영진 또한 다소 불편하더라도 이를 크게 문제삼지 않았죠. 그런데 금창태 사장이 오면서 많은 것이 바뀌었어요. 그러다 이번 사태가 벌어진 거죠.")

삼성은 세계 최고의 기업이죠. 일본 소니와 맞먹는 기업이잖아요. 우리 민족이 이만한 기업을 만든다는 것은 분명 자랑스러운 일입니다. 삼성은 정말 나라의 보배라고 생각해요. 그러나 삼성이 그러한 거대한 힘을 가진 만큼 언론과의 문제, 사회와 관련된 문제에 관해서 인문적인 생각을 가져야 한다고 봅니다. 인문적인 생각, 교양 있는 태도, 이런 것들이 필요하다는 것이죠. 언론을 대하고, 시민 사회를 대하는 부분에서 삼성이 세계 굴지의 기업으로서의 위신과 품격과 교양을 갖춰야 한다고 난 생각해요. 이건 삼성을 위해서 하는 얘기예요. 우리를 위해서 하는 얘기가 아니라고. 난 삼성 미워하지 않아요. 근데 내 후배들은 미워하는 것 같아(웃음). 삼성은 유능하고 소중한 기업이죠. 달러를 벌어 오고 우리를 먹여살리고 있죠. 이런 훌륭한 기업이 어째서 사회와의 관계나 언론과의 관계에 실패하고 있는지…. 이러면 그 기업이 국민의 지지를 받는 기업이 되기 어렵잖아요. 이번 일이, 삼성이 좀 발전하는 계기가 될 수 있기를 바랍니다.

현재 상황을 타개할 만한 나름의 해법이 있으신가요?
회사를 위하고 후배들을 위할 수 있는 어떤 길이.

거야 있지요. 경영진이 스스로 거취를 정한다면 모든 문제가 봇물이 터지듯 일시에 풀려 나가기 시작할 것입니다. 시사저널 경영진이 우선 편집권에 대한 이해를 바꿔야 합니다. 이것을 바꿀 수 없다면 그 분들은 사회적으로 고립될 뿐이에요. 사회적으로 경영자가 고립되면 결국 그 타격은 매체에 돌아가는 거 아니겠어요? 그것은 참 가슴 아픈 일이죠. 시사저널이란 매체는 비록 규모는 작지만 굉장히 건강한 매체였어요. 작지만 나름대로 강력했죠. 이것의 숨통을 죽인다는 것은 있을 수 없는 일입니다. 근본은 편집권에 관한 문제였으니까, 이 부분에 대한 이해가 바뀌어야 된다고 봐요. 기자들도 유연하게 상황에 대응해야 할 테고요. □

김훈 1948년 서울에서 태어났다. 고려대 영문과를 다니다 그만두고 한국일보에 입사해 문화부 기자로 이름을 떨쳤다. 1994년 시사저널에 합류해 사회부장, 편집국장, 편집인을 역임했다. 그 뒤 소설가로 전업해 「칼의 노래」, 「현의 노래」 등의 작품을 발표했다. 2001년 동인문학상, 2004년 이상문학상을 수상했다.

지옥에서 보낸 한 철, 아름다운 고통의 날들

고재열 | 시사저널 기자

세 가지 죄목이었다. 회사 및 최고 경영진에 대한 명예 훼손, 신용 훼손 그리고 해사 행위. 회사는 '오마이뉴스'에 '시사저널 커버스토리, 이것이 기사면 파리도 새다(부제, 현직 '시사저널' 기자가 본 '짝퉁' 시사저널 품평기)'를 기고한 나에게 세 가지 죄목을 들어 무기정직이라는 중징계를 내렸다.

징계만으로는 부족하다고 느꼈는지 금창태 사장은 '오마이뉴스'에 '짝퉁 시사저널을 고발합니다'를 쓴 서명숙 전 편집장과 함께 나를 명예 훼손 혐의로 고소한다며 내용 증명을 보내 왔다. 우체국에서 내용 증명을 찾아오던 날, 나는 그 동안 품고 다니던 사표를 미련 없이 찢었다. 대신 핸드폰에 정확히 3년 후 시점에 '디데이'를 맞춰 놓고 '복직 소송 승소 대박일'이라고 써 놓았다(복직 소송에 승소하면 그 동안의 월급을 다 받을 수 있다고 한다). 더 독해져야 한다는 생각에서였다.

나는 시사저널이 한국 사회에서 '강소 매체' 곧 '작지만 힘센 매체' 라고, 아니 '이었다' 고 자부해 왔다. 노무현 정부 출범 전후로 많은 매체들이 이래저래 이념적 커밍아웃을 거치면서 좌우로 나뉘는 동안에도 시사저널은 무던하게 자신의 길을 걸어 왔다. 다소 싱겁다는 사람도 있었지만 나는 그런 시사저널이 좋았다. '유의미한 마이너리티.' 내가 딱 좋아할 만큼의 의미와 힘을 시사저널은 가지고 있었다. 그러나 지난해 6월 17일 이후 나의 이런 만족감은 사라졌다.

'시사저널 삼성 기사 삭제 사건' 으로 통칭되는 시사저널 사태는, 지난 2006년 6월 17일에, 이철현 기자가 쓴 '2인자 이학수의 힘, 너무 세졌다' 라는 제목의 3쪽짜리 기사를 금창태 사장이 편집국 몰래 인쇄소에서 무단 삭제하면서 발발했다. 이에 반발하는 기자들을 금창태 사장은 '징계 폭탄' 으로 응징했고, 편집권 독립을 외치는 기자들의 외침은 일곱 달 동안 메아리를 울리지 못하고 허공에 맴돌았다.

2007년 1월 11일 전면 파업 이후, 시간은 가파르게 흘렀다. 쭈뼛쭈뼛하던 처음의 모습은 온데간데없이 일상이 되어 버린 집회, 전인권이 '노 개런티' 로 투혼을 불살랐던 거리 콘서트, 새벽 버스 소리에 무시로 잠을 깨야 했던 천막 농성장에서의 노숙 체험, 언론 노조 사무실 한켠에서의 더부살이까지. 괴로웠지만 즐거웠고, 남들이 알아주지 않아 외로웠지만 함께하는 선배들이 있어 또한 든든했다.

개인적으로 1월 12일 집회에서 짝퉁 시사저널의 영정을 들었던 것이 가장 기억에 남는다. 검은 양복에 검은 넥타이까지 갖춰 입고 온 덕에 내가 영정을 들었는데, 덕분에 카메라 플래쉬가 집중되었다. '한겨레21' '필름2.0' 등에 얼굴이 많이 팔려서 CF 찍자는 제의가 들어올까 걱정을 해야 할 정도였다라고 말하면 조금 과장된 표현이겠지만 어쨌든 남부럽지 않게 얼굴도 팔아 보았다.

울분과 분노로 점철된 나날이었지만, 지난 일곱 달 시간은 내게 이 상황을 나름대로 즐길 수 있는 여유도 제공해 주었다. 안타까운 것은 시사저널 사태가 사회적 이슈로 확장되는 전기를 만나지 못해 사람들이 감상 포인트를 발견하지 못했다는 사실이다. 거대 자본의 언론 통제 문제, 편집권이 누구에게 귀속되느냐는 문제, 진품과 짝퉁을 가릴 매체의 진정성이 어디서 나오느냐는 문제 등 많은 문제를 생각해 볼 수 있음에도 불구하고 인구에 회자되지 못했다.

2007년 1월 21일 시사저널 기자들이
'짝퉁 시사저널' 발간에 항의하는 시위를 벌이고 있다.

나는 이 소중한 지면에 우리의 의로움과 금창태 사장의 무도함을 웅변하고 싶지 않다. 단지 2007년 현재 우리 언론의 현실을 단적으로 보여 주는 사례로 시사저널 사태를 소개하고 싶을 뿐이다. 시사저널 사태를 조목조목 살피면 의외로 많은 감상 포인트를 발견할 수 있기 때문이다. 그러기 위해서 나는 우선 금창태 사장을 칭찬하고자 한다.

먼저 우리 언론사 재고용 구조에 획기적인 전기를 만들어 준 금창태 사장의 '비상근 편집위원제'를 칭찬하고 싶다. 기자들의 파업이 임박해지자 금사장은 세 차례에 걸쳐 '비상근 편집위원' 열여섯 명을 임명했다. 그리고 이들은 기자들이 파업에 돌입하자 곧바로 대체 인력으로 투입되어 이른바 '짝퉁 시사저널'을 만들어 냈다.

시사저널 사태 이전에는 본 적도 들은 적도 없었지만, '양키 타임즈'라는 매체에서 이런 금창태 사장의 기념비적인 행적을 칭송하는 기사가 실렸다. '양키 타임즈'에 실린 '시사저널 제작 전직이면 어떼?(부제: 금창태, "이 없으면 입몸"으로 산다)'는 맞춤법도 맞지 않는 제목의 이 기사는 지금까지 내가 본, 유일한 금사장 칭찬 기사였다.

고령의 비상근 편집위원 중 주목할 만한 인물은 막내격인 48세의 김행 편집위원이다. 김행? 제법 익숙한 이름 아닌가? 그렇다. 여기서 '김행'은 우리 모두가 지난 2002년 보았던 그 '김행'이 맞다. 당시 대선 주자였던 정몽준 의원을 수행하며 '국민통합21'의 대변인을 맡았던 그녀가 다시 언론계로 컴백한 것이다.

이 김행을 편집위원에 임명해 '노무현, 2012년 혁명을 꿈꾼다'라는 커버스토리를 쓰게 함으로써, 금사장은 우리 언론계에 '해묵은' 불문율 하나를 깨뜨렸다. 바로 권력을 좇아 정치권에 몸담은 언론인의 복귀 문호를 개방한 것이다. 지금까지는 '곡필아세'로 권력에 부역한 언론인들은 다시 돌아오지 않는 것이 '언가의 법도'였다. 김행의 재고용 사례 덕분에 요즘 이명박 캠프나 박근혜 캠프로 들어가는 언론인들의 발걸음이 한결 가벼워졌을 것이다.

나의 징계를 부른 '오마이뉴스' 기고 글은 바로 이 김행의 커버스토리를 비판한 것이었다. 언론계에 복귀한 그녀는 주군의 정적이었던 노무현 대통령을 기사로 난도질했다. "극한 상황에서 동물들은 종족 보전 본능에서 사정을 한다… 노무현 대통령이 자신의 정치적 정자精子를 남기고 싶어한다"라고 '고상하게' 시작한 이 기사에서 김행은 자신의 악의를 굳이 행간에 감추지 않았다.

김행과 함께 주목할 만한 인물은 편집을 총괄하며 '짝퉁 시사저널' 발행의 주도적인 역할을 하고 있는 김재혁 편집위원이다. '중앙일보' 부국장 출신인 그는 삼성 그룹 회장 비서실 전략홍보팀 상무이사로 일했다. 금사장은 정치권에 발을 담은 언론인들의 복귀 통로를 열어 준 것과 함께 기업 홍보실로 건너간 사람들의 퇴로도 열어 주었다.

여기서 잠깐. 김편집위원이 삼성 그룹 비서실 출신이라는 것에 주목하자. 주지하다시피 시사저널 사태는 삼성 기사 삭제 사건에서 비롯했다. 기사의 주인공은 삼성 구조조정본부(구 비서실)를 이끌고 있는 이학수 부회장이었다. 삼성 관련 기사로 물의를 일으킨 상황을 삼성 출신이 와서 해결하는 삼성의 이 지독한 애프터서비스를 어떻게 받아들여야 할까?

이 둘 외에도 많은 '중앙일보' 전현직 기자들이 '짝퉁 시사저널' 발간에 기여했다. 편집 및 취재 담당 편집위원 열세 명 중 일곱 명이 '중앙일보' 출신이었다. '전직' 중앙일보 기자들이 몸을 대 주었다면 '현직' 중앙일보 기자들과 중앙일보 '자회사'에서는 기사를 대주었다. 짝퉁 1호인 899호의 경우, 전체 기사 36건 가운데 17건(53%)을 '중앙일보' 전현직 기자와 JES 등 중앙일보 자회사 기자들이 썼다.

한 네티즌은 시사저널 사태 기사에 대한 댓글에서 '짝퉁 시사저널'에 대해 '중앙일보를 2,500원 더 주고 산 느낌'이라고 평했다. 예리한 네티즌은 그 중 몇몇 필진이 중앙일보에 이미 송고한 기사를 살짝 바꿔 시사저널에 재기고한 사실까지 추적해 냈다. 자신이 쓴 책 내용을 짜깁기한 것을 비롯해, 취재는 없이 상상력만으로 채운 기사까지, 이들은 '시사 주간지 저널리즘'을 '너절리즘'으로 전락시켰다.

시사저널 기자들이 편집권 독립을 위해 거리에서 언론 자유를 외치는 동안 '정기 간행물은 계속 나와야 한다' 는 미명하에 '짝퉁 시사저널' 에 글을 쓰는 중앙일보 전현직 기자들이 내 눈에는 썩은 고기를 두고 다투는 하이에나처럼 보였다. 그 중 백미는 짝퉁 2호(900호)에 네 꼭지 열 쪽 분량의 기사를 제공한 전영기 기자였다. 나라면 월급은 중앙일보에서 받고 기사는 시사저널에 갖다 바치는 그를 혼냈을 텐데, 홍석현 회장은 그가 뭐가 그리 미더웠는지 이후 그를 정치부장으로 영전시켰다.

이렇게 해서 발간한 '짝퉁 시사저널' 에 대해 '시사저널을 사랑하는 사람들의 모임(이하 시사모)' 회원들은 '주방장론' 을 들어 비난했다. 그들의 '주방장론' 은 이렇다. 언제나처럼 시사저널 한정식집에 가서 한정식을 주문했다. 그런데 불어터진 자장면이 나왔다. 왜 그러냐고 따지자, 주방장들이 바뀌었는데 전부 '중앙반점' 출신이라 중식밖에 못 만든다고 변명한다. 그냥 '삼성짬뽕' 이나 먹으라는 것이다. 자장면이 짝퉁 한정식이듯, '중앙일보' 출신이 만든 '시사저널' 역시 짝퉁일 수밖에 없다는 것이 바로 '주방장론' 의 논리다.

'짝퉁 시사저널' 이 발간되자 눈썰미 좋은 독자들은 표지만 보고도 시사저널의 변질을 알아 냈다. 표지의 제목들은 이렇다. '2012년 부활 노리는 노무현의 속셈' '류근일 특별 인터뷰, 증오심은 통치 원리 아니다' '조중동 잡으려다 친여 매체 다 죽인다' '노출이 얼마나 심하기에… 섹시바 성 상품화 논란' '현지 취재, 후세인 사후 중동 기상도' 등이다.

하나하나 짚어 보자. 대통령의 '속내' 가 '속셈' 으로 규정되는 것은 무슨 까닭일까? 이미 대통령을 부정적으로 보고 있기 때문일 것이다. '조선일보' 지면을 통해 언제든 자신이 하고 싶은 이야기를 다 토해 내고 있는 류근일 씨의 인터뷰가 '특별' 해지는 것도 편집진의 변화 때문일 것이다. '조중동 잡으려다 친여 매체 다 죽인다'는 기사는 중앙일보 판매국장과 광고국장을 거친 윤명중 한국언론인포럼 회장이 썼다. 이해 당사자가 일방적인 주장을 전달할 수 있게 된 것도 편집진이 변하면서 생긴 새로운 전통이다.

'노출, 섹시, 성 상품화'라는 선정적인 단어로 연결된 제목의 기사는 대충 넘어가더라도 '현지 취재, 후세인 사후 중동 기상도' 기사는 문제가 많다. 이라크가 아닌 이집트에서 취재해 쓴 기사이기 때문이다. 시사저널 국제팀의 신호철 기자는 이 기사에 대해 "이라크 정세 분석 기사를 실으며 표지에 '현지 취재'를 했다고 광고하고 있다. 기사를 읽어 보니 이집트 카이로에서 쓴 기사다. 이는 마치 서울 광화문에서 일본 참의원 총선 기사를 쓴 후, '현지 취재'라고 이름 붙인 것과 같다"라고 평했다.

돌이켜보면 지난 일곱 달 남짓한 시간 동안 우리는 참 바보처럼 투쟁했다. 항의 사표 써서 직장 잃고, 업무 지시 불응해 징계받고 출근 정지 당하고, 자택 대기 발령 당하고 3개월 정직 당하는 이 '자학 투쟁'은 절대 다른 사람에게 권하고 싶지 않다. 비록 '오마이뉴스' 기고에 따른 징계로 '자학 투쟁'의 마지막을 장식하게 되었지만 말이다.

시사저널의 편집권 수호 투쟁이 '자학 투쟁'이 된 것은 언론의 무관심 때문이었다. '기자협회보' '미디어오늘' '프레시안' '오마이뉴스' '한겨레' 등 '시사저널 편집권 지킴이 독수리 5형제' 매체를 제외하고는 시사저널 사태는 같은 언론계의 도움을 거의 받지 못했다. 깊이 침묵하던 오프라인 미디어들은 금창태 사장이 자신을 비난한 한국기자협회장과 민주언론운동연합 사무총장, 한겨레21 편집장을 고소하자, 기다렸다는 듯이 이를 기사화하기도 했다.

돌이켜보면 언론의 무관심이 이해되는 부분도 있다. CBS 사태 혹은 '경인일보' 사태 때 나는 얼마나 관심을 가지고 그 사태에 대해서 알아보았나? 아니면 시사저널 사태와 비슷한 시기에 발발한 '시민의 신문' 사태와 '인천일보' 사태에 대해서는 잘 알고 있었나? 그렇지 못했다. 그러므로 다른 언론사 기자들이 시사저널 사태에 무심한 것도 이해할 수 있다.

시사저널 사태에 대한 보도가 인색했던 것은 크게 두 가지 요인 때문이었다. 첫째는 대한민국 최대 광고주 삼성 그룹이 관련되었기 때문이었고, 다른 하나는 다른 언론사에서 벌어지는 소유주 혹은 경영진과 기자들의 마찰에 대해서는 되도록이면 보도하지 않는 우리 언론계의 유구한 전통 때문이었다. 타사의 문제를 지적하는 기사를 쓰면 반드시 기사로 보복당한다는 경험은 기자들이 타사 편집권 문제에 침묵하는 전통을 만들었다.

다행히 회사가 직장 폐쇄를 전격적으로 시행하자 침묵하던 언론도 입을 열었고, 이제 공정한 게임이 시작되었다. 게임은 지금부터인 셈이다. 그만 나서라는 말을 집 안팎에서 듣는다. 심지어 노조위원장인 안철홍 선배조차 "너는 할 일 다 했으니, 이제 그만 나서라"라고 말할 정도다. 하지만 기회가 된다면 한두 번은 더 나설 생각이다.

편집권 수호 투쟁으로 보낸 7개월의 시간, 괴로웠지만 후회는 하지 않는다. 그 과정에서 나 스스로를 감동시켰기 때문이다. 사람이 살아가면서 스스로를 감동시키는 경험은 쉽게 할 수 있는 것이 아니다. 남이 나에게 감동받건 말건 어쨌거나 나는 나 스스로를 감동시켰다. 그것으로 충분하다.

후회는 하지 않지만 앞으로 이런 일이 또 벌어진다면 나는 아마 나서지 않을 것이다. 엄두가 나지 않기 때문이다. 그러면서도 뻔뻔하게 말할 수 있을 것 같다. 내 몫의 투쟁을 나는 이미 '언론 자유'의 제단에 바쳤노라고. 이제 당신들 몫이라고. 그렇게 내 스스로에게 면죄부를 줄 수 있을 것이라 위로해 본다.

'LA타임즈' 특파원을 역임한 지정남 선생은 천막 농성장을 찾아 내가 왜 그렇게 이번 사태에서 나서고 들이댈 수밖에 없었는지 답을 주시고 가셨다. "당신들의 선배들은 펜이 칼보다 강하다는 것을 증명했다. 이제 당신들이 펜이 돈보다 강하다는 것을 증명할 때다"라는 말, 정답이다. □

고재열 1975년생. 드라마 작가 지망생. 시사저널 공채 5기. '이것이 기사면 파리도 새다' 라는 '짝퉁 시사저널' 품평기를 오마이뉴스에 올렸다가 무기 정직 당함. 기획특집부와 문화부를 거쳐 2006년 3월부터 정치팀 기자로 일하고 있다. 문화부 기자 시절 한류 기사로 뽕을 뽑았으며 한류 전문가를 사칭하고 다니며 각종 한류 토론회에서 '구라'를 쳤다. 정치팀에 와서도 입심은 여전한데, 그에 대해서는 정치권의 호불호가 엇갈린다. 파업으로 인해 생계가 어려워지자 퀴즈 프로그램 상금 한 탕을 노리고 퀴즈 공부에 매진하고 있다. 해고에 대비해 논술 공부를 하며 논술 강사로의 전업을 준비하고 있다.

"힘내세요, 시사저널"

시사저널 사태로 가장 큰 충격을 받은 이들은 독자였다. 창간 때부터 한 주도 거르지 않고 시사저널을 읽어 왔다는 열혈 독자에서부터 시사저널을 논술 교재로 즐겨 본다는 고등학생에 이르기까지, 수많은 독자들이 이른바 '짝퉁 시사저널' 발간에 분노하며 시사저널 기자들을 지지하고 나섰다. 이 곳에 실린 글들은 시사저널 사태 와중에 결성된 '시사저널을 사랑하는 사람들의 모임(약칭 시사모)' 공동 대표인 고종석과 독자들이 시사모 게시판에 올린 것들을 추려 정리한 것이다. 2007년 2월 1일 현재 회원 수가 천백 명을 넘어선 시사모는, 매체의 주인이 독자라는 평범한 진리와 더불어 이 땅에 아직 건강한 지성과 양식이 살아 숨쉬고 있음을 일깨웠다. 판화가 이철수와 만화가 이우일이 시사저널 기자들을 응원하기 위해 특별 제작한 작품도 함께 싣는다.

한국 저널리즘의 명예 시사저널에 달려 있다

고종석 | '시사모' 공동 대표 · 소설가 · 칼럼니스트

내가 '시사모'에 참여한 까닭

어떤 조직 바깥에 있는 사람이 그 조직의 속사정을 소상히 알기는 어렵다. 바깥 사람이 조직의 속사정을 알게 되는 것은 대개 귀동냥을 통해서인데, 그 정보에는 그걸 전하는 사람의 입장도 반영되기 마련이어서 그게 꼭 공평한 전언인지는 확신할 수 없다. 내가 시사저널 사태에 대해 알고 있는 것도 그런 불확실한 정보에 속할는지 모른다. 그러나 지금 갈등을 빚고 있는 기자들과 경영진 양측이 모두 동의할 수 있는 사실에 기초해 내 의견을 적어 보려 한다.

금창태 사장은 왜 기사를 삭제했나

월드컵 열기가 한국 사회의 모든 쟁점을 삼켜 버리던 지난 6월 중순, 인쇄소에 넘겨진 시사저널의 기사 하나가 인쇄 직전에 편집국장 모르게 빠졌다. 그 기사는 삼성 그룹의 2인자라 할 이학수 부회장의 인사 스타일을 비판적으로 다룬 것이었고, 이 기사의 삭제를 지시한 이는 시사저널 금창태 사장이었다. 금사장은 그에 앞서 당시 이윤삼 편

집국장에게 이 기사를 빼라고 요구했으나, 이국장과 편집국 기자들은 이 요구가 부당하다고 판단해 응하지 않고 있던 상태였다. 잡지가 나온 뒤 기사가 빠진 것을 알게 된 이윤삼 국장은 항의의 표시로 사표를 냈고, 금사장은 즉시 이 사표를 수리했다. 뒤이어 편집국 기자들이 기사 삭제와 편집국장 사표 수리에 대해 항의하자, 금사장은 직무 정지, 대기발령 등의 중징계를 무더기로 내리는 것으로 이에 대응했다.

기자가 고작 스물일곱 명에 지나지 않는 시사저널 편집국에서 사실상 해고된 편집국장을 빼도 다섯 명의 기자가 중징계를 받아 출근을 하지 못하는 상태이다. 경고장을 받은 기자까지 포함하면 이번 사태에서 회사 측이 문제삼고 있는 기자는 무려 열일곱 명에 이른다.

이 사태의 쟁점은 크게 세 가지다. 첫째는 기사가 삭제된 이유다. 금사장은 왜 편집국 기자들의 일치된 반대에도 불구하고 이 기사를 삭제했는가? 그 사안은 기사화할 가치가 없었고, 기사도 충실한 근거를 갖춘 것이 아니었다는 게 금사장의 주장이다. 반면에 편집국 기자들은 금사장이 학교 선후배로 가깝게 지내는 이학수 부회장의 처지를 고려했고, 더 나아가 삼성그룹의 힘에 휘둘려 무리하게 기사를 삭제했다고 보고 있다.

어느 쪽 말이 옳은지는 국외 거주자인 나로서는 판단하기 어렵지만, 그 기사가 실릴 잡지가 나오기 전에 삼성 쪽 사람이 편집국에 찾아와 기사를 쓰지 말아 달라고 요청했고, 이와 동시에 삼성 그룹 고위 인사가 시사저널 경영진을 접촉한 사실은 확인되었다.

기사도 상품인 시대, 편집권은 사장에 있다?

둘째는 편집권의 귀속 문제다. 편집권은 편집국에 속하는가 아니면 경영진에 속하는가? 그러니까 어떤 사안을 기사화할 것인가에 대한 최종 판단은 편집국장이 하는가, 아니면 '사장'이나 '회장'이 하는가? 기사도 하나의 '상품' 노릇을 하는 자본주의 사회에서, 이것은 보기보다 미묘한 문제다.

편집권은 전적으로 편집국에 속한다고 무 자르듯 단언하기 어려운 것이, 자본주의 사회에서 어떤 매체의 편집권은 그 언론 기업의 경영권 일반을 구성하는 하위 범주라고 볼 여지도 있기 때문이다(기사라는 상품을 시장에 내다 파는 사람은 경영자다). 편집국장에 대한 인사권이 경영진에 있다는 사실이 그 근거가 될 수 있겠다. 이것은 시사저널만이 아니라 사기업 형태를 띤 다른 언론사의 경우도 마찬가지다. 다시 말해 나는, 우리가 자본주의의 공기를 숨쉬고 있는 한, 매체의 보도와 논평에서 자본과 경영의 그늘을(다시 말해 '장사'의 그늘을) 말끔히 걷어 낼 수는 없다는 점을 인정한다.

그러나 나는, 다른 한편으로, 자본주의의 그 고귀한 자유가 불구가 되지 않기 위해서는 거기에 민주주의적 가치가 결합돼야 한다고 생각한다. 편집권을 편집국 기자들이 공유하고, 어떤 사안을 기사화할 것인가에 대한 최종 판단이 편집국장에게 맡겨져야 한다는 것은 그런 민주주의적 가치의 일부다.

공직은 장사가 아니라는 점에서 고스란히 포갤 수는 없겠지만, 언론사 경영자와 편집국장의 관계는 대통령과 검찰총장의 관계에도 비유할 수 있다. 검찰총장에 대한 인사권은 대통령에게 있지만, 어떤 구체적 사안을 뒤져라 또는 덮어라 하는 것은 대통령이 할 일이 아니라고 우리는 인식한다.

그것이 특히 이 정부 들어서 널리 선양된 검찰의 독립이다. 검찰총장 인사권을 대통령이 가지면서도 대통령이 자신의 이해 관계에 따라 구체적 사안의 수사나 기소 여부를 지시해서는 안 되는 것은 그것이 민주주의적 가치의 일부이기 때문이다. 이와 마찬가지로, 편집국장 인사권을 경영자가 가지면서도 어떤 사안에 대한 기사 가치 판단을 편집국에 맡기는 것이 민주주의적 가치의 일부라고 나는 생각한다. 기사는 내다 파는 상품이지만, 내다 파는 상품만은 아니라는 점에서 더 그렇다.

비록 사기업이 공급한다고 할지라도, 기사는 공공재의 성격을 부분적으로 띠고 있다. 오로지 시장 기구에만 맡겨 놓기에는, 한 공동체의 총체적 위생을 위해 너무 귀중하고 결정적인 것이 기사라는 재화다. 그래서 나는 편집권의 편집국 귀속을 지지한다.

시사저널 제호의 명예 지켜야

셋째는 사태의 처리 방식이다. 말하자면 기술적 수준의 문제다. 금창태 사장이 편집국장의 사표를 즉시 수리한 데 이어, 편집권 독립을 옹호하는 기자들을 과격하게 징계함으로써 갈등의 수준을 높이고 있는 것은 이 사태의 해결에 도움이 안 된다고 나는 판단한다.

금사장은 이 기회에 기자들을 확실히 길들이겠다는 생각인지 모르겠으나, 한 시절 '주인 없는' 상태에서 월급을 못 받으면서도 시사저널의 독립성과 생명력을 지켜 왔던 기자들이 경영진의 서슬에 굴복할 것 같지는 않다. 또, 설령 기자들이 길들여진다 할지라도, 그렇게 길들여진 기자들이 만들어 내는 시사저널은 도대체 어떤 꼬락서니일 것인가?

이번 사태를 계기로 시사저널 기자들은 노조를 결성해 경영진과 단체 협상을 진행시키고 있다. 경영진의 소극적 태도로 단체 협상은 매우 더디게 진행되고 있다 한다.

이 사태가 어떻게 마무리 되느냐에는 시사저널 기자들의 명예만이 아니라 지난 18년 동안 독립 언론의 모범을 보여 준 '시사저널' 이라는 제호의 명예가, 더 나아가서 한국 저널리즘의 명예가 걸려 있다.

나는 시사저널의 오랜 독자로서, 한국 저널리즘의 명예를 위해 싸우는 시사저널 기자들과 노조에 간접적으로나마 힘을 보태고 싶다. 그것이 내가 '시사저널을 사랑하는 사람들의 모임' 에 참여하게 된 이유다. □

이 글은 오마이뉴스 (2006년 10월 13일)에 실렸던 글로, 필자의 양해를 얻어 싣습니다.

시사저널과
아빠와 나
우잉

이놈의 잡지가 점점 왜 이모양이야!

시사저널 파행속에 엉터리로 나오는 거 몰랐어? 난 요즘 안 보는데.
뭐?!

파아~! 울나라에 아직도 그런 일이 있다니!
혼자 잡지 만드는 그인간도 참...

시대 감각 떨어지는 치들 꼭 하나씩 있는 거 몰라?
발끈

이 넘이 말끝마다 반말이냐!
퍽
우잉

시사저널 돌아와 줘~!

<시사저널>

당신이 그렇게, 걷고 또
걸으면, 언젠가 사람들이
길 이라고 부르겠지.
'길' 철수 2000

아직도,
언론의 '정도'를 걷겠다는
이들이 있네요? 드릴 말씀 아닙니다만, 사실 멸종한 줄 알았거든요.
바른길까지 아니어도 길을 만들기 쉽지 않습니다. 폭설 끝에,
쌓인눈을 쓸어 말간 길하나 내는데도 등에 땀이 나던걸요.
언로라는 표현이 있지요? 그 안에는 '말같은 말'이 오고가는 길
이라는 뜻이 깃들어 있지 싶습니다. 그 길이 꽉막혀 예까지 왔을
듯합니다. 그길이 트이고서야 언론의 정도도 열리겠네요. 정도?
'바른길' 말씀입니다. 어렵잖은 말을 왜 자꾸 풀어주느냐고요?

①

당신이 그렇게, 걷고 또
걸으면, 언젠가 사람들이
길 이라고 부르겠지.
'길' 철수 2000

글쎄, 어렵지도 않은 말을 못알아듣는 사람들이 많은것 같아서요!
별것아닌 눈이 쌓여도 자빠지고 넘어져 다치는 이들이 생기고
차들이 갈데 못가 엉키기 일쑤입니다. 세상이 엉망진창이라고
야단이 나지요. 언론의정도가 실종된 세상이면 어떻겠습니까!
저야 거기 대답할 자격 없는 사람입니다. 손을 들어 우리들이
살고있는 현실을 가리키면 대답이 될까요? 어려운싸움이지만
참 아름다운 싸움입니다. 아름다운사람들! 스스로는 모르시겠지만.

②

오늘 막 전역한 육군 병장입니다. 부대에서 소중하게 읽은 시사저널이 이렇게 망가지는 꼴은 제 자존심이 허락 못합니다! **박상의**

불의에 타협하지 않고, 냉철하게 상황을 판단해 객관화하고, 이를 펜으로 관철할 수 있는 뚝심. 거기에는 '독자' 라는 든든한 보루가 '떡' 버티고 있습니다. **후니**

시사저널이 압력에 무너진다면 이 나라 양심과 지성의 마지막이 무너지는 것입니다. **문성준**

처음으로 '시사저널' 을 '굶는' 군요. 지난 주 짝퉁까지 포함하면 2주째입니다. 끝까지 싸워 이겨 주시길 바랍니다. **조인수**

오랜 팬입니다. 지난 세월 창간부터 지금까지 봐 왔지요. 우리들의 자긍심이기도 합니다. 모두 힘내십시오. **양경숙**

기자 없는 주간지에 독자 없는 기사. 진정 금창태 씨가 원하는 사이코 세상. 제대로 된 사람들이 불쾌한 세상. **김경화**

다시 제대로 된 시사저널을 만든다면 900호가 아닌 899호부터 찍어야 합니다. **무적전설**

1995년 대학 1학년 때 시사저널을 처음으로 만났습니다. 시사저널을 통해서 세상을 바라보는 눈을 얻었기에, 많은 기자님들께 빚을 지고 있습니다. 저와 같은 독자들이 있습니다. 힘내십시오! **플래미**

시사저널 사태로 말미암아 참기자 정신이 시퍼런 강물처럼 살아 있는 곳도 있구나 하는 생각을 하게 되었습니다. **김일안**

나는 시사저널을 좋아하는 것이 아니라, 시사저널 기자들의 정신을 사랑한다. **김성순**

우리 나라에서 유일게 볼 만한 주간지라고 생각했는데 안타깝습니다. 본 모습으로 돌아올 때까지 사지 않을 겁니다. **15년째 보고 있는 사람**

대한민국의 많은 '서민' 들에게 가장 양심적인 '언론' 하나쯤은 있어야 되지 않을까요? **변무삼**

짝사랑이라 이름 해도 좋을 지난 시절의 시사저널이 그립습니다. **봄빛**

가끔 뉴스에서 역주행하는 차량에 대한 소식을 접하는데, 이번 사태야말로 시대를 거스르고 시민들에게 돌진하는 역주행하는 것이라 할 것입니다. 부디 이번 기회에 시민과 함께 희망과 대안을 제시하는 참언론으로 거듭나길 바랍니다. **김경훈**

하루 빨리 정상화가 되길 기도 드립니다. 병원에 입원 중이라 마음만 전합니다. **김정기**

재벌과 권력으로부터 당당하게 맞설 수 있는 언론으로 다시 태어날 그 날을 위해 다같이 함께 노력합시다. 15년간 정기 구독을 해 온 독자입니다. **김교학**

언론의 중요함이야 누차 이야기해도 부족하겠지요. 우리 사회는 돈 가진 자, 힘 가진 자의 편에 서 있는 언론이 너무 많습니다. 정기 구독자는 아니지만 종종 보면서 꿋꿋하게 바른 목소리를 내고 있는 시사저널에 늘 감사했습니다. **서영옥**

말(言)이 곧 자기(己)가 되는 이들이 기자記者입니다. 우리 싸움의 본질은 바로 양심의 목소리입니다. 자신과 사회의 목소리가 제대로, 올바르게 전파되고, 울려 퍼지고, 사람의 가슴과 머리를 움직여 행동과 실천의 나침반이 되게 하는 일을 하는 이들이 기자입니다. **독자**

미국에서 공부하는 학생입니다. 시사저널 기자님들을 멀리서나마 응원하려고 이렇게 글을 씁니다. 제가 한국에 있을 때 정말 열심히 읽었거든요. 정기 구독자는 아니었는데요, 매주 가판에서 사서 읽었어요. 많이 힘드시겠지만 힘내세요. 홧팅입니다! **힘내세요**

시사저널은 나에게 단순한 시사 지면이 아닌 친구이자 동지입니다. 시사저널 경영진에게 하고 싶은 말은 많지만 한마디만 하겠습니다! 시사저널 구독자를 타 언론사 구독자와 비교 착각하여 대충 넘어가려는 꼼수를 버리시고 참된 언론 마인드를 가지시길 진정으로 바라옵고 바라옵니다. **창간 독자 캐빈**

낯선 배치며, 낯선 기자 이름이며, 게다가 발행인 이름만 있고 기자 이름이 어디에도 없어서 더 놀랐습니다. 이제야 파업한다는 것을 알았는데, 사장님 의지에 놀랍니다. 어떻게든 시사저널을 발행하고야 말겠다는 저 어이없는 고집이라니. 10년 넘게 구독하면서 가장 황당한 날이네요. 내일은 항의 전화하고 해지해야겠습니다. **조은미**

취재나 기사 작성을 함에 있어 '성역'을 인정하지 않는 참 언론인들이 시사저널에 복귀하기 전에는, 절대 시사저널을 구입하지 않겠습니다. 홈페이지 접속도 삼가겠습니다. 그리고, 참언론인들이 복귀하는 순간, 시사저널을 정기 구독하겠습니다. 시사저널은 '정신'이 자산입니다. 이 '정신'을 더 이상 희롱하는 일은 그쳐야 합니다. **김용민**

16년 전 대학 시절부터 열심히 읽어 왔던 시사저널인데 어처구니없고, 화가 나서 잠이 오지 않습니다. 못 나고, 쓸모 없고, 소용 없는 사장의 행태에 분노하며 파업에 나선 여러분들의 건강과 승리를 소망합니다. **시민**

우리 사회에서 발생하는 각가지 문제점들에 대한 나의 생각이 혹시나 잘못된 생각이 아닌가 하고 고민할 때 정확한 지표를 제시했던 매체가 바로 시사저널이었습니다. 혹시 386간첩단이라는 단어도 아시지요? 이 문제가 발생했을 때도 저는 매우 혼란스러웠지만 시사저널이란 잡지가 있어 바른 시각을 가질 수 있었습니다. **힘내라**

문제의 호수를 환불 처리했습니다. 그 기사를 보자고 3000원을 낭비하기 싫었습니다. 오늘도 너무 마음이 아파 소주값 꽤나 들겠습니다. 소주 회사의 음모가 있는 건 아니겠지요(?) **마음이 아파요**

스무 살에 처음 집었던 시사저널! 십여 년이 넘도록 지금까지 구독까지는 아니나 거의 매주 사 보았는데 '바이바이' 준비를 해야 하는 것인가요? 기자님들 힘내세요. 홧팅 하십시오. 우리 모두의 시사저널을 지켜 주세요. **곽형일**

대한민국에서 가장 세련되고, 멋진 균형 감각과 날카로운 시각을 가지신 시사저널 기자 여러분의 건승을 기원합니다. **17년 정기 독자 권동혁**

창간호부터 정기 구독하고 가족이 같이 읽고 있습니다. 기사 한건 한건이 더욱 심도 있고 깊이가 있고 시사저널로서 제 길을 가기에 지금까지 같이 해 온 독자입니다. 더 이상의 배신은 참을 수 없다. 제 목소리를 가진 잡지가 되어야 한다. 독자를 잡고 싶으면 제 길로 가라. 최준길

논술 대비한다고 구독해 세상 돌아가는 것도 많이 알려 주고, 여러 가지 상식도 알려 준 고마운 시사저널이었는데. 꼭 승리하시길. 고3 독자도 응원하고 갑니다! 조광희

1990년부터 지금까지 정기 구독을 하고 있습니다만 또다시 끊어야 될 절벽에 선 기분입니다. 김대영

신념을 위해 모든 것을 거는 여러분의 모습에 또 한번 감동을 받았습니다. 분명히 좋은 결과가 있을 것이라고 믿습니다. 보이지 않는 수많은 팬들을 생각해서 끝까지 저희들의 믿음을 지켜 주십시오. 순수

항상 곁에 끼고 살면서 하루라도 늦으면 짜증나기까지 했는데. 시사저널에 이런 일이 있는 줄은 까맣게 모르고 있었네요. 새삼스럽게 그 동안 고생하셨을 기자분들께 미안해지는군요. 그 동안 두 번의 실직으로 거의 2년 동안 수입이 없을 때도, 맞벌이하는 아내가 계속 구독을 독려(?)하여 시사저널을 구독했었는데. 이제 잠시 쉬어야겠군요. ^^ 고운파도

세상에 시사저널이 어떤 매체인데. 이념과 사상을 떠나 진정한 자주 언론으로써 사회의 터부에 매스질을 가했던 시사저널이 일개 한 개인에 의해 이렇게 되다니. 정말 너무 분하네요. 테츠

일방적인 주장이 난무하는 이념의 과잉 시대에 시사저널의 기사를 읽으면서 과연 '독립신문사' 라는 이름에 걸맞기 위한 각고의 모습을 쉽게 떠올릴 수 있었습니다. R. Augstein의 고집을 통해서 세계 사람들로부터 인정받는 'der Spiegel' 의 모습이 겹쳐지기도 하였습니다. 박태욱

2007년에 이런 일이 있을 줄 누가 알았겠습니까. 정말. 황당 시츄에이션입니다. 김혜련

지금이 어느 때인데 군사 독재 시절처럼 기자 정리를 합니까. 모두 힘내세요. 저도 인터

넷판이긴 하지만 잠시 구독 정지를 신청할랍니다. 한제석

편집국이 파업 중인데 잡지는 결호 없이 발행된다는 현실을 두고 웃어야 할지 울어야 할지 참담합니다. 시사저널 정기 구독자이자 시사모 회원으로서, 다음 호부터 파업 중인 노조원이 복귀하기 전에 제작되는 시사저널은 배송하지 말라고 회사에 전화했습니다. 저에게 제호만 시사저널일뿐인 짝퉁 시사저널은 재활용 쓰레기보다 가치가 없습니다. 황승식

짝퉁 시사저널에 대항하는 참시사저널을 내는 건 현실적으로 불가능할까요? 뭐 기자들 다 있고 여기 시사모에 필자들도 다 있을 텐데, 원고 보시하면 불가능한 일만은 아닐 것도 같습니다만. ctain

시사저널을 아끼는 독자입니다. 고등학교 때부터 서른 살이 훌쩍 넘은 직장인이 될 때까지 세상 보는 창 역할을 해 준 시사저널이, 지금과 같은 현실을 맞이하게 된 것이 답답할 뿐입니다. 꼭 이겨 내시기 바라며, 작으나마 힘이 되어보도록 노력하겠습니다. 이종기

평생을 자본의 양지만을 쫓아다니던 금사장한테 풍찬 노숙을 두려워 않는 시사저널 기자 여러분들이 밀릴 것이라 절대 생각하지 않습니다. 임준택

몇 번에 걸친 경영진 교체와 IMF 위기에서도 독립적 논조를 잃지 않고 지켜 온 한국 시사주간지의 자존심 '시사저널'이 삼성 출신 금사장에 의해 비틀리는 과정을 보고 분노가 치밀었습니다. '시사저널' 기자 여러분 힘내십시오. 금사장 혼자 '시사저널'을 만들 수 있겠습니까? 독자와 함께 똘똘 뭉쳐 싸운다면 이겨 낼 수 있을 테고, 꼭 그래야만 합니다. 황승식

독립 언론의 가치를 지키기 위해 싸우고 있는 시사저널 기자님들, 힘내세요. 시사저널은 한줄 한줄 기사를 통해 시사저널의 위상을 다져 온 기자님들의 것이자 시사저널을 사랑하는 독자들의 것이자 독립 언론에 목말라하는 온 국민의 것입니다. 기자님들의 뒤에는 '우리'가 있습니다. 오승우

주류 세력은 왜 이렇게 항상 뻔뻔할 것일까. 정말 자기가 한 일이 잘한 일이라고 생각하

는 걸까? 정말 그렇다고 생각하면, 시사저널은 멍청한 사장을 가지고 있는 것이고, 만일 그렇지 않은데 괜히 뻣대고 있다면 몰염치한 사장을 가지고 있는 것이다. 시사저널 기자들 파이팅. 손정규

1989년일 거예요. 처음 시사저널을 읽어 본 것이. 얼마나 신선했다구요. 시사저널의 그 신선함 지금부터 다시 시작입니다. 힘내세요. 시사저널을 좋아하는 순수 독자들이 있잖아요. 김현숙

우리 시대의 '상식'을 지키고자 하는 시사저널 여러분의 몸짓이 아름답습니다. 고영직

금국능상金菊凌霜, 금빛 국화가 서리를 이겨 낸다는 의미입니다. 지금 서릿발 같은 저들의 힘이 강한 것 같아도 결국은 여러분들의 아름다운 뜻이 이를 이겨 내고 마침내 금빛 국화꽃 한 송이 피워 낼 것입니다. 건투를 빕니다. 김창남

삼성 앞에, 자본 앞에 비굴하지 않을 언론이 없습니다. 그러나 시사저널 기자들은 당당했습니다. 진정한 기자 정신이 무엇인지 보여 주셔서 감사합니다. 정도를 걷는 것이 무엇이 문제입니까. 끝까지 힘내시기 바랍니다. 노회찬

이학수가 모하는 인간인 줄도 모르다가, 시사저널 사건으로 알게 되었습니다. 금창태가 모하는 인간인 줄도 모르다가, 시사저널 사건으로 알게 되었습니다. 시사저널 기자들이 누구누구인 줄도 모르다가, 이번 사건으로 면면을 알게 되었습니다. 그까이꺼, 돈에 절고 폭력에 찌들은 상대와 싸우는 건 어렵지 않습니다. 좀 더럽기는 하지만, 어쩝니까. 치우면서 깨끗한 세상 만들며 살아야쥐. ^^ 고은광순

노무현 대통령도, 김정일 위원장도, 부시 대통령도 자신의 미래를 계획하지 못합니다. 삼성의 이건희 회장도 마찬가지입니다. 정치 권력과 경제 권력으로부터 자유로운 언론, 너무도 당연한 우리의 미래이기에, 그 누구도 막을 수가 없습니다. 시사저널 여러분들의 건투를 빕니다. 김상조

민주주의의 근간인 언론의 자유를 위해 싸우는 님들을 보며 큰 용기를 얻습니다. 한편으로 아직도 이런 일을 당해야만 하는 세태가 원망스럽구요. 김남훈

저는 어리석은 사람입니다만 편집권은, 특히 언론 매체에서 편집권은 곧 목숨이 아닌가 해요. 나사못회전

지구상에서 민주주의가 가장 과잉 공급된 나라, 그래서 민주주의가 가장 많이 망가진 나라, 민주주의의 이름으로 민주주의를 탄압하는 나라, 대한민국에서 가장 민주 언론에 가깝다고 여겨지는 시사저널에서 벌어진 가장 비민주적인 작태를 우린, 불가피한 당위라고 생각해야 합니까, 아니면 아이러니라고 생각해야 합니까. 김갑수

참 어이가 없네요. 이제는 이런 일이 좀 줄어들 줄 알았는데, 착각이었나 봅니다. 정치권력이 아니라 시장의 지배자들이 밤의 권력자들이 판을 치는데. 오히려 그들의 은밀한 지배는 늘어났는지도 모르겠습니다. 착각을 거두고. 현실을 직시해 진실과 독립을 위해 피눈물나게 애쓰는 시사저널 분들께 깊은 지지의 인사 올립니다. 힘내세요!! 아무리 힘들지라도, 분명한 것은 여러분들이, 진실이, 상식이 이긴다는 사실입니다. 안진걸

그 무섭던 IMF에서도 2년 간 독립군처럼 살아남 았던 그 기개로 강건하게 살아남아 뜻을 이룩하세요. 창간 독자 조연

처음 시사저널을 대하던 기억이 납니다. 1994년쯤 되었을까요? 엎어져서 놀다가, 우연히 눈에 들어 이리저리 넘기며 읽다가 일어나 자세를 고쳐 앉아 읽은 후로, 정기 구독자가 되었지요. 늘상 시사저널 정기 구독자인 것이 자랑스러워서, 친구에게, 선배에게, 후배에게 자랑하곤 했는데, 집에 책꽂이에 그야말로, 시사저널이 가득한 걸 자랑했는데. 김영득

우리 나라 잡지 중 최고의 명품 시사저널을 너무 읽고 싶다. 이창성

지하철 매점에서 우연히 첫 장을 넘기고 그 후 벌써 8년이라는 시간 동안 시사저널은 늘 제 곁에 있었습니다. 세상의 작은 소리에도 귀를 기울이는 모습과 세상 내면의 모습을 직시하는 기사에 반해 적지 않은 시간 동안 열독하고 있습니다. 황철승

한국에서 아직도 이런 일이 있을 수 있다는 것이, 그것도 주간조선 같은 곳도 아닌 시사저널에서 있을 수 있다는 것에 절망, 절망 또 절망… 절망 바로 그 자체입니다. 한국 사회에서 더 이상의 희망이란 걸 볼 수 있는지요. 이훈상

짝퉁 편집자 양반께! 진보적이건, 보수적이건, 중도적이건 다 좋은데. 제발 소설은 쓰지 맙시다. 조금이라도 좋으니 Fact도 넣어 주세요. **단순 복잡**

아무리 사장님이 중앙일보 출신이라고 해도 이래도 되시는 것인지. 3000원이 아깝지 않다고 생각했던 그 같은 제호의 주간지가 한 주 사이에 이렇게 되다니. 시사저널 기자님들의 필력이 그립습니다. **학교에서**

타 언론과 차별화된 점을 감안하여 시사저널을 정기 구독하고 있는데 조중동이나 여타 언론 매체처럼 진실에 눈감고 왜곡하는 언론이 된다면 계속 구독할 이유는 없겠지요. '자유만큼 책임을 생각하는 언론' 이라는 문구가 더욱 배신감을 느끼게 합니다. 책임 있게 예전의 시사저널로 돌려 주십시오. **김희경**

성우제의 기자 열전

지금은 캐나다로 이민 가 있는 성우제(전 시사저널 기자)는 센스쟁이다. 시사저널 기자들이 직장 폐쇄를 당하고 거리로 쫓겨나 있는 동안 시사모(www.sisalove.com) 사이트에 '기자 열전'을 연재하며 옛 직장 동료들을 격려했다. 편집국 최고참인 백승기 기자에서부터 막내인 신호철·차형석 기자에 이르기까지, 성우제가 쓴 기자 열전을 읽다 보면 시사저널 기자들의 면면과 개성이 손에 잡힐 듯 그려진다. 유쾌상쾌 촌철살인 인물 비평의 정수를 보여주는 기자 열전을 필자 동의 없이 소개한다.

고재열

비록 시사저널 입사 기수로는 같은 기수이지만, 같은 대학, 같은 과 한 해 선배 고제규와 전혀 개의치 않고 맞먹는, 발랄하다고 해야 할지, 버릇 없다고 해야 할지, 아슬아슬하게 그 경계를 걷는 것이 고재열의 매력. 내가 외롭고 힘들어할 적에, '삼통회'를 결성해 수시로 술을 먹었는데, 그 삼통회의 주력 멤버였다. '삼통'이란 삼성통닭집을 줄인 말.

문화부로 왔을 때, 나한테 이리 저리 많이 혼났다. 너무 발랄해서…. 그러나 전혀 개의치 않았음. 꿋꿋하게 개기더니 일가를 이루었다. 시대 정신에 부합. 그 정신과 태도는 정치부에 가서도 유효. 멀리서 보면 귀여운 스타일. 그래서 텔레비전 화면에 잘 어울려 박성봉, 김지은 아나운서가 진행하는 MBC의 문화예술 프로그램에 출연한 모습을 이 곳에서도 보았다. "아, 저넘이…" 하면서…. 박성봉 씨한테 내 안부나 전했는지 모르겠다. 이번에도 매스컴을 많이 타던데, 화면빨이 좋음. 담에 한국에 나가면 요구르트는 내가 쏜다.

고제규

까마득한 후배지만 꼭 선배 같은 후배. 그렇다고 고문관처럼 군다는 것은 아니고, 그만큼 안정감이 있다는 얘기. 김국이 수습 기자들 잘 뽑았다고 평가한 바로 그 기수.

수습 딱지를 떼자마자 글을 잘 썼다. 잡지 기사에 딱 어울리게 글을 잘 썼다. 기사 내용도 안정되어 있었고, 무엇보다 글을 풀어 가는 방식이 괜찮아 보였다. 무슨 기사를 쓰든 읽을 맛이 나도록 요리할 줄 알았다. 전형적인 시사저널 스타일. 나이에 어울리지 않게 차분한 스타일. 선배들을 유별나게 잘 챙기는 스타일. 지난번 서울 갔을 때, 내가 술을 먹고 잠을 자자, 나를 잠자리에까지 안내해 주고 귀가한 착한 후배. 고재열·이문환과 더불어 삼통회 주력 멤버. 주력이라고 해 봐야 한 세 번 마셨나? 전형적인 외유내강 스타일. 이메일 이름으로 운주사를 쓰는데, 왜 그런지 아직 모르겠다.

김은남

은남이는 장부다. 은남이의 예전 직장 상사가 나한테 했던 말이다. "여장부도 아니야, 그냥 장부야, 장부."

시사저널에는 좋게 말하면 섬세한, 그냥 말하면 유약한 남성 기자들이 꽤 있었다(고 해 봐야 J 자가 들어가는 몇 명뿐이지만…). 그와 상반되는 여걸들이 많았는데, 김은남은 그 핵이다. 체력 좋은 남자 기자들도 매주 맨땅에 헤딩하기 어렵다며 헉헉대는 판에, 사회부에서 몇 년 동안 수십 건의 커버 스토리를 커버했다. 어느 대학 학보사는 시사 주간지 커버 스토리 대표 기자로 김은남을 불러다가 특강까지 들었다.

내가 조수미가 어떻고, 서태지가 어떻고, 전시가 어떻고 하는 연성 기사를 쓰는 사이에, 은남이는 여중생 자살이 어떻고, 미군의

성폭행이 어떻고 하는 따위의 무시무시한 기사를 쏟아냈다. 나는 기사를 보면서도 무서웠다. 그러나 은남이는 장부답게 전혀 무서워하지 않았다. 은남이의 장부 기질은 어디서 왔을까? E대의 좋은 전통인가? 나는 그것을 해명하지 못한 채 이민을 왔다.

남문희

별명, '남말로.' 왜 말로가 되었는지 나도 잘 모르겠음. 앙드레 말로의 말로인지, 현숙의 노래 '정말로'의 말로인지…. 별명 붙이기를 즐기는 안병찬 전 국장은 남문희를 '남아꼬바'라 했는데, 그것은 표드로비치에서 연유. 표드로비치는 1990년 동구권이 무너질 당시 옛 소련 기사를 많이 썼다고 해서, 당시 표완수 국제부장(현 YTN사장)에게 붙인 별명. 표드로비치의 꼬붕이라고 해서 그랬는지 어쨌는지 남아꼬바라는 러시아 별명이 있었으나 곧 묻히고 말았음. 본인이 별 호응을 안 해서. 그러나 남말로는 본인이 호응하든 말든, 널리 불렸음. 이문재와 내가 그렇게 불렀고, 특히 나는 남선배라고 부른 기억이 거의 없음. 만날 남말로, 남말로 했지…. 나중에는 '땀문희'라는 별명으로 더 자주 불렸음. 뜨거운 음식을 먹을 때마다 땀을 뻘뻘 흘린다고 해서.

남북 문제 전문가. 약간의 천재기를 내보이기는 하지만 순진한 구석이 많음. 시사저널 국제부의 막내로 시작해 남북 문제에 관한 한 타의 추종을 불허하는 전문가로 발돋움. 남북 문제 세미나에 나가서 발제를 맡을 수준. 한때 기氣와 전통 무예에 심취, 마치 도사처럼 행세했음. 국제부 바로 곁에 있는 문화부 소속 기자들이 도사를 도사로 봐 주느라 고생 좀 했는데, 문화부의 송준이 그 바이러스에 감염되었음. 그 곁에 있던 나는 전통 무예의 도사한테 가끔씩 맞아 주었음. 무엇에 한번 몰입하면 무섭게 파고들기 때문에 조심해야 함. 조금이라도 관심을 보이면 두어 시간은 꼼짝 않고 말을 다 들어주어야 함.

이름만 들으면 여자 같지만, 여자가 아닐뿐더러 아름다움과는 아주 거리가 있게 생겼음. 부인은 시인이자 문학 평론가. 그러나 본인은 전혀 문학적이지 않음.

노순동

어려울 적의 동료는 기억에 깊이, 그리고 오래 남는 법. 나에게는 순동이가 그렇다. 이문재가 떠난 후 얼마 지나지 않아 시사저널은 부도를 맞았다. 나는 팀장과 부도를 동시에 맞이해야 했다.

순동이는 어려운 일을 척척 잘해 주었다. 내가 써야 할 김수영 특집 기사도 본인이 해 주었고, 내가 쓰기 싫은 출판 기사도 맡아 주었다. 가끔 가다 순동이가 항의를 해 오면 나는 간담이 서늘했다. "선배는 어째 거지 같은 아이템을 가지고 와서 소녀더러 쓰라고…, 흑흑…." 순동이의 미덕은 그러면서도 썼다는 거다. 또 그러면서도 순동이의 문장은 후배들이 본받아야 할 교과서가 되었다고 이철현에게서 들었다.

간담을 서늘케 하는 순동이의 언사는 지위

고하를 구별하지 않았다. 김훈 국장에게 "그 화려한 수사는 집어치우시구요"라고 하던 순동이의 대범함. 순동이는 마음 여린 남자 선배들 때문에 많이 괴로워했다. 마음 여린 남자 선배들이 누구인지는, 말 안 해도 잘 알 것이다.

순동이는 어느 날 남편감이라고 데리고 와서 마음 여린 남자 선배들에게 선을 보였다. 인사동의 이모집에서였다. 문학동네에 가 있던 이문재와 내가 마치 친정 오라비처럼 물었다. 그냥 괜히, 이렇게 물었다.

"산 좋아하세요?"

"아뇨."

"그럼 무얼 좋아해요?"

"들판…."

그 때부터 순동이의 신랑을 나는 들판이라 부른다. 들판이는 횡재한 거다.

문정우

본인의 '사수.' 시사저널 입사 첫무렵, 고백하자면, 창간 후 몇 개월 동안 편집부에서 내가 맡은 꼭지의 제목을 거의 다 뽑아 주었음.

편집부에서 사회부로, 정치부로 돌다가 서명숙의 뒤를 이어 편집장에 오름. 편집장에서 물러난 뒤에도 평기자로서 특집 기사를 많이 씀. 멀리서 보기에 훌륭해 보였음.

키가 작은 관계로 다리가 짧아, 언제나 편집국의 회전 의자에 책상 다리를 하고 앉았었음. 의자가 뒤로 넘어가는 바람에, 문정우의 의자는 늘 고장이 나 있었음. 우스갯소리를 잘해서 후배 여기자들과 오퍼레이터들에게 초창기에 비교적 인기가 높았음. 눈이 크다고 겁이 많은 것은 절대 아님. 그 반대로 투쟁 의지는 누구보다 확고.

담력과 배짱이 보통이 아님. 창간 초기 최원영 발행인이 편집국 내에 금연령을 내렸는데, 최원영 발행인이 내려와도 혼자서 담배를 물고 있었음. 무슨 예민한 기사의 제목을 새로 뽑으라는 지시가 있었던 모양인데, 의자에 책상다리를 하고 앉아 담배를 계속 물고 있었음. 내가 다 무서웠음.

백승기

백승기로 말하자면 그는 시사저널 사진부의 아이콘이다. 시사저널에는 내가 '윤작가'라 부르는 윤무영이라는 뛰어난 사진가가 있다. 그런데 사진의 예술성이 아니라 '사진부'를 따지면 역시 백승기이다.

겉보기에는 유약하지만 보통 강심장이 아니라는 거다. 다큐멘터리 사진계의 양강으로 통하는 '천하의 강운구·주명덕' 선생을 '형'이라고 부르는 사람은 백승기밖에 없다.

성철 종정이 열반했을 적에, 시사저널에서는 기자를 세 명 파견했다. 신문사도 그리 하지 못하던 일이다. 사회부에서 김당이 일차로 해인사에 다녀왔으며, 그 다음 주에는 나와 백승기, 그리고 김당이 다시 내려갔다. 며칠 지내다 보니, 문화부의 이문재와 송준도 휴가를 내고 제 돈 들여 왔다. 버스 터미널에서 소설가 신경숙을 만났다며 함께 찾아들었다.

(시사저널은 이런 곳이다).

다비식이 끝나는 시점에, 하얀 재만 남고 유골 가운데서 사리를 수습하는 그 핵심적인 곳에는 사진가 주명덕 외에는 아무도 근접하지 못하게 했다. 원택을 비롯한 해인사 스님들은 무서울 만큼 완강했다. 평소 성철 스님의 사진을 찍던 유일한 사진가 주명덕에게만 접근을 허락했다. 그런데 시사저널에, 용케 그 핵심적인 사진이 실렸다. 프레스 릴리즈가 아니라 '시사저널 백승기'라는 이름으로. 나는 그 비밀을 알고 있다. 고가의 망원 렌즈를 장착한 아마추어 사진가 수백 명이 언덕에 포진해 있고, 다비장 중간에는 사진 기자들이 포토라인 밖에 삘쭘하게 서 있었는데, 주명덕이 오더니 백승기의 목에서 카메라를 벗겨 가지고 갔다. 그러고는 이 카메라, 저 카메라로 마구 찍더니, 나중에 백승기에게 카메라를 슬쩍 돌려주었다. 지금에야 밝히는 것이지만, 그 사진에 '시사저널 백승기'라는 크레딧이 붙어서는 안 된다. 굳이 쓰자면 이렇게 붙여야 정확하다. '시사저널 백승기 카메라.'

1997년 9월에 백승기와 함께 이집트에 출장 간 적이 있다. 한국 언론 사상 처음(이런 말을 정말 쓰고 싶지 않지만 사실이므로 하는 수 없이)이자 마지막(일 거다)으로, 취재 기자와 사진 기자가 나일강 유역의 고대 이집트 유역을 20여 일에 걸쳐 훑는 대단한 일정이자 기획이었다.

우리는 정말 '겁대가리'가 없었다. 보통은 이집트에 가면, 카이로 유적을 보고, 비행기를 타고 이집트의 경주쯤 되는 남쪽 룩소르로 내려갔다가, 버스를 타고 아스완을 다녀온다. 예외가 없다. 그런데 우리는 버스를 빌려서 동쪽의 삼각주, 서쪽의 알렉산드리아를 본 다음, 나일강을 따라 계속 남하했다. 겁대가리가 없었다고 하는 까닭은, 이집트 중부 지역은 너무나 위험해서 외부인은 아무도 들어가지 않는 곳이었기 때문이다. 우리가 나타나자 장갑차가 앞뒤로 호위를 했고, 유적지에서도 총을 든 군인들이 우리를 호위하느라 따라다녔다. 이슬람 원리주의자들이 관광객 혹은 외지인에게 총을 갈겨 대기 때문에.

나는 죽을까 봐 속으로 겁이 나 죽겠는데, 백승기는 뭐가 그리 좋은지 싱글싱글 웃으며 다녔다. 도로에서 강을 만나면 발가벗고(팬티까지 다 벗고) 나일강에 몸을 담그기도 했다. 악어한테 먹힐까 두려워서 나는 그렇게 하지 못했다. 속으로 '선배가 순진함을 넘어 정말 철이 없구나' 하고 생각했다. 그 때 그 곳에서 죽으면 신문에 몇 줄 나는 것 외에는 아무 것도 없을 텐데 말이지.

독립 운동을 하다 죽은 것도 아니고, 이슬람 원리주의를 취재하려 한 것도 아니고, 그저 유람처럼 할랑한 고대 유적 취재를 갔다가 죽는다면 많이 억울할 것 같았다. 우리는 우리한테 총을 갈겨 댈까 봐 관광 회사 차는 호텔에 남겨 두고 택시를 타고 움직였다. 정말이지 살이 떨렸다. 그런데 백승기는 좋아했다. 나는 짜증을 막 냈다. 하도 짜증이 나서, 식량으로 가져간 컵라면을 혼자 다 먹었다. (실제로, 우리가 이집트를 막 떠나자마자 카이로 박물관 앞에서 폭탄이 터져 독일 관광객

13명이 사망했으며, 두 달 후에는 룩소르에서 또 터져 70여 명이 몰살됐다.)

남쪽으로 더 내려가니까 유럽에서 온 젊은 관광객들이 조금씩 나타나기 시작했다. 그런데 그들은 차를 움직이지 않고 하염없이 기다렸다. 이집트 군인들이 막고 보내 주지 않았기 때문이었다. 왜 그런지는 모르겠으나 그냥 우리를 잡아 두었다. 갑자기 백승기가 나섰다. 운전 기사에게 "오픈 더 도어" 하더니, 버스에서 내려갔다. 안에서 보자니 군인들 가운데 제일 높은 장교를 찾아 뭐라고 말하는 것이 보였다. 그러더니 "가자" 하면서 올라오는 것이었다. 다른 유럽 애들도 눈이 동그래져서 쳐다보았다. 믿지 못할 사실은, 백승기가 오르자마자 군인들이 길을 열어 주었다는 것. 나와 다른 외국 애들은 박수를 치며 좋아했다. 백승기는 평소와 다른 근엄한 표정으로 그 박수를 즐겼다. 으쓱해서리…. 이것이 바로 백승기의 힘이다.

호텔방에서 백승기는 잠을 잘 이루지 못했다. 워낙 예민한 탓도 있지만 그 날 찍은 사진 걱정 때문에 그런 것 같았다. 요즘이야 디지털 카메라가 있어서 바로바로 확인해 볼 수 있지만, 그 때만 해도 슬라이드 필름을 썼다. 현상을 해 보기 전에는 사진이 제대로 되었는지, 어떤지 확신하기 힘들었다.

그 전까지 나는 현장에서 모든 것을 끝내는 사진 기자들을 참 부러워했다. 취재 기자들은 돌아와서 기사를 써야 하니까. 아주 죽도록. 그런데 룩소르에서 잠 못 이루는 밤을 보내는 백승기를 보면서 사진 기자를 더는 부러워하지 않기로 했다. 저들은 현장을 놓치면 끝장인 데다, 현상을 하기 전에는 사진이 잘 나오지 않을까 싶어 바짝바짝 침을 삼켜 가며 노심초사했다. 그 때 백승기는 300롤을 찍었다. 시사저널은 이집트 고대 유적 사진을 한국에서 가장 많이 보유한, 아니 제대로 보유한 유일한 언론사이다. 이런 곳에다 돈을 쓴 유일한 언론사다. 바보처럼 말이다.

백승기를 말했지만 나는 사실 시사저널을 말한 것이다. 시사저널은 이런 곳이었다. 시사저널은 또 이런 '바보'들이 수두룩하게 모여 있는 곳이었다. 바보들이라서 바보짓을 하면서 지금도 줄줄이 징계를 먹고 있다. 한국은 진짜 바보가 너무 없어 탈이다.

바보들 만세! 백승기도 만세!

소종섭

소종섭의 필명은 '금강.' 강 이름인지, 산 이름인지는 아직 해명이 안 됨. 기사는 늘 정치·사회 쪽을 맴돌며 썼으나 문화재 쪽에는 발군의 실력을 가진 아마추어 대가. 어느 분야에서든 아마추어 대가는 서로를 알아보는 법(이렇게 말하는 나는 커피의 대가). 종섭이는 사멸해 가는 우리 문화재에 애착을 많이 가졌다. 그래서 정치부 기자가 문화재를 가지고 커버 스토리를 쓰는 진기록을 세웠다. 절에서 태어나고 자랐으며 스님들과 교우가 깊어 '소법사'라고 불린다.

키가 크고 말라, 냉정하게 보이지만 큰 눈망울은 사슴을 닮은 남자.

신호철

시사저널에 오겠다고, 다니던 대학도 집어치우고 전공을 바꿔 대학에 다시 들어간 수재. 사람을 생긴 것으로 판단하면 절대 안 된다는 것을 보여 주는 인물. 겉으로 보면, 모자 하나만 씌우면 군밤 장수 스타일. 그러나 속은 그게 아님. 수줍음을 많이 타고, 작은 실수를 하면 수줍음 때문에 말을 못하는 스타일…. 그러나 그건 옛날 이야기. 나는 그 수줍음이 좋아서, 일부러 야단을 치곤 했다. 그러면 그는 어색하게 웃으면서 어쩔 줄 몰라 했다. 나는 입밖에 낸 적은 없지만 그의 별명을 하나 지어 두었다. '남자 꽃돼지.'

이 곳에서, 호철이가 전쟁 중인 이라크 현지로 날아갔고, 후세인이 생포되던 그 때, 이라크에 있었다는 뉴스를 전해 듣고 나는 대단히 기꺼워했다. 누구든 호철이를 신랑으로 데려가면 운수 대통하는 거다.

안은주

나는 안은주를 울린 적이 있다. 기협 회비 몇 달 치를 내지 않자, 안은주가 회사에서 기자들에게 지급한 돈을 그냥 빼앗아가 버렸다.

"야, 안은주 돈 내놔!"

그랬더니, 언제나 생글거리는 안은주는 입을 삐죽거리며 울었다.

아, 선배가 되어 돈 몇 만 원 때문에 후배를 울렸다…. 지금 생각해도 치사하다. 나는 돈도 못 빼앗았고, 달래느라 술값만 들고, 선배로서 쪽팔리게 체신만 구기고, 또 인심마저 잃었다.

그 때 일을 나는 교훈으로 삼아 요즘 가게에서 일을 할 때도 '돈을 잃거나 사람을 잃거나, 잃으려면 둘 중의 하나만, 가능하면 돈을 잃자. 둘 모두 다 잃으면 바보' 라고 다짐한다.

안은주는 그 때 빼앗아간 그 돈으로 나에게 고별 선물을 해 주었다(시사저널 여자들은 이렇게 마음들이 넓다. 남자들은 소심하고 쫀쫀한 사람들이 많았다). 나한테 기협 차원에서 무엇을 사 줄까, 물었다. 나는 대답을 하지 못했다. 소심해서… 그리고 미안해서….

은주는 기협 총무로서, 금 몇 돈으로 만든 행운의 열쇠를 만들어 주었다.

"행운을 빈다, 시사저널 기자 일동"이라는 글이 새겨져 있다.

나는 감사패와, 양한모가 그린, 내 얼굴이 그려진 표지, 그리고 행운의 열쇠까지 받았다. 그것을 받는 장면을 안희태가 사진을 찍어 현상해 전해 주었다. 나는 이번에 그 행운의 열쇠를 은주에게 보내고 싶었다. 2월에 가는 김상현 편에 보낼 수도 있겠다. 상현이가 가기 전에 일이 끝나면?…. 그래도 받아라.

안철흥

사람들은 그를 'DDR(딴따라)' 이라고 했다. 민가협의 남규선이 그랬고, 수년 전 저 세상으로 간 이성욱이 그랬다. 월간 '말' 지의 스타 기자로 근무할 당시, 나는 그를 완전히 잘못 보았다. 말이 없고 표정은 더 없다. 무슨 말을 하면 씩씩

웃기만 잘 한다. 그래서 'DDR'을 도대체 떠올릴 수가 없었는데, 시사저널에 와서도 마찬가지였다. 민가협의 남규선에게 따졌다.

"안철홍이가 무슨 우리 종족이냐? 잘못 본 거 아냐?"

사실 남규선이도 DDR이었고, 고 이성욱은 그보다 한수 위였다. 우리는 다빈치코드의 비밀결사체와 비슷했다.

남규선은 말하였다.

"그 인간이 좀 음흉해서 그렇지 벗기면 바로 나온다. 우리 피가 확실하다."

내가 시사저널을 떠나고 보니 본색이 드러났다. 정치부에서 내가 떠난 자리로 들어와 DDR로 변신, 아니 본모습을 드러냈다. DDR을 DDR답게 하는 것은 '신명'이다. 내가 보기에, 철홍이는 지금 가장 DDR다운 모습을 보여 주고 있다.

양한모

한국 최고의 잡지 디자이너. 시사저널이 창간될 때, 미술부 스카우트 1호. 시사저널 입사 후 미국으로 건너가(물론 회사에서 돈을 댔음) 유에스 뉴스 앤 월드 리포트와 타임지의 제작 시스템을 견학하고 왔음. 제니스 올슨이라는 탁월한 편집 디자이너가 떠난 뒤에도 미술부의 맏형으로서 18년 동안 시사저널을 지켜 옴.

특히 표지 인물을 그림으로 그리거나 모형을 만들어 제작하는 데 탁월한 실력을 발휘. 1990년대 초에 그린 박철언의 초상화와 김정일의 초상화를 잊을 수 없음. 특히 김정일의 초상화는, 내 사진을 보고 그린 듯하여 내 별명이 한때 김정일이었음. 그의 별명은, 안병찬 국장이 붙여 준 '양고집.' 누가 싫은 소리를 하면 아예 대꾸도 안함.

안희태

사진부의 막내. 그러나 이제는 막내 소리를 들어서는 안 될 믿음직한 베테랑. 멀쩡하게 공대 졸업하고, 다시 사진과에 들어가 학업을 마친, 사진에 거의 미친 사내. 이정현과 더불어 편집국의 맥가이버. 예전부터 컴퓨터에 관한 무엇을 물어 보면 막히는 법이 없다. 나는 지금 쓰는 몇몇 자판에서의 버릇을 희태로부터 배웠다. 그런데, 불행하게도, 나는 희태와 출장을 가 본 적이 없다. 그는 언제나 시위 현장과 같은 위험한 곳에 출사했다. 문화부의 기사에 투입될 틈이 없는 젊은 피였다.

오윤현

머리가 많이 빠져서인가, 왜 사진에 자꾸 모자를 쓰고 나오는지…. 동화 작가답게 순수하고 맑은 심성의 소유자. 편집부에서 시작하여 실용 뉴스 과학 담당으로 방향을 돌린 다음 연이은 특종과 수작을 많이 산출. 특히 황우석 교수의 '뻥'에 대해 누구보다 빨리 정황을 포착, PD 수첩이 나오기가 무섭게, 당시로서는 용감하게 기사 작성. 영국 에든버러까지 황우석을 쫓아갔던 기자로서는 용감한 일.

'이 한 장의 음반'을 펴낸 안동림 교수를 인터뷰하려 했는데 저 양반이 극구 꺼려해서,

그와 친분이 있는 오윤현 형에게 부탁한 적이 있음. 5분 만에 해결됨. 안동림 교수에게 "왜?"라고 물었더니 단 한 마디. "오윤현이니까…." 그 때 자존심이 많이 상했음. "왜 나는 안 되고?"

윤무영과 더불어 무골호인의 대명사. 아마 호인들이 이번 사태에서 가장 무섭게 싸울 것.

유옥경

유옥경은 시사저널의 막내 중의 막내였다. 시사저널이 창간될 당시, 대학을 막 졸업해 프레쉬했다. 제니스 올슨한테서 배웠으며 양한모한테서 또 배웠다. 그러면서 18년이다. 이제는 베테랑 중의 베테랑이다.

유옥경은 문화면 레이아웃을 잘 뽑아냈다. 나는 기사를 쓰기 전 취재, 사진, 미술부가 모여 하는 미팅(이것 또한 시사저널만의 독특한 전통이다)에서 언제나 "기사 쓸거리가 많지 않으니 사진을 크게 써 달라"고 했다. 그러고는 기사를 써 놓고는 또 언제나 유옥경에게 달려갔다. "기사가 넘치니 사진을 좀 줄여 달라." 언제나 일을 두 번 하게 했다. 유옥경은 단 한 번도 화를 내지 않았다. 그리고 사진도 크게 쓰면서, 기사도 다 넣을 수 있게 하는 요술을 부렸다.

이렇게 화를 낼 줄 모르던 사람들이 지금은 화를 내고 있다. 시사저널 사태에 대해, 아무것도 모른다 치더라도, 유옥경이 화를 냈다면 그것은 대단히 심각한 문제라 생각한다.

유옥경은 나의 커피 제자이다.

윤무영

무골 호인. 사람이 착하고 순진해서, 내가 커피에 빠지자 함께 빠졌다. 에스프레소 기계를 백만 원에 샀는데 집에는 십만 원에 샀다고 함께 거짓말하자고 입을 맞춘 적이 있다. 화내는 것을 본 적이 없을 정도로 부드러운 사람. 그러나 일을 할 때는 그 부드러움이 나한테는 공포가 되었다.

윤무영과는 문경 출장 간 게 기억에 남아 있다. 11월에 문경새재 입구에 사극 세트를 세우고 처음으로 촬영을 하던 때다. '태조 왕건'을 밤 새워 찍었는데 산에서 계곡을 타고 내려오는 바람 때문에 엄청 추웠다. 그 추운 곳에서 엑스트라들이 고생을 많이 했다. 탤런트들이야 안에서 불을 쬐다가 차례가 오면 나가서 연기하면 그만이지만, 엑스트라들이야 어디 파카라도 입을 수 있나? 나는 밤새 지킬 필요가 없다 싶어, 여관의 따뜻한 구들장에 가서 허리라도 지지고 싶은데 윤무영, 아니 윤작가는 요지부동이었다. 궁예 모습을 더 찍어야 한다나, 뭐라나…. '그 동안 숱하게 찍어 놓고는…' 속으로 투덜거렸지만 어쩔 수 없이 함께 남아야지. 추워서 볼펜의 약이 나오지 않아서 나는 뭘 적을 수도 없는데….

새벽 3시쯤. 엑스트라들이 술렁이기 시작했다. 파카를 입은 나도 추워 죽겠는데 저들이야말로 죽을 노릇이었으리라. 엑스트라 폭동이 일어날 것 같아 '야, 이건 특종이다' 싶었는데, 엑스트라를 인솔하던 사람을 김종선 PD가 위로 올려 보냈다. 그의 한 마디에 술렁이던 분위기가 금방 가라앉았다.

"야, 이 사끼들아, 예술이란 원래 춥고 배고픈 거야."

근데 우리의 윤작가는 별로 추워 보이지 않았다. 알고 보니, KBS 스탭들처럼 한 모양인데, 나한테는 귀띔도 없이 혼자 호사를 누리고 있었다. 나는 발이 시려워서 동동거리고 있는데 윤작가는 느긋했다. 다음 날 KBS팀에게 어째 발 시려운 걸 참느냐고 물어보았더니 여성 생리대를 발에 깔면 끝내준다고 했다. 그들의 표현을 그대로 쓰면 "땅에서 올라오는 습기로부터 발을 보호하고 뽀송뽀송하게 만들어 준다"는 것이다. '태조 왕건' 드라마 촬영 때문에 문경 시내의 생리대가 동이 났다는데, 윤작가도 그것을 발에 넣었던 것이 틀림없다 싶다. 나한테는 한 마디 말도 없이.

윤무영은 돌아오는 길에도 계속 혼자서 중얼거렸다.

"예술이란 원래 춥고 배고픈 거라네요?"

그 다음부터 나는 윤무영을 예술을 하는 윤작가라 부르기 시작했다.

윤작가는 늘 그런 식이다. 그냥 일 끝내고 돌아가자고 해도 도대체 말을 듣는 법이 없다. 사람이 좋아서 나도 결국엔 화를 내지 못했다. 그가 찍는 사진에도 인품이 그대로 드러난다. 부드러운 가운데 강한 그 무엇이 살아 있다. 내가 보기에, 윤작가는 스승 강운구의 맥을 잘 잇는 사진가이다. '짝퉁' 발행에 항의하는 거리 문화제에서 시사저널 애독자인 딸에게 보내는 편지를 읽어 눈물 바다를 만든 바로 그 남자다.

이숙이

이숙이의 이미지는 빨간 차로부터 생겨났다. 시사저널에 처음 왔을 때, 숙이는 빨간 프라이드를 끌고 다녔다. 나이가 좀 들더니 하얀 차로 바꿨다. 빨갛든 하얗든 운전은 난폭하고 거칠다. 좀 좋게 말하면 과감하다. 죽어도 오토매틱은 몰지 않는다.

"선배, 우리 아빠가 그러는데 오토매틱은 운전하는 맛이 안 난대. 아빠는 그랜저도 스틱을 몰아."

숙이는 선배에게든 후배에게든 무조건 말을 까고 본다. 그래도 밉지가 않다. 특유의 친화력이다. 저 친화력이 정치권에서 빛을 많이 본 모양이다. 정치권의 여기자 시대를 연 서명숙의 뒤를 이어, 특종을 터뜨리며 정치권의 여기자 전성 시대를 구가하고 있다.

MBC의 김은혜를 만났는데, 그는 "서명숙을 존경하고, 이숙이를 배운다"고 하였다.

이정현

젊은 무골 호인. 미술부에서 이정현이를 처음 보았을 때 가수 김범룡을 떠올렸다. 그래서 '뱀룡이'라고 부를까 하다가 본인이 반응을 보이지 않아 관두었다. 싫어하기라도 했으면 계속 불렀을 것이다. 컴퓨터 도사여서, 이런 저런 어려운 문제를 잘 해결해 주었다. 그가 구워 준 신중현의 CD를 지금도 차에 꽂고 듣는다.

말이 없고 잘 웃는다. 무엇을 부탁하면 거절하는 법이 없다.

"알았어요, 선배." 이게 그가 하는 대답의 전부이다.

늘 조용하고 말이 없는 이정현이가 화를 내고 거리에 나섰다면 이건 보통 일이 아니다. 여자 친구 안 사귀냐고 하면 늘 "관심 없다"고 했다. 혼자 노는 것을 무지 좋아해서 그랬다. 재작년에 갔을 때 "아직 없냐?"고 했더니 여전히 "없다"고 했다. 유옥경과 더불어 나는 정현이게도 커피를 가르쳤다.

이철현

시사저널 공채 4기. 영어에 능통. 똘똘하면서도 선배들에게, 특히 나에게 잘 개겨서, 술 먹다가도 불쑥 자리를 뜨는 경우도 많았음. 별명은 나카타. 내가 붙여 주었다. 일본 축구 영웅 나카타와 많이 닮았다. 그러나, 더 잘 생겼다.

총각 시절, 나와 영국문화원에 가서 영어를 함께 배웠다. 나보다 한참 실력이 뛰어나면서도, 레벨 테스트에서 일부러 못해서, 나와 한 반이 되었다. 그 반에는 여대생이 많았다. 반에 들어오자마자 철현이는 나한테 별 관심이 없었다. 다들 버벅대는데 혼자서 잘하니까, 조명을 집중적으로 받았다. 끝나고 늘 술을 먹자고 했다. 돈은 주로 내가 냈다. 억울해서, "철현이는 결혼할 여자가 있다"고 말해 버렸다. 그래도 꿋꿋했다. 철현이는 그 여학생 중 한 명을 기사의 모델로 쓰라고 데리고 왔다. 나는 철현이의 진심을 처음으로 알았다. 그런 철현이도 이제 애 아빠다. 고소하다.

이번에 문제의 삼성 기사를 썼는데, 내가 아는 철현이는 사장이 아는 수준은 훨씬 넘는다. 기사도 보지 않고, 또 철현이를 어떻게 보고, 확인 취재 미비 운운했는지….

장영희

아, 통 큰 여자(라고 하면 벌컥 화를 낼 가능성이 높음). 나보다 언론계 선배지만 대학 학번이 같다 하여 동기로 대해 준 통 큰 여자. 바로 그 큰 통 때문에, 취재총괄부장에까지 오름. 창간 초기, 젊은 기자들은 어울려 술마시기를 좋아했는데 술만 먹으면 자던 나는 집 방향이 비슷한 장영희의 신세를 (쪽팔리게도) 많이 졌다. 그래도 내가 남자라고 택시에서 잠이 깨어 장영희 씨 집 앞까지 데려다 주곤 했는데 그 때 하는 말이 "야, 한 잔 더 하자." 그래서 밤새 하던 호프집에서 끝까지 푸고 출근한 적도 있음. 경제부에서 뼈가 굵어, 경제통으로 통한다. 2001년에는, 회사가 연수를 보내 주지 않자, 1년 무급 휴가를 내고 샌프란시스코에 자비를 들여 유학을 다녀왔다.

여걸 스타일이어서 말이 직선적. 그러나 아이 엄마가 되고부터는 곡선적. 나는 곡선적이 돼 가는 장영희를 보면서 좀 우울했다. 도도하고 직선적인 게 장영희의 매력인데….

정희상

나보다 학번도 하나 아래고 언론계 입문 연도도 하나 아래. 키도 나보다 작음. 그래도 나와 동갑이라고 맞먹자고 했는데 전혀 고마워하지 않음.

재수한 게 무슨 자랑이라고…. 두 해나 선배인 장영희한테도 슬슬 맞먹다가 이제는 아예 친구로 지냄. 그런 배포로 특종 전문이 되었음. 영화 '공동경비구역 JSA'의 탄생 배경이 된 기사를 지겹게 썼고, 작년에는 그 어려운 와중에서도 특종을 잡아 신호철과 더불어 기자협회의 이달의 기자상을 받았음. 어쨌거나 상복은 무척 많은 친구.

2000년 삼성 언론재단에서 미국에 연수를 보내는 프로그램에 신중식 사장과 서명숙 선배가 밀어서 내가 선정되었는데, 정희상이가 JSA 특종을 터뜨리는 바람에 무산되었음. 그 해 삼성 언론재단 '올해의 기자상'을 정희상이가 따 가는 바람에…. 한 회사에 두 개 줄 수 없다고. 흑흑. 지금 생각하면 정말 다행. 그 때 삼성 돈을 받아 연수를 갔더라면 지금 이 글도 쓰지 못했을 것.

'말'지 전성기에 오마이뉴스의 오연호와 쌍두마차. 특히 정희상이는 한국전쟁 당시 미군의 양민 학살 기사에서 큰 성과를 이룸. 더 궁금한 이들은 「대한민국의 함정」을 사서 보기 바람. 소설보다 더 재미있다.

노래방에서 내 노래를 가로채는 나쁜 버릇이 있다. 조용필 노래 '그 겨울의 찻집'을 내가 눌렀는데, 남문희와 정희상이 서로 자기 노래라며, 둘이서 싸운 경우가 많았다.

주진우

주진우와 나는 단 하루도 시사저널에서 겹친 적이 없다. 내가 떠난 다음 그가 왔다. 이민 오기 두 주일 전, 송추에서 벌어진 기자협회축구 시합에서 그를 처음 보았다. 비쩍 마르고 연약한 모습. 아, 또 연약한 기자가 들어왔구나, 이제는 안 되는데…. 나는 그렇게 생각했다. 아니나다를까. 축구 시합에서 우리는 YTN에 육 대 빵으로 깨졌다. 홍명보 스타일의 주진우는, 축구에서는 스타일만 홍명보 같았다. 그러나 편집국으로 돌아온 그는, 기사에서는 리베로 같았다. 성역을 어디든 쑤시고 다녔다. 젊은 시절의 정희상을 보는 듯했다. 순복음 교회를 정면으로 비판하는 기사를 썼다. 나는 이 곳에서 방영되는 한국 TV를 통해 PD수첩에 출연한 주진우를 발견했다. 그 사이에 머리는 퍼머를 해서 높이 올렸다. 아, 요즘은 스타일을 저렇게 해야 좋은 기사가 나오는구나…. 나도 퍼머를 할까, 잠시 고민을 하다가, 아, 나는 지금 기자가 아니지, 생각하고 그만두었다.

차형석

시사저널 살리기 거리 문화제 동영상을 보다가 깜짝 놀랐음. 최광기 씨와 함께 사회를 보는 이가 차형석이라고? 어느 새 그렇게 노숙해졌나?

하기야 형석이는 들어올 때부터 노숙했다. 어느 좋은 출판사에서 일을 하다가 언론에 뜻을 두어 들어온 시사저널의 막내. 불쌍하다. 7년이 다 되도록 후배를 두지 못했으니…. 흰머리가 나도 막내 노릇 해야 하나? 이상한 재주를 가진 친구. 마술을 할 줄 안다. 예전, 서울문화사의 전체 직원들이 모여 장기 자랑을 할 때, 그 때, 시사저널 사람들은 가기 싫어했고, 나는 가지 않았다. 시사저널에서는 아무도 할 사람이 없었는데, 그 위기를 수습해 준 친구들이 수습 기자 둘이었다. 형석이와 호철이가 마술을 했다. 나는 마음 속으로 많이 고마워했다. 화면으로 얼굴을 보니, 여유가 보여 좋다. 늙은 막내지만 막내는 막내다. 막내답게 빡세게 싸워라.

덧붙임: 본인 얘기를 듣고 내용 정정한다. 그 때 마술을 한 사람은 호철이라고 한다. 형석은 옆에서 바람잡이 노릇을 했다. 그 때나 지금이나 형석은 말로 때우는 게 특기다.

외전-서명숙 전 편집장

내 나이 스물일곱에, 널널하게 일할 수 있는 모 잡지사에서 맹숙 언니를 처음 보았다. 그 때는 분위기 또한 널널해, 대단히 다정다감한 누이였다. 진검 승부 벌어지는 현장에서 만나자 눈빛이 반짝였다. 승부욕이 대단. 사회부, 정치부의 험난한 여정을 헤치고 나갔다. 시사저널 최초의 여성 정치부 기자, 부장, 편집장. 누이의 다정다감 따위를 기대하는 것조차 사치일 정도로 처절하게 일에만 몰두. 일에 대한 몰두는 시사저널 편집국의 분위기를 주도. 한 사람이 처절하면 다른 이들이 그렇게 따라갈 수밖에 없다. 목소리가 크고, 말을 잘 해서(녹음을 해서 풀면 바로 기사가 됨), 어디 내놓아도 말빨이 꿇리지 않는다.

민자당의 중진 출신이 유권자들을 관광버스에 태워 향응 베풀던 광경이 시사저널 사진 기자 김봉규에게 걸렸음. 사진 기자를 폭행하고 필름을 빼앗아감. 다음 날 그가 뻔뻔하게 찾아와서 국장석에서 그게 아니라고 항의했는데, 안깡은 가만 듣고만 있었음. 서명숙이 등장해 뚜껑을 확 열고, 단칼에 베어 버림. 안깡은 좋아서 입이 벌어졌음. 나는 그 때 다정다감에 대한 나의 최종 기대를 지웠음. 무서워서…. 오, 나의 누이는 오데로 갔나?

일에 대한 완벽주의자. 스스로를 들볶는 스타일. 자기를 볶다 보니, 옆에 있는 후배들도 저절로 볶이게 하는 스타일. 삼십대 후반에 둘째아이를 갖고, 배가 부른 채 국회를 출입. 다른 회사 후배 여기자들에게 정치부의 길을 열고 닦아 주었다. 스스로 말하길 기자직 때문에 지쳤다고 하는데, 내가 보기에 서명숙을 지치게 한 건 기자직이 아니다. 기자직을 수행하는 자기의 완벽주의에 지친 것이다. 자기를 들들 볶는 스타일에 지쳐서, 직장을 떠날 수밖에…. 안 그러면 순직했을 수도…. 마이크 잡고 15년 동안 청춘이든, 세월이든 바쳤다고 하는데, 그건 내가 보증. 시사저널에 순정을 바쳤다는 그것을, 또 내가 보증. 2002년 가을, 사표를 던지고 토론토 왔을 때, 나도 버벅거리던 그 때, 정신적 사경을 헤매던 누이를 잘 보살피지 못해 아직도 아쉬움이 그득하다.

기사 한 번 늦게 냈다가 무지하게 깨졌다. 후배들은 모른다, 다정다감한 누이한테 처절하게 깨지는 아픔을…, 흑흑 너희는 저 다정다감을 모르지? 별명 붙이기의 달인인 안깡은 '서여시'라 불렀다. 왕뚜껑보다 훨씬 격조 있는 좋은 별명이다.